文章結構分析

以中學國文課文為例

陳滿銘　著

文章[illegible]

[illegible]

目次

高中編

附錄

自序

陳滿銘

所謂「文章結構」，有內容與形式之分。由於內容結構，因文而異，無法加以規範，所以就沒有什麼準則可言；而形式卻不同，它的「枝葉」，雖然也一樣不易用幾個格式予以牢籠，但它的「幹身」，則因為人有共通的理則，而形成一致性，是有規律可說的。這種規律，如就所有文章而言，便是所謂的「章法」；要是落實到某一篇而言，則稱之為「結構」；兩者可說是一實一虛的關係。

要分析一篇文章，可從多方面著手，其中最關緊要的，就是「章法」。所謂「章法」，是綴句成節、段，聯節、段成篇的一種組織方式。這種方式很多，比較常見的，除綱領的軌數外，有遠近、大小、本末、淺深、貴賤、親疏、賓主、正反、虛實、凡目、因果、平側（平提側注）、抑揚、擒縱、問答、立破等。用這些方式切入一篇文章，來掌握它的形式結構，從而將它的內容結構也疏理清楚，那麼這篇文章在內容與形式上的特色就自然凸顯出來了。當然，如切入的角度有不同，則所呈現的結果也會有所不同。

所以分析文章結構，雖然沒有絕對的是非，僅有相對的好壞可言，也應多作嘗試，以尋得最好的角度，確定它的結構。

為了使這種已經確定的結構，清晰地呈現出來，就得繪製結構分析表。一般說來，繪製時首先要著眼於大處，以統攝全篇；其次要兼顧內容與形式，以免輕重失宜；再其次要打散段落，並析出聯絡用的語句或句群，使分析順利無阻；又其次要逐層標目，以統括所屬文句；最後要以虛線連接，以表示前後照應的關係（參見本書〈附錄〉）。這樣繪製出來的分析表，才能藉以深入內容的底蘊、理清文章的脈落、辨明節段的價值、掌握聯絡的關鍵與布局的技巧。因此，要分析文章的結構，是少不了結構分析表的。

本書就在這樣的要求下，針對國、高中現行國文課本的部分課文，作了初步的嘗試。以國中而言，共選了二十九課三十八篇（則）文章，其中含新課本一至四冊計十四課十八篇（則）文章、舊課本五、六兩冊計八課十三篇（則）文章、舊課本一至四冊六篇文章，以及選修本的〈日喻〉一文；以高中而言，共選了一至六冊二十六課三十五篇（則）文章；加起來，總共五十五課七十三篇（則）文章。這些文章，不但含古典散文，也含古典詩、詞、曲，更含現代散文與新詩，可謂應有盡有，足以看出結構型態的多樣來。

自二十幾年前，以「無心插柳」的機緣闖入「章法教學」的園地開始，即對一直以來「語焉而不詳」的章法，繼續不斷地在它的範圍與內容上做「匯涓涘為江河」的努力，到了近年，好不容易才形成了較完整的體系，也陸續發表了二、三十篇有關論文，先後收入拙著《國文教學論叢》與《國文教學論叢續編》兩書裡；而且也指導國立臺灣師範大學國文研究所學生仇小屏完成〈中國辭章章法析論〉的學位論文，並為了適應大眾的需求，將這篇長達六十幾萬字的論文精簡大半，以《文章章法論》為名，由萬卷樓圖書公司於去年（民國八十七年）十一月出版。如今又不揣鄙陋地推出這本小書，無非是希望對文章的結構分析，能提供一得之見，以落實章法教學，增進教學效果。如果能如此，那麼「柳」就可以「成蔭」了。

民國八十八年四月十日序於臺灣師大國文系

國中編

夏夜

楊喚

課文

蝴蝶和蜜蜂帶著花朵的蜜糖回家了，
羊隊和牛群告別了田野回家了，
火紅的太陽也滾著火輪子回家了，
當街燈亮起向村莊道過晚安，
夜就輕輕地來了。
來了！來了！
從山坡輕輕地爬下來了。
來了！來了！
從椰子樹梢上輕輕地爬下來了。

撒了滿天的珍珠和一個又圓又白的玉盤。

朦朧地，山巒靜靜地睡了！
朦朧地，田野靜靜地睡了！
只有窗外瓜架上的南瓜還醒著，
伸長了藤蔓輕輕地往屋頂上爬。
只有綠色的小河還醒著，
低聲地歌唱著溜過彎彎的小橋。
只有夜風還醒著，
從竹林裡跑出來，
跟著提燈的螢火蟲，
在美麗的夏夜裡愉快地旅行。

結構分析表

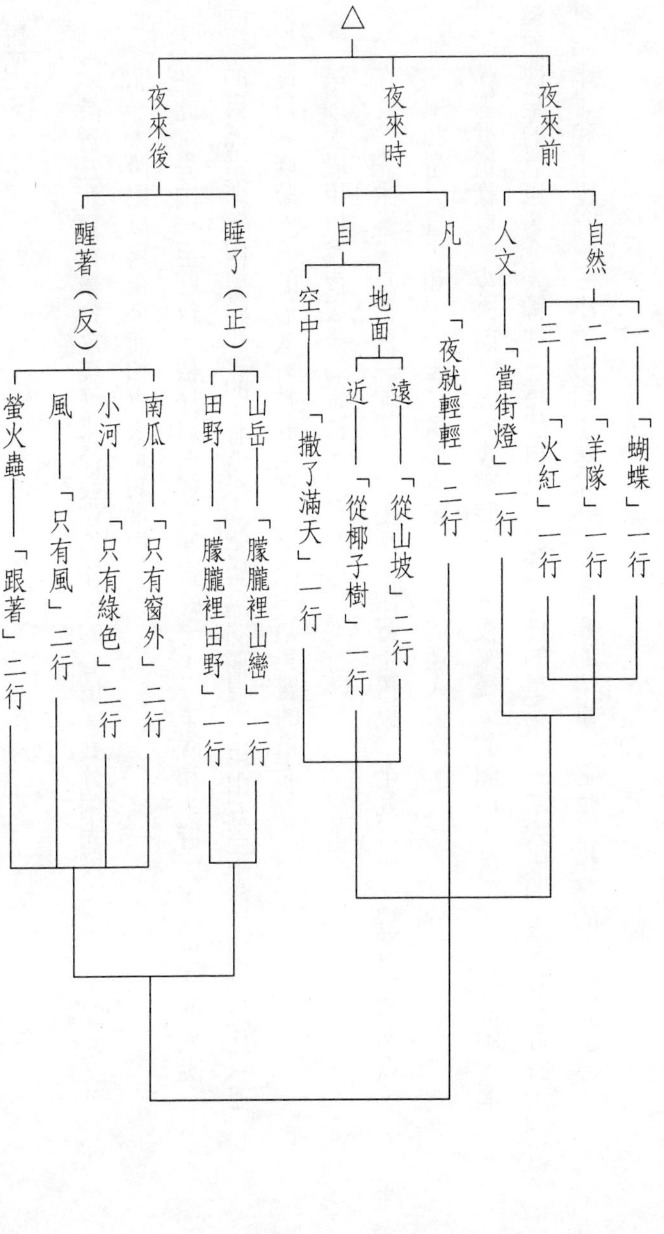
△
夜來前
自然
一「蝴蝶」一行
二「羊隊」一行
三「火紅」一行
人文「當街燈」一行
夜來時
凡「夜就輕輕」二行
目
地面
遠「從山坡」二行
近「從椰子樹」一行
空中「撒了滿天」一行
夜來後
睡了（正）
山岳「朦朧裡山巒」一行
田野「朦朧裡田野」一行
醒著（反）
南瓜「只有窗外」二行
小河「只有綠色」二行
風「只有風」二行
螢火蟲「跟著」二行

說明

本詩旨在藉夏夜景物之美好來抒發作者愉悅的心情。共分兩大段：

頭一大段用以寫夜來前和夜來時的景物。

在此，先由一至四行，依序以「蝴蝶和蜜蜂」、「羊隊和牛群」、「火紅的太陽」回家的自然景與「街燈亮起」的人文景，寫夜來前的情景；再由五至十行，採「先凡（總括）後目（條分）」的形式，動靜交織，構成一幅美麗的畫面。

第二大段用以寫夜來後的景物。

在此，先由一、二行寫「睡了」的山岳與田野；再以三至九行寫「醒著」的南瓜、小河、風和螢火蟲，和上一段一樣形成動靜交織的迷人畫面。

作者就這樣以「夜來前」、「夜來時」、「夜來後」的順序，營造了夏夜熱鬧、溫馨而快樂的氣氛，令人神往，不能自已。必須一提的是第一、二大段間，原有八行詩，寫「小雞和小鴨」、「小弟弟和小妹妹」走上夢鄉的情事，它是這樣寫的：

美麗的夏夜呀！
涼爽的夏夜呀！

小雞和小鴨們關在欄裡睡了。
聽完了老祖母的故事，
小弟弟和小妹妹也闔上眼睛走向夢鄉了。
（小妹妹夢見她變做蝴蝶在大花園裡忽東忽西地飛，
小弟弟夢見他變做一條魚在藍色的大海裡游水。）
睡了，都睡了！

而編者卻把這八行文字刪了，楊如晶以為「此八行流於散漫，平直的敘述像散文，不把它分行就像是散文，應避免將分了行的散文也當詩來看。編輯委員刪了它，反而使詩能一氣呵成，濃縮之後的語言才會像首精緻的詩。如果不刪它，唯一的好處就是維持原作風貌，在這刪後好處多於不刪的好處情形下，我們贊成理智的刪掉它。」（《國文天地》第十期）這種理由是可以被接納的。

絕句選：(一)登鸛鵲樓

王之渙

課文

白日依山盡，黃河入海流。
欲窮千里目，更上一層樓。

結構分析表

- △
  - 實（寫景）
    - 山——「白日依山盡」句
    - 水——「黃河入海流」句
  - 虛（抒感）
    - 願望——「欲窮千里目」句
    - 憑藉——「更上一層樓」句

說明

這是一首登臨詩，是用「先實（景）後虛（情）」的結構寫成的。

在作者登上鸛鵲樓時，所看到的景象很多，結果他只挑選「依山盡」的「白日」、「入海流」的「黃河」作為代表，而把其他登樓所見的景色都捨去不談了。而這種「白日依山盡」、「黃河入海流」的景象，深深地引發了詩人無限的感觸。他面對如此壯闊的景色、雄渾的氣勢，自然地使他有了深一層的感受，從而開拓了高大遠矚的胸襟，並激發出向上進取的精神，於是寫下「欲窮千里目，更上一層樓」的佳聯。如今「更上層樓」便成了勸人不斷向上、向善提昇的一句成語了。所以詩的含意該是多樣性的，詩人往往將日常生活的種種事實，轉化為人生境界的了悟。「欲窮千里目，更上一層樓」，在字面上，只是敘明登樓的現象，而實際上，卻藉以說明人生境界的提昇，因而這兩句詩的含義是多樣的、深遠的，特別耐人尋味。這樣在文字上既極精美，在意義上也含蓄而不露，有著無盡的韻味。

何宗正說：「開篇兩句，詩人大筆皴染，繪製了一幅氣勢雄渾的大自然畫卷。畫卷中的圓日、長河、高山，是那樣瑰麗、壯觀；白日、青山、黃河，是那樣色澤鮮明。眼前的實景，想像的虛景，仰視的高山，俯瞰的長河，拓寬了畫面的廣度和深度。『白日依山』，是徐緩的動，靜謐的動，給人以幽美感；『黃河入海』，是奔馳的動，喧騰的動，給人以豪邁感。兩種景象的不同動態，使人如親臨其境。詩的後兩句，點題應景，推出新的境界。前兩句所見景物雖已如此感人，但還是未窮之景，詩人並不滿足，要『更上一層樓』，以窮千里之外，飽覽更為動人的景色。這兩句承得自然，接得緊密，同時也坐實了題面的『登』、『樓』二字。但是，詩人沒有作進一步的具體描寫，而是寫當時的感受，在形象中托寓了高瞻方能遠矚的哲理，給人以不盡的啟示和鼓舞。」（《山水詩歌鑑賞辭典》）把這首詩的好處都大致說出來了。

絕句選：㈡黃鶴樓送孟浩然之廣陵

李白

課文

故人西辭黃鶴樓，煙花三月下揚州。
孤帆遠影碧空盡，惟見長江天際流。

結構分析表

- △
  - 敘事
    - 送別之地——「故人西辭」句
    - 所往之鄉——「煙花三月」句
  - 寫景
    - 帆影——「孤帆遠影」句
    - 江流——「惟見長江」句

說明

這是一首送別的詩。這類的詩，通常都要把送別的地點、時間和所要去的地方交代清楚。最主要的，當然是要把送別的情意表達出來。就以這首詩來說，第一句「故人西辭黃鶴樓」，已將送別的人和送別的地點敘述明白；第二句「煙花三月下揚州」，承起句，敘出送別的時間和友人擬前往的地方。就這樣由一、二兩句，將詩題「黃鶴樓送孟浩然之廣陵」交代得一清二楚。末兩句，描寫的是送友人所見的景象。作者在黃鶴樓上送別友人，等到友人坐船走後所見到的景物很多，而他卻只用「孤帆遠影碧山盡，惟見長江天際流」之景，襯托出自己在友人離去後的孤寂和思念的情意。其中「孤帆」的「孤」，寫出友人走後的孤寂；「遠影碧山盡」的「遠」和「盡」，暗示作者久立遠眺、依依不捨的心情；而「惟見長江天際流」，則進一步地襯托出別情之綿綿不盡，所謂「融情於景」，已分不清何者是景、何者為情了。

就結構而言，此詩分為兩部分：一是敘事部分，即起二句，敘的是故人西辭武昌前往廣陵——揚州的事實；二是寫景部分，即結二句，寫的是故人乘船遠去，消失於天際的景象，作者就單單透過「事」與「景」，從篇外表出無限的離情來。唐汝詢說：「黃鶴樓，分別之地；揚州，所往之鄉。煙花，敘別之景；三月，紀別之時。帆影盡則目力已極，江水長則離思無涯，悵望之情，具在言外。」（《唐詩解》）所講「悵望之情，具在言外」，正指明了本詩的最大特色。

絕句選：㈢楓橋夜泊

張繼

課文

月落烏啼霜滿天，江楓漁火對愁眠。
姑蘇城外寒山寺，夜半鐘聲到客船。

結構分析表

△
- 近景
  - 天空——「月落烏啼」句
  - 地面——「江楓漁火」句
- 遠景
  - 古寺——「姑蘇城外」句
  - 鐘聲——「夜半鐘聲」句

說明

此詩旨在寫旅愁，採由近而遠之順序寫成。其中一、二兩句用以寫近景，先以「月落」、「烏啼」、「霜滿天」，寫仰首所見；再以「江楓」、「漁火」與「愁眠」之人，就水面與陸地，寫平視所見；就這樣，很技巧地由外物寫到自己身上，並且拈出「愁」字，以統一全詩。至於三、四兩句，則用以寫遠景，先將空間移至姑蘇城外的寒山寺，再透過聽覺帶出由寒山寺傳來的鐘聲，以加強「愁」的況味，使人感受到強烈的詩趣。

這首詩所以形成強烈的詩趣，是因為詩中提到「月落」，便有思鄉之情；提到「烏啼」，便有分離的暗示；「霜滿天」的「霜」，具有別後的淒寒；而江邊的楓樹與漁船上捕魚的火炬，則將前句白色的色調轉變為次句紅色的色調，除顏色上形成對比外，又與作者徹夜未眠、眼絲泛紅的樣子相互映照，使作者思鄉之情更趨濃烈。接著透過姑蘇城外寒山寺的鐘聲，讓作者一夜盈繞耳際，把不眠的客愁，隨著寒夜的鐘聲迴盪心頭。作者就這樣用視覺意象與聽覺意象，一動一靜，構成了動人的詩趣。

兒時記趣

沈復

課文

余憶童稚時，能張目對日，明察秋毫。見藐小微物，必細察其紋理，故時有物外之趣。

夏蚊成雷，私擬作群鶴舞空，心之所向，則或千或百，果然鶴也；昂首觀之，項為之強。又留蚊於素帳中，徐噴以煙，使之沖煙飛鳴，作青雲白鶴觀；果如鶴唳雲端，為之怡然稱快。

又常於土牆凹凸處，花臺小草叢雜處，蹲其身，使與臺齊；定神細視，以叢草為林，蟲蟻為獸，以土礫凸者為丘，凹者為壑，神遊其中，怡然自得。

一日，見二蟲鬥草間，觀之，興正濃，忽有龐然大物，拔山倒樹而來，蓋一癩蝦蟆也。舌一吐而二蟲盡為所吞。余年幼，方出神，不覺呀然驚恐。神定，捉蝦蟆，鞭數十，驅之別院。

結構分析表

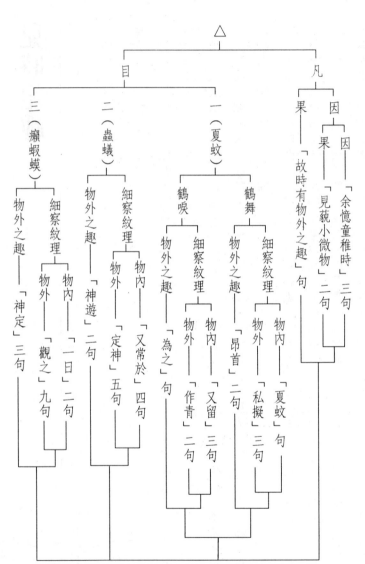

- △
  - 凡
    - 因
      - 因——「余憶童稚時」三句
      - 果——「見藐小微物」二句
    - 果——「故時有物外之趣」句
  - 目
    - 一（夏蚊）
      - 鶴舞
        - 細察紋理
          - 物內——「夏蚊」句
          - 物外——「私擬」三句
        - 物外之趣——「昂首」二句
      - 鶴唳
        - 細察紋理
          - 物內——「又留」三句
          - 物外——「作青」二句
        - 物外之趣——「為之」句
    - 二（蟲蟻）
      - 細察紋理
        - 物內——「又常於」四句
        - 物外——「定神」五句
      - 物外之趣——「神遊」二句
    - 三（癩蝦蟆）
      - 細察紋理
        - 物內——「一日」二句
        - 物外——「觀之」九句
      - 物外之趣——「神定」三句

說明

這篇文章是用先總括（凡）、後條分（目）的方式寫成的：

一、總括部分：僅一段，即首段。直接用回憶之筆，由因而果，拈出「物外之趣」四字，作為一篇的綱領。

二、條分部分：包括二、三、四等段：

㈠條分一：

即第二段，以一群蚊子為例，細察牠們的紋理，把牠們擬作「群鶴舞空」、「鶴唳雲端」，寫出作者獲得「項為之強」、「怡然稱快」的這種「物外之趣」的情形。就在寫「群鶴舞空」的一節裡，「夏蚊成雷」寫的是「物內」；「群鶴舞空」至「果然鶴也」，寫的是「物外」；而以「私擬作」作橋樑，這是「細察紋理」的部分。至於寫「物外之趣」的部分裡，「昂首觀之」為聯貫的句子，而「項為之強」寫的則是「物外之趣」。在寫「鶴唳雲端」的一節裡，「又留蚊於素帳中」至「使之沖煙飛鳴」，寫的是「物內」；「青雲白鶴觀」二句，寫的是「物外」；而以「作」作橋樑；這是「細察紋理」的部分。至於寫「物外之趣」的部分裡，「為之」為聯貫的詞語，而「怡然稱快」寫的則是「物外之趣」。

㈡條分二：

即第三段，以土牆凹凸處的叢草、蟲蟻為例，細察它（牠）們的紋理，把叢草擬作樹林、蟲蟻擬作野獸，寫出作者獲得「怡然自得」的這種「物外之趣」的情形。就在寫「細察紋理」的部分裡，「又常於土牆凹凸處」至「使與臺齊」，寫的是「物內」；「以叢草為林」至「凹者為壑」，寫的是「物外」；而以「定神細視」為橋樑。至於寫「物外之趣」的部分裡，「神遊其中」為聯貫的句子，而「怡然稱快」寫的則是「物外之趣」。

㈢條分三：

即末段，以草間的二蟲與癩蝦蟆為例，細察牠們的紋理，把癩蝦蟆擬作龐然大物，舌一吐，便盡吞二蟲，寫出作者獲得「捉蝦蟆，鞭數十，驅之別院」的這種「物外之趣」的情形。就在寫「細察紋理」的部分裡，「一日，見二蟲鬥草間」，寫的是「物外」；「觀之，興正濃」，是由「物內」過到「物外」的橋樑；「忽有龐然大物」至「不覺呀然驚恐」，寫的是「物外」；而特用「蓋一癩蝦蟆也」與「余年幼，方出神」等句插敘在中間，以作必要之說明。至於寫「物外之趣」的部分裡，「神定」為聯貫的詞語，而「捉蝦蟆」三句，寫的則是「物外之趣」。很特別的是：這個「物外之趣」是回到「物內」初時的情形加以交代的。

很明顯地，全文以「物外之趣」一意貫串，自始至終無不針對著「趣」字來寫，使前後都維持著一致的意思。有的人以為二段的「昂首觀之，項為之強」，寫的不是「物外之趣」，這應是錯誤的看法；因為「趣」，不只限於寫心理而已，用動作或姿態來寫，同樣也是可以的；而「昂首觀之，項為之強」，正是作者獲致「物外之趣」的結果。又有人以為篇末「神定，捉蝦蟆，鞭數十，驅之別院」數句，是寫作者主持正義的行為，這也該是錯誤的看法；因為作者要是主持正義的話，必然是一鞭就會把蝦蟆鞭死，怎麼可能在鞭數十下之後，竟然還活著，而又把牠趕到別院去呢？還有，果是如此，則寫的已不再是童心童趣，與前文也就不能維持一致的意思了。所以此數句，說是寫作者得到「物外之趣」的動作，該是不會太離譜才對。

母親的教誨

胡適

課文

每天，天剛亮時，我母親便把我喊醒，叫我披衣坐起。我從不知道她醒來坐了多久了。她看我清醒了，便對我說昨天我做錯了什麼事，說錯了什麼話，要我認錯，要我用功讀書。有時候，她對我說父親的種種好處。她說：「你總要踏上你老子的腳步，我一生只曉得這一個完全的人，你要學他，不要跌他的股。」她說到傷心處，往往掉下淚來。到天大明時，她才把我的衣服穿好，催我去上早學。學堂門上的鎖匙放在先生家裡，我先到學堂門口一望，便跑到先生家裡去敲門，先生家裡有人把鎖匙從門縫裡遞出來，我拿了跑回去，開了門，坐下念生書。十天之中，總有八、九天我是第一個去開學堂門的。等到先生來了，我背了生書，才回家吃早飯。

我母親管束我最嚴。她是慈母兼任嚴父。但她從來不在別人面前罵我一句，打我一下。我做錯了事，她只對我一望。我看見了她的嚴厲眼光，便嚇住了。犯的事小，她等到第二天早晨我睡醒時才教訓我。犯的事大，她等到晚上人靜時，關了房門，先責備我，然後行罰，或罰跪，或擰我的肉。無論怎樣重罰，總不許我哭出聲音來。她教訓兒子，不是借此出氣叫別人聽的。

有一個初秋的傍晚，我吃了晚飯，在門口玩，身上只穿著一件單背心。這時候，我母親的妹子玉英姨母在我家住，她怕我冷了，拿了一件小衫出來叫我穿上。我不肯穿，她說：「穿上吧！涼了。」我隨口回答：「娘（涼）什麼！老子都不老子呀。」我剛說了這句話，一抬頭，看見母親從家裡走出，我趕快把小衫穿上。但她已聽見這句輕薄的話了。晚上人靜後，她罰我跪下，重重地責罰了一頓。她說：「你沒有老子，是多麼得意的事！好用來說嘴！」她氣得坐著發抖，也不許我上床去睡。我跪著哭，用手擦眼淚，不知擦進了什麼黴菌，後來足足害了一年多的眼翳病，醫來醫去，總醫不好。我母親心裡又悔又急，聽說眼翳可以用舌頭舔去，有一夜她把我叫醒，真用舌頭舔我的病眼。這是我的嚴師，我的慈母。

我在我母親的教訓之下住了九年，受了極大極深的影響。我十四歲（其實只有十二歲零兩三個月）便離開她了。在這廣漠的人海裡，獨自混了二十多年，沒有一個人管束過我。如果我學得了一絲一毫的好脾氣，如果我學得了一點點待人接物的和氣，如果我能寬恕人，體諒人，——我都得感謝我的慈母。

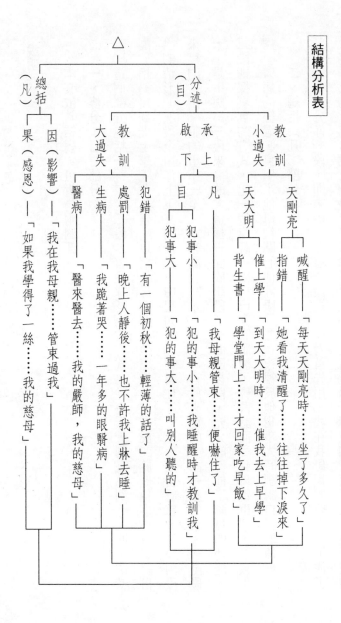

結構分析表

△
- 分述（目）
  - 教訓小過失
    - 天剛亮
      - 喊醒——「每天天剛亮時……坐了多久了」
      - 指錯——「她看我清醒了……往往掉下淚來」
    - 天大明
      - 催上學——「到天大明時……催我去上早學」
      - 背生書——「學堂門上……才回家吃早飯」
  - 承上啟下
    - 凡——「我母親管束……便嚇住了」
    - 目
      - 犯事小——「犯的事小……我睡醒時才教訓我」
      - 犯事大——「犯的事大……叫別人聽的」
  - 教訓大過失
    - 犯錯——「有一個初秋……輕薄的話了」
    - 處罰——「晚上人靜後……也不許我上牀去睡」
    - 生病——「我跪著哭……一年多的眼翳病」
    - 醫病——「醫來醫去……我的嚴師，我的慈母」
- 總括（凡）
  - 因（影響）——「我在我母親……管束過我」
  - 果（感恩）——「如果我學得了一絲……我的慈母」

說明

本文依其結構，可析為兩個部分：

一、條分（目）部分：

這個部分包括一、二、三段。首段採泛寫的方式，從每天天剛亮寫到天大明，由喊醒、指錯寫到催上學、背生書，以寫他母親關心他學業，並在晨間於他犯事小時訓誨自己的情形。次段全用作上下文的接榫，由起句至「便嚇住了」止，是合應首、三等兩段來寫的；由「犯的事小」至「才教訓我」止，是上應首段來寫的；由「犯的事大」至段末，是下應第三段來寫的。這樣一面收起段，一面啟後段，充分的發揮了聯貫的功能。三段則採寫實的方式，記一個夜晚，因自己穿衣服說了輕薄話而受到母親重罰，以致生病、醫病的經過，寫出了他母親關心他健康，並在夜裡於他犯事大時訓誨自己的情形。

二、總括（凡）部分：

這個部分僅一段，即末段。在這一段裡，作者首先用「我在我母親的教訓之下住了九年」七句，寫自己三十多年來，除了母親外，沒有受過任何人的管束，以見他母親的教誨對自己影響之大；然後以三個假設句作橋樑，領出「我都得感謝我的慈母」的一篇主旨，謙虛的表示，如果自己有一些成就，都得歸功於他的慈母，以見他母親的偉大。

通觀此文，有寫「嚴」的部分，也有寫「慈」的部分。不過，顯而易見地，寫「慈」是主，而寫「嚴」則為賓；而且從實際上來說，作者在寫這篇文章時，早就將從前的「嚴」化成了如今的「慈」了。所以用來貫穿全文的，可說僅是一個「慈」字而已。為了要具體的寫出這個「慈」，作者便特地安排了一、三兩段；但由於這兩段，一寫清晨，一寫夜晚；一寫犯事小，一寫犯事大，都各自獨立，無法貫成一體，於是又安排了第三段，以作為承上啟下之用。這樣，各段自然相連起來了。

從今天起

甘績瑞

課文

「從今天起」這一句話，有兩層意思：一是我們認爲不正當的事，不應當做的事，從今天起，就決定不再去做。二是我們認爲正當的事，應當做的事，從今天起，便開始去做。

假如我們有一種不良的習慣，想要把它改了，而我們不下極大的決心，那不良的習慣，便時時刻刻會來引誘我們去做不正當的事，我們不去做，就要覺得十二分的不舒服，十二分的難過。如果我們因爲不良習慣的引誘和驅使，而轉了一個念頭：「今天姑且做一次，明天不做了。」這「姑且做一次」的念頭，就是惡習慣戰勝我們的好機會，也便是惡習慣的根。古人說：「去惡，如農夫之務去草焉。」俗語說：「斬草不除根，春風吹又生。」所以我們要革除一種惡習慣，便須下一個極大的決心，從今天起，就不再做。那麼這種惡習慣就可以永久不再發生了。

反過來說，我們想要做一件正當的事，也要從今天起，便開始去做，莫存「今天過了還有明天」的心。爲什麼呢？因爲因循怠惰，是一條綑住手腳的繩子，它能使我們的事業永遠不能成功。假如我們要做一件正當的事，而不立刻去做，以爲「將來做的時候多得很，今天不做，還有明天可做呢！」這樣一來，一次，二次，三次……就被因循怠惰的習慣所誤了。今天的事推到明天，明天又推到後天，一天一天的推下去，我們還有做成功的時候嗎？所以我們應當做的事，要從今天起，就開始去做。

古人說：「從前種種，譬如昨日死；以後種種，譬如今日生。」這句話中間，我們應當注意「昨日死」、「今日生」六個字。壞的我，在昨天已經死了，從今天起，便不再做壞事；好的我，今天才生，從今天起，就要做好事。佛家說：「放下屠刀，立地成佛。」假使想要成佛，而不能立刻放下屠刀，那成佛的希望，不過是幻想罷了。

結構分析表

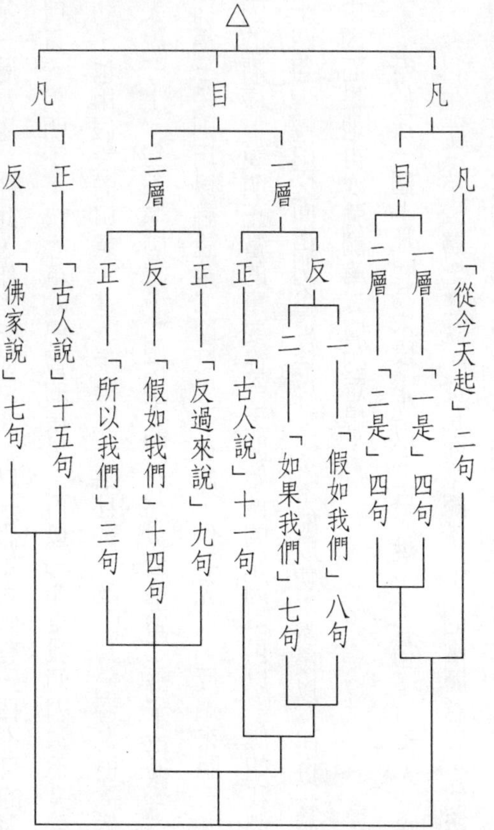

說明

此文旨在勉人下定決心，革除惡習，全力做該做的事，是採「凡、目、凡」的結構寫的。

頭一個「凡」在起段，先以開篇兩句作個總冒，再提明「從今天起」的兩層意思：即㈠不應當做的事，從今天起就不再去做，這是就消極一面來說的；㈡應當做的事，從今天起便開始努力地去做，這是就積極一面來說的。

而「目」指第二、三兩段，分別就這兩層意思加以詳細論說。其中第二段用以論說第一層意思，在此，作者先從反面，以「假如我們有一種不良的習慣」八句，用假設的口氣，說明不下決心革除惡習的後果；再以「如果我們因為不良習慣的引誘和驅使」七句，也用假設的口氣，進一步指明「姑且做一次」為惡習之根；然後轉到正面，以「古人說」十一句，指出「下一個極大的決心，從今天起，就不再做」，就能從此革除惡習。而第三段則用以論說第二層意思，在此，作者先以「反過來說」九句，從正面用由果而因的順序，說明正當的事要從今天開始做的原因；再以「假如我們要做一件正當的事」十四句，轉由反面指明不這樣做就永遠不能成功；然後以「所以我們應當做的事」三句，由因而果地再次強調第二層的意思。

至於後一個「凡」為末段，先以「古人說」十五句，引古人「昨日死」（第一層）、「今日生」（第二層）之說，從正面來總結上文的兩層意思，然後以「佛家說」七句，引佛家「放下屠刀（第一層），立地成佛（第二層）」之說，從反面來總結上文的兩層意思。這樣一正一反地收拾全文，收拾得完滿而有力。

律詩選：㈠過故人莊

孟浩然

課文

故人具雞黍，邀我至田家。
綠樹村邊合，青山郭外斜。
開軒面場圃，把酒話桑麻。
待到重陽日，還來就菊花。

結構分析表

- △
  - 實（今日）
    - 邀約——「故人具鷄黍」二句
    - 赴約
      - 途中——「綠樹村邊合」二句
      - 會面——「開軒面場圃」二句
  - 虛（未來）——「待到重陽日」二句

說明

此詩以田園風光襯托出老朋友相見的深切情誼，使篇內的物境與篇外的情境交融在一起。所謂的物境，是由詩歌中的景物或事物所構的一種境界。「故人具雞黍」一聯，以老朋友誠摯的邀約做為開端，把題目「過故人莊」直接點明，這是就事物來寫的物境，但也含有無限的情誼在。「綠樹村邊合」一聯，寫的是赴約途中所見到的景物，由田園明媚的風光襯托出心情的開朗與愉悅，這是就景物來寫的物境，而景中含情，詠來格外地生動，王國維在《人間詞話》裡說：「一切景語皆情語」，便是這個意思。「開軒面場圃」一聯，寫的是到田家後老朋友相會面、話家常的喜悅，這是就事物來寫的物境，很技巧地由物境襯托出情境來。「待到重陽日」一聯，預定了下次聚會的時間，由實轉虛，把朋友的情誼又推深一層，這是就事物來寫的物境，充分地將物境與情境疊合在一起。

總結起來說，這首詩從邀約寫起，進而寫村景、寫對酌，最後又以重陽為約，使得首尾圓合，而老朋友深厚的情誼，就這樣由篇外貫穿篇內所寫的景物與事物，形成統一，讓人百讀不厭。

余恕誠說此詩「在平淡中蘊藏著深厚的情味。一方面固然是每個句子都幾乎不見費力錘煉的痕跡，另一方面每個句子又都不曾顯得薄弱。比如詩的頭兩句只寫友人邀請，卻能顯出樸實的農家氣氛；三四句只寫綠樹青山卻能見出一片天地；五六句只寫把酒閒話，卻能表現心情與環境的愜意的契合；七八句只說重陽再來，卻自然流露對這個村莊和故人的依戀。這些句子平衡均勻，共同構成一個完整的意境，把恬靜秀美的農村風光和淳樸誠摯的情誼融成一片。這是所謂『篇法之妙，不見句法』。（沈德潛《唐詩別裁》）『不鉤奇抉異……若公輸氏當巧而不巧者』（皮日休《郢州孟亭記》）。他把藝術美深深地融入整個詩作的血肉之中，顯得自然天成。這種不炫奇獵異，不賣弄技巧，也不光靠一兩個精心製作的句子去支撐門面，是藝術水平高超的表現。譬如一位美人，她的美是通體上下，整個兒的，不是由於某一部位特別動人。她並不靠搔首弄姿，而是由於一種天然的顏色和氣韻使人驚嘆。正是因為有真彩內映，所以出語灑落，渾然省淨，使全詩從『淡抹』中顯示了它的魅力，而不再需要『濃飾盛妝』了。」（《唐詩大觀》）很能掌握本詩的好處。

律詩選：(二)山居秋暝

王維

課文

空山新雨後，天氣晚來秋。
明月松間照，清泉石上流。
竹喧歸浣女，蓮動下漁舟。
隨意春芳歇，王孫自可留。

結構分析表

△
- 實（景）
  - 天氣——「空山新雨後」二句
  - 景物
    - 物——「明月松間照」二句
    - 人——「竹喧歸浣女」二句
- 虛（情）——「隨意春芳歇」二句

說明

此詩旨在藉秋日山居之佳來表示不屑仕宦之意，是採「先實（景）後虛（情）」的結構寫成的。

就「實」的部分而言，作者先用「空山新雨後」兩句，寫空山在秋日雨霽後的黃昏天氣，用語雖樸素，卻契合著作者此時之心情，體現出高妙的意境。接著以中間兩聯，寫「山居秋暝」時所見景物：首先是松間明月，其次是石上流泉，再其次是喧竹下的浣女，末了是動蓮上的小舟；其中上聯主要在寫物，下聯主要在寫人，寫得極其恬靜和諧。傅如一說：「詩的中間兩聯同是寫景，而各有側重。頷聯側重寫物，以物芳而明志潔；頸聯側重寫人，以人和而望政通。同時，二者又互為補充，泉水、青松、翠竹、青蓮，可以說都是詩人高尚情操的寫照，都是詩人理想境界的環境烘托。」（《唐詩大觀》）這種體會很深入。

就「虛」的部分而言，作者先以「隨意春芳歇」句指「秋」來總括上面六句詩；然後以「王孫自可留」句來表示自己歸隱的志趣，這可說是全詩的重心所在。劉樹勛說：「所謂『春芳』，是指春天的芳菲世界，即百花盛開的局面。現在秋天來了，花兒都謝了，就是春芳消歇。在這山中還有可供欣賞、可供留戀的嗎？可是詩人卻說：雖然春芳已經消歇，而王孫還自可留。漢代淮南小山作了一篇〈招隱士〉，先寫了山中一段春景，最後說：『王孫兮歸來，山中兮不可以久留』。為的是要招那些隱居山中的人出去。王維的志趣在歸隱，所以反其意而用之。他說，春天芳菲的景物雖然在不知不覺中消歇了，而山中的秋天也一樣迷人，如空山雨後這樣清幽的景色，人們還值得留戀啊！『王孫』一詞，襲用〈招隱士〉的文字，是泛指，當然也包括作者自己在內。對這一類詞句的理解，不能以詞害意。」（《山水詩歌鑑賞辭典》）說得很合理。

律詩選：㈢聞官軍收河南河北

杜甫

課文

劍外忽傳收薊北，初聞涕淚滿衣裳。
卻看妻子愁何在？漫卷詩書喜欲狂。
白日放歌須縱酒，青春作伴好還鄉。
即從巴峽穿巫峽，便下襄陽向洛陽。

結構分析表

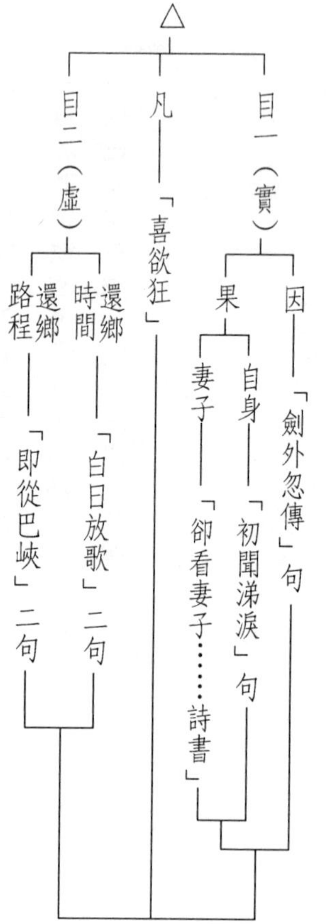

說明

此詩旨在寫「聞官軍收河南河北」後「喜欲狂」之情，是採「目、凡、目」的結構寫成的。

作者首先在起聯，針對題目，寫「聞官軍收河南河北」時自己喜極而泣的情形，藉「忽傳」、「初聞」寫事出突然，藉「涕淚滿衣裳」句寫喜悅；接著在頷聯，採設問的形式，由自身移至妻子身上，寫妻子聞後狂喜的情狀，很技巧地以「卻看」作接榫，帶出「漫卷詩書」四字作具體之描寫。以上全用以實寫「喜欲狂」，為「目一」的部分。

而緊接「漫卷詩書」而來的「喜欲狂」三字，正是一篇主旨之所在，為「凡」的部分。繼而在頸聯，由實轉虛，以「放歌縱酒」上承「喜欲狂」、「好還鄉」上承「妻子」，寫春日攜手還鄉的打算；最後在結聯，緊接上聯「還鄉」之打算，一口氣虛寫還鄉所準備經過的路程，將「喜欲狂」作更進一層的渲染；以上四句，全用以虛寫「喜欲狂」，為「目二」的部分。

如此，由「忽傳」而「初聞」、「卻看」而「漫卷」、「即從」而「便下」，一氣奔注，將自己與妻子「喜欲狂」的心情，描摹得真是生動極了。

最苦與最樂

梁啓超

課文

人生什麼事最苦呢？貧嗎？不是。失意嗎？不是。老嗎？死嗎？都不是。我說人生最苦的事，莫若身上背著一種未了的責任。人若能知足，雖貧不苦；若能安分（不多作分外希望），雖失意不苦；老、死乃人生難免的事，達觀的人看得很平常，也不算什麼苦。獨是凡人生在世間一天，便有應該做的事。該做的事沒有做完，便像是有幾千斤重擔子壓在肩頭，再苦是沒有的了。爲什麼呢？因爲受那良心責備不過，要逃躲也沒處逃躲呀！

答應人作一件事沒有辦，欠了人家的錢沒有還，受了人家的恩惠沒有報答，得罪了人沒有賠禮，這就連這個人的面也幾乎不敢見他；縱然不見他的面，睡在夢裡，都像有他的影子來纏著我。爲什麼呢？因爲覺得對不住他呀！因爲自己對他的責任，還沒有解除呀！不獨是對於一個人如此，就是對於家庭、對於社會、對於國家，乃至對於自己，都是如此。凡屬我受過他好處的人，我對於他便有了責任。凡屬我應該做的事，而且力量能夠做得到的，我對於這件事便有了責任。凡屬我自己打主意要做一件事，便是現在的自己和將來的自己立了一種契約，便是自己對於自己加一層責任。有了這責任，那良心便時時刻刻監督在後頭，一日應盡的責任沒有盡，到夜裡頭便是過的苦痛日子；一生應盡的責任沒有盡，便死也帶著苦痛往墳墓裡去。這種苦痛卻比不得普通的貧困老死，可以達觀排解得來。所以我說人生沒有苦痛便罷；若有苦痛，當然沒有比這個加重的了。

翻過來看，什麼事最快樂呢？自然責任完了，算是人生第一件樂事。古語說得好：「如釋重負」；俗語亦說是：「心上一塊石頭落了地」。人到這個時候，那種輕鬆愉快，真是不可以言語形容。責任越重大，負責的日子越久長，到責任完了時，海闊天空，心安理得，那快樂還要加幾倍哩！大抵天下事從苦中得來的樂才算真樂。人生須知道有負責任的苦處，才能知道有盡責任的樂處。這種苦樂循環，便是這有活力的人間一種趣味。卻是不盡責任，受良心責備，這些苦都是自己找來的。一翻過來，處處盡責任，便處處快樂；時時盡責任，便時時快樂。快樂之權，操之在己。孔子所以說：「無入而不自得」，正是這種作用。

然則爲什麼孟子又說「君子有終身之憂」呢？因爲越是聖賢豪傑，他負的責任越是重大；而且他常要把種種責任來攬在身上，肩頭的擔子從沒有放下的時節。曾子還說哩：「任重而道遠」，「死而後已，不亦遠乎？」那仁人志士的憂民憂國，那諸聖諸佛的悲天憫人，雖說他是一輩子感受苦痛，也都可以。但是他日日在那裡盡責任，便日日在那裡得苦中真樂，所以他到底還是樂，不是苦呀！

有人說：「既然這苦是從負責任而生的，我若是將責任卸卻，豈不是就永遠沒有苦了嗎？」這卻不然，責任是要解除了才沒有，並不是卸了就沒有。人生若能永遠像兩三歲小孩，本來沒有責任，那就本來沒有苦。到了長成，責任自然壓在你的肩頭上，如何能逃躲？不過有大小的分別罷了。盡得大的責任，就得大快樂；盡得小的責任，就得小快樂。你若是要逃躲，反而是自投苦海，永遠不能解除了。

結構分析表

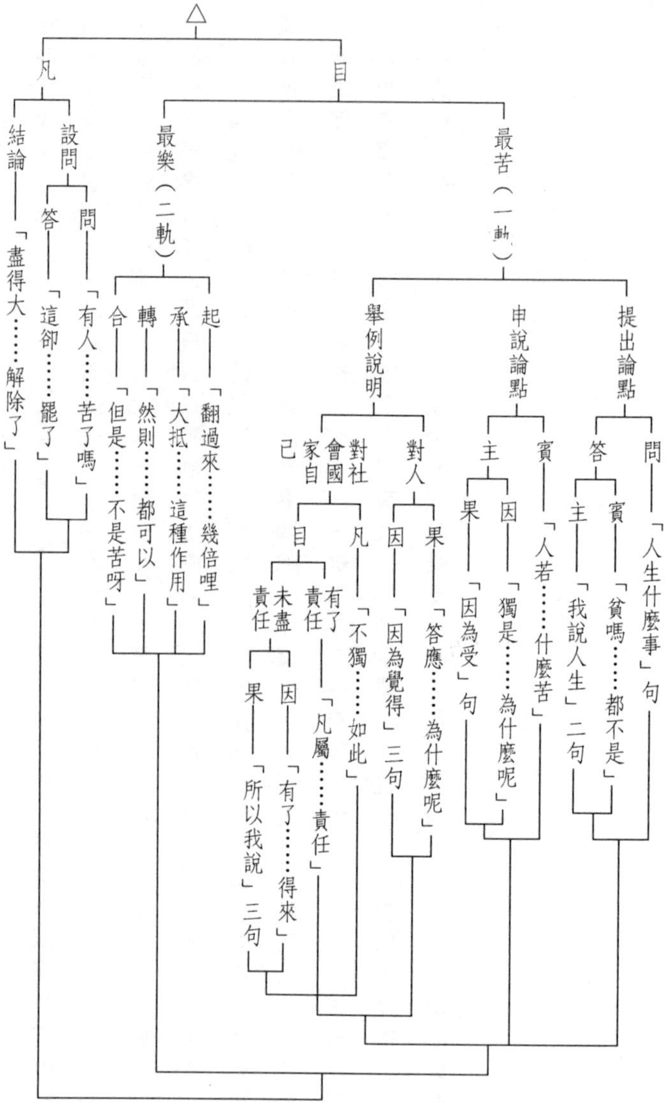
△
凡
目
結論
設問
最樂（二軌）
最苦（一軌）
「盡得大……解除了」
答
問
「這卻……罷了」
「有人……苦了嗎」
合
轉
承
起
「但是……不是苦呀」
「然則……都可以」
「大抵……這種作用」
「翻過來……幾倍哩」
舉例說明
申說論點
提出論點
對社會國家自己
對人
主
賓
答
問
目
凡
因
果
果
因
「人若……什麼苦」
主
賓
「人生什麼事」句
有了責任
未盡責任
「不獨……如此」
「因為覺得」三句
「答應……為什麼呢」
「因為受」句
「獨是……為什麼呢」
「我說人生」二句
「貧嗎……都不是」
果
因
「凡屬……責任」
「所以我說」三句
「有了……得來」

說明

此文旨在說明責任與苦樂的關係，認為最苦的事是有未了的責任（一軌），而最樂的事就是盡了責任（二軌），是採「先目後凡」的結構寫成的。

「目」的部分包括第一、二、三、四等段，其中一、二兩段用以論「最苦」。作者在此，先以「人生什麼事最苦呢」十句，用提問的技巧，指出「人生最苦的事，莫若身上背著一種未了的責任」的第一層論點；再以「人若能知足」十五句，用「先賓後主」、「先因後果」的形式，就所提論點加以申說；然後依次以「答應人作一件事沒辦」十二句，舉對待別人為例，作進一步的說明，以「不獨是對於一個人如此」二十三句，舉對待社會國家和自己為例，用「先凡後目」的形式，作深一層的說明；這是第一軌。而三、四兩段用以論「最樂」。作者在此，先以「翻過來看」十七句，直接拈出「責任完了，算是人生第一件樂事」的第二層論點；再以「大抵天下事從苦中得來的樂才算真樂」十八句，針對第二層論點加以申說；接著以「然則為什麼孟子又說『君子有終身之憂』呢」十四句，援引古聖賢之說，轉從「苦」這一面來論述；然後以「但是他日日在那裡盡責任」四句，又拉回到「樂」這一面來論述，以辨明「苦中真樂」的道理；這是第二軌。

而「凡」的部分，即末段，在此，先以「有人說」四句一問；再以「這卻不然」十句一答，說明人是逃不過責任的；然後以「盡得大責任」七句，將以上兩軌的意思作個總括，點明一篇之主旨作結。

如此以「責任」來貫穿「苦」和「樂」，並且把苦樂之間那種一而二、二而一的關係加以辨明，足以看出作者不凡的眼力。

五柳先生傳

陶淵明

課文

先生不知何許人也，亦不詳其姓字。宅邊有五柳樹，因以爲號焉。閑靜少言，不慕榮利。好讀書，不求甚解；每有會意便欣然忘食。性嗜酒，家貧不能常得；親舊知其如此，或置酒而招之，造飲輒盡，期在必醉；既醉而退，曾不吝情去留。環堵蕭然，不蔽風日，短褐穿結，簞瓢屢空，——晏如也。常著文章自娛，頗示己志。忘懷得失，以此自終。

贊曰：黔婁之妻有言：「不戚戚於貧賤，不汲汲於富貴。」味其言，茲若人之儔乎？啣觴賦詩，以樂其志。無懷氏之民歟？葛天氏之民歟？

結構分析表

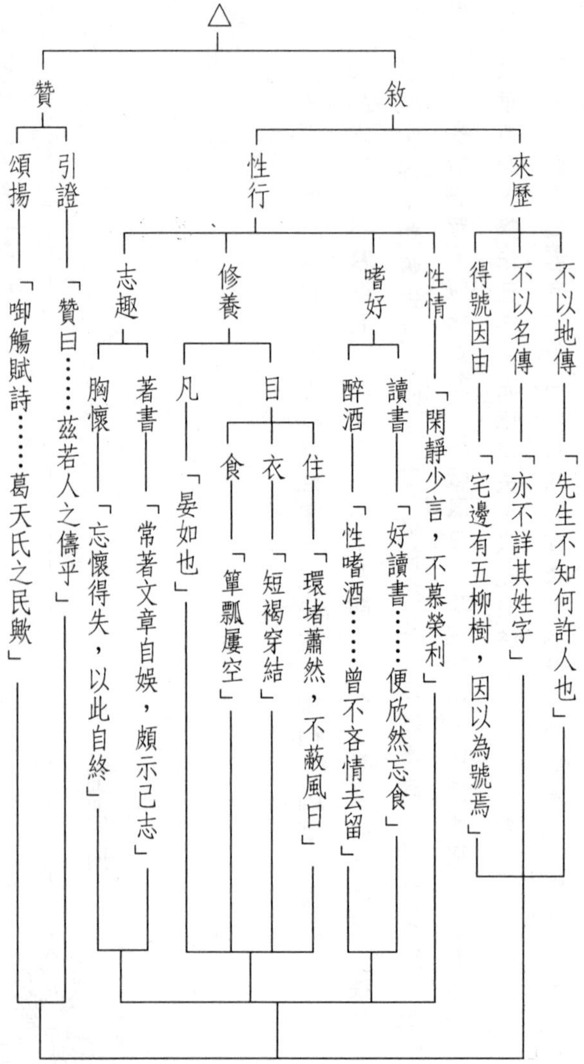
△
敘
來歷
不以地傳
「先生不知何許人也」
不以名傳
「亦不詳其姓字」
得號因由
「宅邊有五柳樹，因以為號焉」
性行
性情
「閑靜少言，不慕榮利」
嗜好
讀書
「好讀書……便欣然忘食」
醉酒
「性嗜酒……曾不吝情去留」
修養
目
住
「環堵蕭然，不蔽風日」
衣
「短褐穿結」
食
「簞瓢屢空」
凡
「晏如也」
志趣
著書
「常著文章自娛，頗示己志」
胸懷
「忘懷得失，以此自終」
贊
引證
「贊曰……茲若人之儔乎」
頌揚
「啣觴賦詩……葛天氏之民歟」

說明

這是全就「揚」的一面來寫的一篇文章，採先「敘」後「論」的方式寫成：

一、「敘」的部分：

這個部分包括一、二兩段：

㈠首段：

這一段僅四句，用以點明五柳先生的來歷。寫法是這樣子的：先以首句說他「不以地傳」（《評注古文觀止》卷七），再以次句說他「不以名傳」（同上），然後以三、四兩句，說出他所以得號為「五柳」的原因。

㈡次段：

這一段主要是寫五柳先生的高尚性行。首先以「閑靜少言」兩句，寫他的性情；再以「好讀書」十二句，分讀書與醉酒兩節，寫他的嗜好；接著以「環堵蕭然」四句，就住、衣、食，寫他的修養；然後以「常著文章自娛」四句，就著書與胸懷，寫他的志趣。

二、「論」的部分：

這個部分僅一段，即末段。作者在此，仿史傳之例，以「贊曰」二字冠首，引出頌贊的一段文字來。這一段文字，先以「黔婁有言」三句，應上段的「家貧」、「晏如」

與「不慕榮利」等句，藉古代高士的話加以印證；再以「味其言」兩句，用疑問的口吻，提出作者自己的看法，認為五柳先生該是「不戚戚於貧賤，不汲汲於富貴」的一類人物；然後以「啣觴賦詩」四句，應上段的「嗜酒」與「常著文章自娛，頗示己志」等句，從五柳先生的嗜好、志趣上來頌揚他是個上古人物作結。

大家都知道這篇〈五柳先生傳〉，等於是陶淵明的自傳。寫自傳，本有諸多限制，是不好全就「揚」的一面來寫的，更何況又夾雜著時代難言的因素，於是作者便只好假五柳先生作為自己的寫照了。吳楚材說：「淵明以彭澤令辭歸後，劉裕移晉祚，恥不復仕，號五柳先生，此傳乃自述其生平之行也。」（《評注古文觀止》卷七引）看法是正確的。

方智範說：「陶淵明的〈五柳先生傳〉，只有短短的一百七十餘字。看題目，這是一篇人物傳記，首敘傳主的姓名、爵里、別號，末以『贊』語評價傳主一生，似乎合於史傳文的正格。但若細讀之，卻又與一般史傳文不同，其中沒有一個記述傳主功德的具體中心事件，也沒有對歷史環境和人物語言行動的具體描繪。這樣的文章，究竟好在哪裡？它好在由文章內容與形式和諧統一中體現出來的『真』。」又說：「文末的贊語，點醒了本文題旨。『不戚戚於貧賤，不汲汲於富貴』這一評價，使這篇看似散漫的文章獲得了一個精神凝聚點，可謂一篇之『神』。『神者，精神貫徹處永無漫滅之謂。』（林紓《春覺齋論文》）對五柳先生這個遺世獨立的隱士形象，作者力圖傳其神，寫其心，至此，便把他的「真」這一內在精神特質最終揭示了出來。再加上『無懷氏之民歟？葛天氏之民歟？』這兩個提問，結得搖曳蕩漾，回應開頭的『不知』、『不詳』，如雲中神龍，夭矯而來，悠然而去，更令讀者感到文外有意，餘味無窮。此文寫五柳先生的至情至性，全以極樸極淡的形式出之。寫的是日常生活情趣，感情是那樣瀟灑閑逸，文章布局也似漫不經意，語言又質樸平淡，不事雕飾。所以前人謂此文『真氣盤旋紙上，不可作文字觀』（毛慶蕃《古文學餘》）。所謂『真氣』，大概就是指直寫胸臆，文中有『我』。陶淵明並不著力為文，注重發於情性，由乎自然，故全文體格閑放，風神獨具，在返樸歸真之中，自有其聲色之美。道家論文貴其真，『真悲無聲而哀，真怒未發而威，真親未笑而和。』（《莊子．漁父》）我們從這種審美觀念中，可以體會到〈五柳先生傳〉之所以動人的奧秘。」（《古代文學作品鑑賞》）將本文的主旨與寫作特色說明得很清楚。

愛蓮說

周敦頤

課文

水陸草木之花，可愛者甚蕃：晉陶淵明獨愛菊。自李唐來，世人盛愛牡丹。予獨愛蓮之出淤泥而不染，濯清漣而不妖；中通外直，不蔓不枝；香遠益清，亭亭淨植，可遠觀而不可褻玩焉。

予謂：菊，花之隱逸者也；牡丹，花之富貴者也；蓮，花之君子者也。噫！菊之愛，陶後鮮有聞。蓮之愛，同予者何人？牡丹之愛，宜乎眾矣。

結構分析表

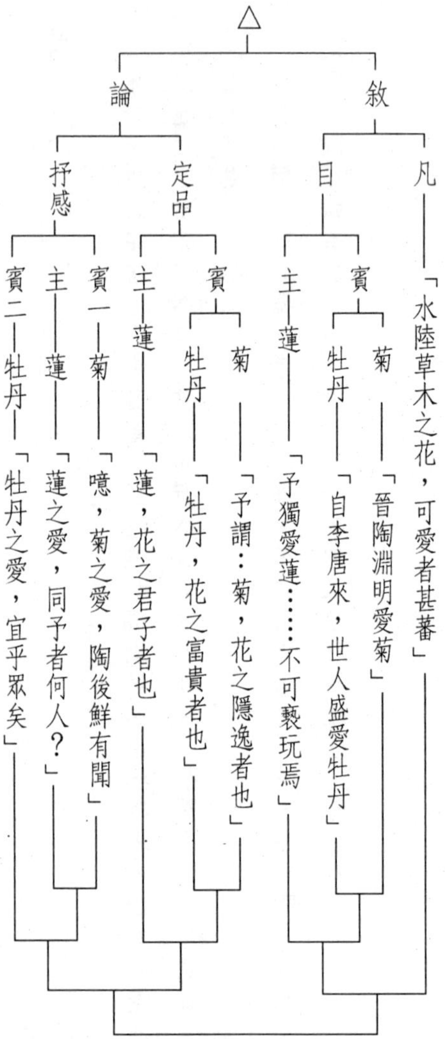

說明

這篇課文是由「敘」「論」兩個部分組合而成的：

一、「敘」的部分：

即第一段。作者在此，先以開端兩句作為總括，提明世上有許多「水陸草木之花」的事實；然後以「晉陶淵明獨愛菊」十句，依次分寫眾花中的菊、牡丹、蓮和愛這三種花的人。由於陶淵明愛菊、世人愛牡丹，是人所共知的事實，所以只須交代這一事實，卻不必作進一步的說明。至於愛蓮，則是作者個人的愛好，當然須將自己愛蓮的理由加以解釋，因此作者便用「出淤泥而不染」七句，寫出蓮花與眾不同的特質，藉以象徵君子的高潔品格，以充分的為下文「蓮，花之君子者也」的一句論斷蓄力。

二、「論」的部分：

即第二段。作者則先就菊、牡丹與蓮等三種花的品格加以衡定，再論及愛這三種花的人，發出感慨收結。在衡定花品的一節裡，敘述三種花的次序，完全與首段相同；而在論及人物的一節裡，卻將牡丹和蓮的次序加以對調。作者作了如此的調整顯然對當代人但知追求富貴，而缺乏道德理想的情形，是有著貶責的意思的。不過在語氣上，卻力求委婉罷了。

顯而易見的，作者在這篇文章裡，主要的是寫蓮和愛蓮的自己，這是「主」的部分。為了使這個「主」的部分更為凸出，便又不得不寫象徵隱逸的菊和象徵富貴的牡丹，以及愛菊、愛牡丹的人，這是「賓」的部分。有了賓的部分作陪襯，再加上敘、論映照，自然的，作者愛蓮和諷喻的意思便格外清晰了。

秦寰明說：「宋代理學，是一種新的儒學，它不僅對傳統的儒家經典作出了新的解說，而且，有一個突出的特點，即很大程度上吸收了佛老思想的因素。蓮花與佛教有著密切的關係。侯外廬等主編的《宋明理學史》在講到周敦頤的這篇〈愛蓮說〉時，曾引證了《華嚴經探玄記》卷三中對蓮花的『在泥不染』和香、淨、柔軟、可愛四種『德』的解說，這種看法是可以成立的。佛教的這種理論，不僅影響了周敦頤的道德觀，而且也可能就是這篇〈愛蓮說〉藝術構思的誘因之一。佛教是逃避人世的，在佛教中的蓮花也是超凡出塵的，但周敦頤用蓮花為寓托物而寫的這篇〈愛蓮說〉，其思想傾向並非與之盡合。作者筆下的『蓮花』，是處在塵世的囂雜之中而能保其清潔，其心正，其意誠，中無欲望雜念窒塞，持靜守虛，品性不凡。它既不同於菊花之避世，更不同於牡丹之媚俗，它是入世而不拘於世，用世而不媚於世，是君子而不是隱者，更不是追逐名利的達官貴人。這與佛教中蓮花的寓意是有一定區別的，其間融和著儒家的修身用世的思想。〈愛蓮說〉形象地體現著周敦頤的道德觀，反映出宋代理學十分注重內在修養、強調以品格為世人楷模的特點。」（《中學古詩文鑑賞辭典》）這樣來看待這篇文章的思想內容，會更加明晰。

為學一首示子姪

彭端淑

課文

天下事有難易乎？爲之，則難者亦易矣；不爲，則易者亦難矣。人之爲學有難易乎？學之，則難者亦易矣；不學，則易者亦難矣。

吾資之昏，不逮人也；吾材之庸，不逮人也。旦旦而學之，久而不怠焉；迄乎成，而亦不知其昏與庸也。吾資之聰，倍人也；吾材之敏，倍人也。屏棄而不用，其昏與庸無以異也。然則昏庸聰敏之用，豈有常哉？

蜀之鄙有二僧，其一貧，其一富。貧者語於富者曰：「吾欲之南海，何如？」富者曰：「子何恃而往？」曰：「吾一瓶一缽足矣。」富者曰：「吾數年來欲買舟而下，猶未能也。子何恃而往？」越明年，貧者自南海還，以告富者，富者有慚色。西蜀之去南海，不知幾千里也：僧之富者不能至，而貧者至焉。人之立志，顧不如蜀鄙之僧哉？

是故聰與敏，可恃而不可恃也；自恃其聰與敏而不學，自敗者也。昏與庸，可限而不可限也；不自限其昏與庸而力學不倦，自立者也。

結構分析表

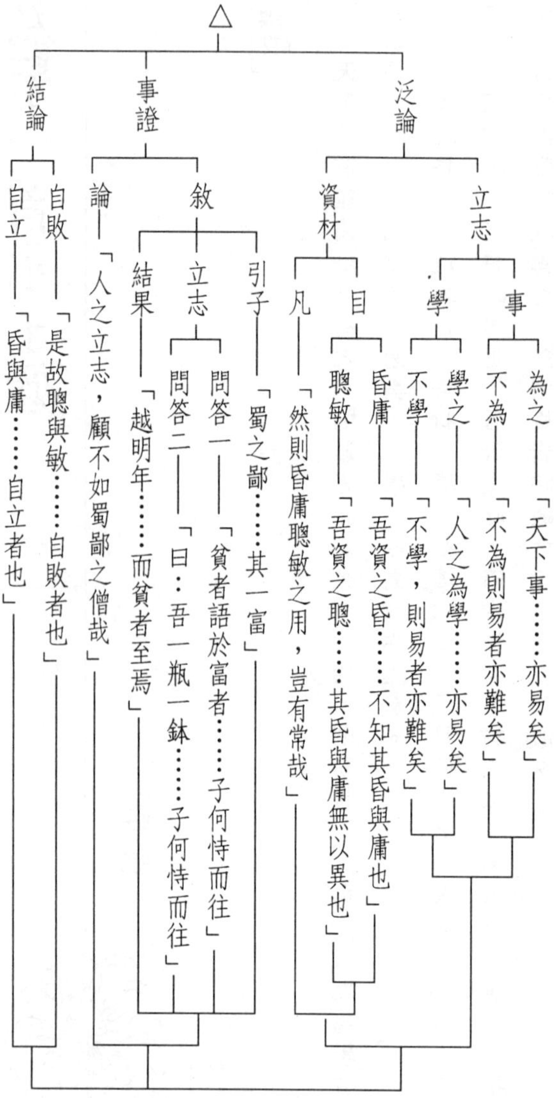

說明

此文是作者寫來勉勵他的子姪「力學不倦」的。全文分泛論、事證與結論三大部分，一路採正反對照的形式寫成：

一、泛論部分：

這個部分包括一、二等兩段。起段先就做事談起，而及於為學，指明做事與為學的難易，並不在於「學」與「事」的本身，而在於做與不做、學與不學的行為上，以預為下段更進一層的議論打開路子。二段先承起段的學與不學，配合資材之昏與敏，採先分後合的形式，作更廣泛而徹底的說明，認為人的資質、才能，雖有昏與敏的分別，但若努力去學，昏者自可趕上敏者；不努力去學，則敏者便和昏者沒什麼兩樣。然後以「然則」一轉，引出「昏庸聰敏之用」兩句，指出昏庸、聰明是無常的，不可恃的，全力為末段的結論蓄勢。

二、事證的部分：

這個部分僅一段，即第三段。此段特舉蜀僧去南海之事例，證明肯努力的終能成功，不肯努力的必將失敗。作者首先用開頭三句，提明蜀之鄙有一富、一貧的和尚，作為故事的開端；接著藉二問二答，敘明毫無所恃的貧者願往南海而富者則否的情事；繼而以

「越明年」作時間上之聯絡，領出「貧者自南海還」三句，交代貧者成功、富者羞慚的結果；然後以「西蜀之去南海」六句，將貧者與富者、至與不至作一比較，從而發出人須立志，不能不如蜀僧的感慨，以引出下段結論的部分。

三、結論部分：

這個部分僅一段，即末段。作者在此，首收上文的「不為」、「聰」、「敏」、「屏棄不用」與「富者不能至」，用「是故聰與敏」四句，從反面指明人若自恃聰敏而不去學習，則必然會走上失敗之路；次收上文的「為之」、「學之」、「昏」、「庸」、「旦旦學之」與「貧者至」，用「昏與庸」四句，從正面指出人若不自限昏庸而力學不已，則必將步上成功大道，以點明主旨作收。

從形式上看，本文是最整齊不過的。所以能如此，除了作者用排比的手法來寫之外，和材料之運用也有著密切的關係。通常在正、反材料時，作者大都喜歡以段落作為單元，把正、反兩個部分明顯割開，如舊課本所選的〈日喻〉便是這樣。而本文的作者卻從頭到尾，以對等、交替的方式運用一正一反的材料，造成往而復返、迴環不已的對比效果，這在運材上比起〈日喻〉來，是更要講求技巧的。

徐哲波說：「〈為學〉不像荀子的〈勸學〉那樣運用大量比喻為證，只用一則短小故事喻托。但故事與論點間有密切的內在聯繫，富於深刻的哲理；〈為學〉也沒有『謂心到，眼到，口到』（《訓古齋規・讀書要『三到』》），說及具體的學習方法，只是原則地指出學習要樹立堅強的毅力去克服其中遇到的困難。『未能蓄其本，其失又甚焉者也！』（《茶餘客話・讀書五失》）這就教給後輩從根本上解決學習中的困難的方法；指導思想上要知難而進。『古之立大事者，不惟有超世之才，亦必有堅韌不拔之志。』（蘇軾〈晁錯論〉）反之，『惡勞而好逸，甘食偷衣，玩日愒歲』，是什麼事都別想幹，什麼困難都克服不了的。天下事的難和易，取決你的『為』和『不為』；做學問的難和易，取決於你的『學』與『不學』。這樸素的辯證關係，所闡發的道理是多麼的深刻啊！本文所述思想雖為『為學』，但其中所包含的道理既深且廣，因而得以廣泛傳誦。文章先提論點，再從容論析，插入貧富二僧的故事，娓娓動人，增添了文章的說服力。作者無聲色之厲，平易質樸，而又把事理闡發得至為深邃。文字短小精粹，卻論述得從容不迫，反覆對比，有論證的對比，且有事例對比，使人所得教育倍為深刻。」（《古文鑑賞辭典》）看法十分正確。

陋室銘

劉禹錫

課文

山不在高，有仙則名；水不在深，有龍則靈；斯是陋室，惟吾德馨。苔痕上階綠，草色入簾青。談笑有鴻儒，往來無白丁。可以調素琴，閱金經。無絲竹之亂耳，無案牘之勞形。南陽諸葛廬，西蜀子雲亭。孔子云：「何陋之有？」

結構分析表

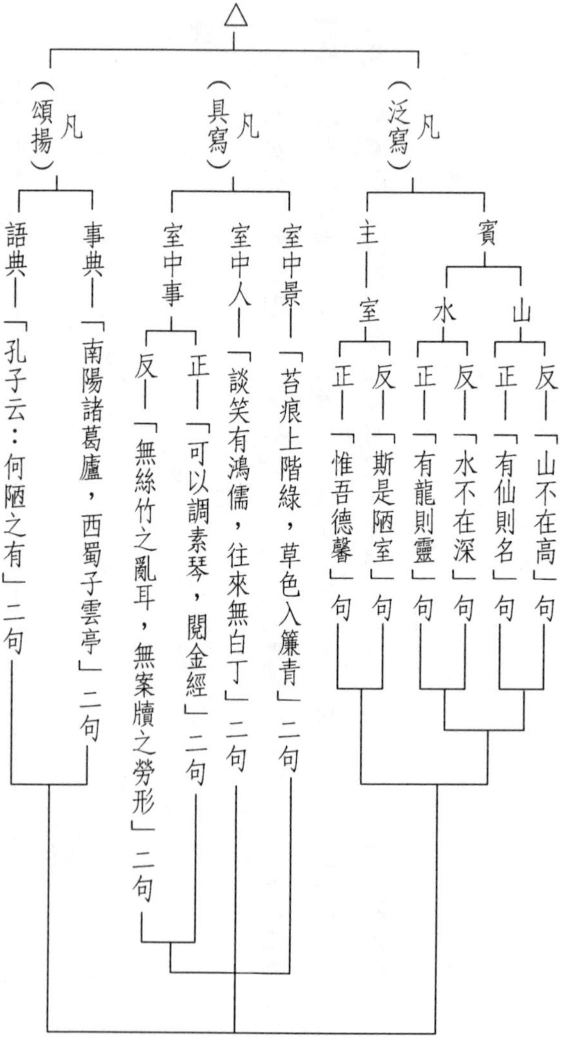
△
凡（泛寫）
凡（具寫）
凡（頌揚）
賓
主
山
水
室
反—「山不在高」句
正—「有仙則名」句
反—「水不在深」句
正—「有龍則靈」句
反—「斯是陋室」句
正—「惟吾德馨」句
室中景—「苔痕上階綠，草色入簾青」二句
室中人—「談笑有鴻儒，往來無白丁」二句
室中事
正—「可以調素琴，閱金經」二句
反—「無絲竹之亂耳，無案牘之勞形」二句
事典—「南陽諸葛廬，西蜀子雲亭」二句
語典—「孔子云：何陋之有」二句

說明

此銘旨在戒勉自己努力進德修業，是採「凡、目、凡」的結構寫成的。其中「山不在高」六句，屬頭一個「凡」，乃用「先賓後主」、「先反後正」的形式，由「山」、「水」說到「室」，十分技巧地引用《左傳・宮之奇諫假道於虞以伐虢》所謂「惟德是馨」句，扣到自己身上，凸顯一個「德」字來貫穿全文。而「苔痕上階綠」八句，則屬「目」的部分，依次以「苔痕」二句寫室中景、「談笑」二句寫室中人、「可以調」四句寫室中事，將自己在陋室中安然自適之樂充分地表達出來。至於「南陽諸葛廬」四句，乃屬後一個「凡」，透過事典與語典之使用，作一番頌揚，暗含「君子居之」的意思，回抱頭一個「凡」之「德」字收結，結得高古有力。

這篇文章之所以受到後人的讚賞，原因雖多，但主要還是在於它有兩大特色，秦寰明以為「首先在於立意高。室以陋名，從表面上看，是因為其室確很簡陋，進一層看，是作者甘居陋室、自適其適，而並不以此為恥、為憂。那麼，為什麼會如此?作者在文中點出了其中的原因──『惟吾德馨』。正因為有這個『德』，所以即便此室再陋，作者也覺得『何陋之有』。在這裡，外在的陋與內在的德形成強烈的反襯。陋室之可銘，並非在其『陋』，而在其『德馨』，使人們感到作者不僅安貧，而且樂道，而之所以能安貧，正因為其樂『道』，此室愈陋，反而愈見作者之德。作者以這樣的思想來銘而警之，立意確實不平庸。這篇文章的第二個特點，是文字簡短凝煉，韻中有散，而層次非常清晰。開頭四句，作者首先用比興的方法，以山水引起陋室，以仙、龍比喻『德馨』。以下八句，是作者對陋室的具體描述，『苔痕上階綠，草色入簾青』，寫室中景，詩中有畫，『上』、『入』，化靜為動，煉字精當。『談笑有鴻儒，往來無白丁』寫室中人，較之上面寫景又進了一層，不僅景色宜人，而且生活安閑自由，高雅不俗。『可以調素琴，閱金經。無絲竹之亂耳，無案牘之勞形』，寫室中事，一正一反，相互襯托。作者層層寫來，具體形象，而筆筆流露出作者不以此室為陋，而『惟吾德馨』的淡泊自在的情緒，表現出作者的不戚戚於貧賤、不汲汲於富貴的思想。最後四句，作者又分別引證諸葛亮的南陽草廬和揚雄的西蜀草玄亭，以見古賢人皆居陋室而功德滿天下，最後引用在封建社會被推為聖人的孔子的話說『何陋之有』，作者以問句束尾，文勢振起，顯得飽滿有力。《論語・子罕》中孔子說的話是『君子居之，何陋之有』，在這裡，劉禹錫只取了後半句，表達含蓄，耐人尋味。全文很短小，但寫得完整妥帖，珠圓璧合。」（《中學古詩文鑑賞辭典》）具備這兩大特色，自然就能流傳久遠。

樂府歌行選二：木蘭詩

佚名

課文

唧唧復唧唧，木蘭當戶織。不聞機杼聲，惟聞女嘆息。問女何所思？問女何所憶？「女亦無所思，女亦無所憶。昨夜見軍帖，可汗大點兵；軍書十二卷，卷卷有爺名。阿爺無大兒，木蘭無長兄，願爲市鞍馬，從此替爺征。」

東市買駿馬，西市買鞍韉，南市買轡頭，北市買長鞭。朝辭爺孃去，暮宿黃河邊；不聞爺孃喚女聲，但聞黃河流水鳴濺濺。旦辭黃河去，暮至黑山頭；不聞爺孃喚女聲，但聞燕山胡騎聲啾啾。

萬里赴戎機，關山度若飛。朔氣傳金柝，寒光照鐵衣。將軍百戰死，壯士十年歸。

歸來見天子，天子坐明堂。策勳十二轉，賞賜百千強。可汗問所欲，「木蘭不用尚書郎，願借明駝千里足，送兒還故鄉。」

爺孃聞女來，出郭相扶將。阿姊聞妹來，當戶理紅妝。小弟聞姊來，磨刀霍霍向豬羊。開我東閣門，坐我西閣牀。脫我戰時袍，著我舊時裳。當窗理雲鬢，對鏡貼花黃。出門看火伴，火伴皆驚惶：「同行十二年，不知木蘭是女郎。」

雄兔腳撲朔，雌兔眼迷離。兩兔傍地走，安能辨我是雄雌？

結構分析表

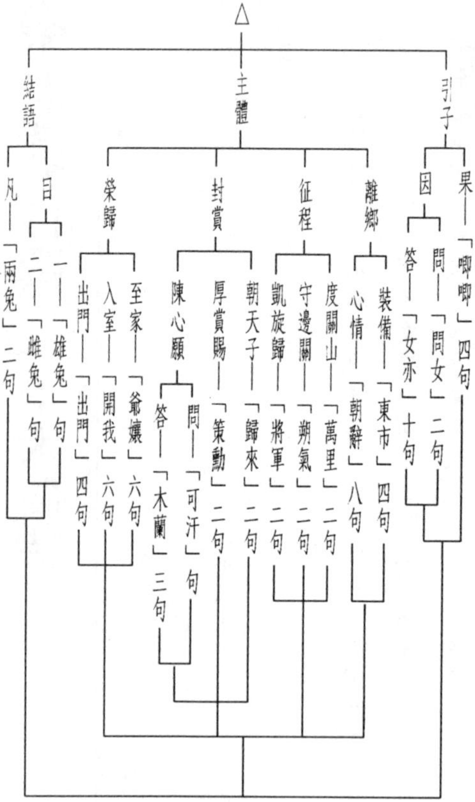

說明

從整體上看，此詩是採「由昔而今」的形式，也就是按照時間展演的順序來寫的。

首段以設問、插敘的方式敘明木蘭代父從軍的原因，這是整個故事的前奏，替後面的出征、凱旋作好鋪路的工作。尤其用「唧唧復唧唧」的歎息聲來開端，更能達到引人入勝的效果。次段前半從多方面去描寫木蘭所買的軍用裝備，木蘭的英雄形象在此段形成，而和三、四段的征程、凱旋相呼應，也和五段的恢復女妝及末段的四句詩相對照。後半則從正面抒寫木蘭離開溫暖家庭的心情，傳神地流露出木蘭在征途中對雙親的懷念之情，這正和第五段返鄉時家人的喜悅描繪相呼應。然後木蘭離鄉背井越走越遠，終於引出第五段的「萬里赴戎機，關山度若飛」兩句詩來。第三段避開了木蘭在戰場上如何殺敵的經過，用六句詩概括了她十年的行伍生活：首二句寫出征的節節勝利，次二句寫在此地的征戍生活，最後用「將軍百戰死，壯士十年歸」寫她經歷長期征戰後，凱旋歸來的光榮結果。此段最是精練，全詩緊扣「木蘭是女郎」進行，故此處以最經濟之筆法加以剪裁，以配合此詩的主旨——歌詠一尋常女子因孝心而寫下的不凡事蹟。第四段緊接上段的「歸」字，用極誇張的手法寫天子對木蘭的厚賞，而把木蘭的英姿再度加以強調，故事情節順展而下，木蘭卻不受厚賞，只願早日還鄉。作者再度用問答的方式，把木蘭的孝心和保家衛國的崇高目的表明出來，此正和首段遙相呼應。第五段寫木蘭返鄉的喜悅及換上舊裝，同伴驚惶的情形，從「惟聞女歎息」、「不聞爺孃喚女聲」到「送兒還故鄉」是由別離到重聚的一大循環，本段緊承上面各段，為重聚作一描述，愉快之筆調更予全故事喜劇的效果。如「脫我戰時袍，著我舊時裳，當窗理雲鬢，對鏡貼花黃」一則與「市馬鞍」對照，一則與「當戶織」呼應，此皆為向讀者交代木蘭畢竟是女子，最後「火伴皆驚惶，同行十二年，不知木蘭是女郎」更直接的加以歌頌。末段乃木蘭的自豪語，亦是作者對木蘭的頌揚，以比喻的方式表現了木蘭的智慧，成功地為整個故事作一結束。

很明顯地，此詩首段為引子，末段為結語，而中間四段則為主體部分，依序寫離鄉、征程、封賞與榮歸的經過，是十分合於秩序原則的。

本詩敘事除了合乎秩序外，對繁簡的處理，也很有匠心。顧偉烈說：「綜觀全詩，木蘭出征前的父女問答，置辦戎裝；征途中的所見所聞，所思所感；歸家後的闔家歡聚，更衣梳妝；都是濃彩重墨的段落。而漫長的十年征戰生活，僅以『萬里赴戎機』六句，作一簡略概括。所以作此大幅度的剪裁，是由於木蘭形象的傳奇性，主要不在於她的勇敢善戰，而在於她的喬裝從軍和凱旋還家，重現本色；詩人謳歌的重點，也不在於她馳騁疆場，屢建奇功的英雄業績，而在於她勇於獻身，不重榮華的高尚情操。全詩情節的繁簡處理，與詩人的構思立意有著密切關係。」（《古代文學作品鑑賞》）這可以說是本詩的一大特色。

生於憂患死於安樂

孟子

課文

孟子曰：「舜發於畎畝之中，傅說舉於版築之間，膠鬲舉於魚鹽之中，管夷吾舉於士，孫叔敖舉於海，百里奚舉於市。故天將降大任於是人也，必先苦其心志，勞其筋骨，餓其體膚，空乏其身，行拂亂其所為：所以動心忍性，曾益其所不能。

人恆過，然後能改；困於心，衡於慮，而後作；徵於色，發於聲，而後喻。入則無法家拂士，出則無敵國外患者，國恆亡。然後知生於憂患，而死於安樂也。」

結構分析表

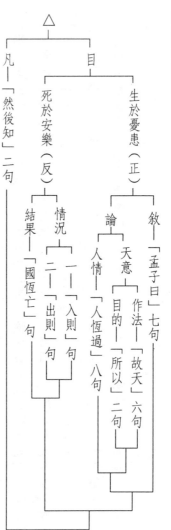

△
- 目
  - 生於憂患（正）
    - 敘—「孟子曰」七句
    - 論
      - 天意
        - 作法—「故天」六句
        - 目的—「所以」二句
      - 人情—「人恆過」八句
  - 死於安樂（反）
    - 情況
      - 一—「入則」句
      - 二—「出則」句
    - 結果—「國恆亡」句
- 凡—「然後知」二句

說明

此文旨在說明「生於憂患而死於安樂」的道理，是採「先目後凡」的結構寫成的。「目」的部分分兩節，頭一節自「舜發於畎畝」起至「而後喻」止，先以開端六句，列舉舜、傅說、膠鬲、管夷吾、孫叔敖與百里奚等六人「生於憂患」的事蹟；再以「故將降大任於是人也」八句，即事說理，就天意來說明人「生於憂患」的道理；然後以「人恆過」八句，由天而人，用排比的形式，就人情來說明人「生於憂患」的道理。第二節為「入則無法家拂士」三句，進一步由個人推擴至國家，轉由反面說明「死於安樂」的道理。而「凡」的部分即篇末二句，明確點出主旨，希望人「動心忍性，曾益其所不能」，以收拾全文。

王冬珍教授說：「本文寫作方法，是用歷史上的真實事例和人們易解的道理，證明『生於憂患，死於安樂』，為千古不易的定理。全文共分四節，首先列舉六位聖賢偉人，都是從艱困境遇中而被舉用，為『生於憂患』的論點，提出有力的事實根據。其次依此論據提出上天要交付某人重大任務，用排比的句式說明必先困苦他，磨鍊他，以培養他的能力。再次從人有過而後能改，用排偶的句式說明遭遇逆境，才能奮發振作；通過親身經歷，才能體會深刻，而有所警悟。最後由個人推到國家，謂『入則無法家拂士，出則無敵國外患者，國恆亡。』前節說理透徹，此節雖著墨不多，然精闢入裡。最後以『生於憂患，死於安樂』，點出題旨。全文一氣呵成，了無滯礙，結構嚴密，論理周詳。方宗誠曰：『此章以「生於憂患，死於安樂」二句為主，望人「動心忍性，曾益其所不能」，亦論體也。首二節即古聖賢指點，三節即常人之情指點，四節即國家指點，收處方點出正意。』（《柏堂讀書筆記・文章本原三》）」（《譯注評析古文觀止續編》）評析很扼要，可供參考。

習慣說

劉蓉

課文

蓉少時，讀書養晦堂之西偏一室。俛而讀，仰而思；思而弗得，輒起，繞室以旋。室有窪徑尺，浸淫日廣。每履之，足苦躓焉；既久而遂安之。

一日，父來室中，顧而笑曰：「一室之不治，何以天下國家爲？」命童子取土平之。

後蓉履其地，蹴然以驚，如土忽隆起者；俯視地，坦然則既平矣。已而復然；又久而後安之。

噫！習之中人甚矣哉！足履平地，不與窪適也；及其久，而窪者若平。至使久而即乎其故，則反窒焉而不寧。故君子之學貴慎始。

結構分析表

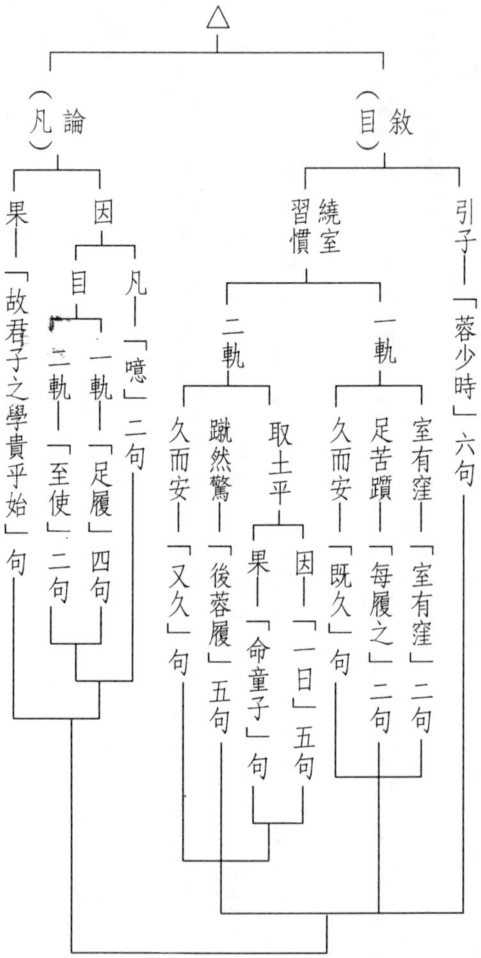

說明

此文旨在說明習慣對人影響之大，藉以讓人體會「學貴慎始」的道理。

它就結構而言，可大別為「敘」與「論」兩大部分。其中「敘」屬「目」（條分）而「論」屬「凡」（總括）。屬「目」之敘，先以「蓉少時」七句，敘述自己繞室以旋的習慣，作為引子，以領出下面兩軌文字來。再以「室有窪徑尺」五句，敘述室有窪而足苦躓，卻久而安的情事，這是第一軌；然後以「一日」十三句，敘述自己因父親取土平而蹴然驚，卻又久而後安的經過，這是第二軌。而屬「凡」之論，則先以「噫習之中人也甚矣哉」，為習慣對人之影響而發出感歎；再以「足履平地」四句，呼應屬「目」之第一軌加以論述；接著以「至使久而即乎其故」二句，呼應屬「目」之第二軌加以論述；最後以「故君子之學貴乎始」一句，由習慣轉入為學，將一篇主意點明作結。

作者如此以雙軌貫穿凡目，使一篇主意在兩相對照之下，更為清晰，而富於說服力。

詞選一：南鄉子

李珣

課文

乘綵舫，過蓮塘，棹歌驚起睡鴛鴦。帶香遊女偎伴笑，爭窈窕，競折團荷遮晚照。

結構分析表

△
- 敘事—「乘綵舫」二句
- 寫景
  - 鴛鴦起—「棹歌」句
  - 遊女笑—「帶香」句
  - 折團荷—「爭窈窕」二句

說明

這首詞先敘事後寫景，描繪出粵女遊湖時天真活潑的畫面。全詞以遊女為中心，由她們的「棹歌」、「偎伴笑」、「折團荷」、「遮晚照」的動作，串成一線，而用「綵舫」、「蓮塘」、「鴛鴦」等物作點綴，構成一幅清新愉悅的地方風物圖，讀來令人賞心悅目。

陳弘治教授說：「起筆『乘綵舫，過蓮塘』二句，立即勾劃出南國夏景的特色；由「綵舫」與「蓮塘」二語，令人想像到南國充滿詩情畫意的美麗，上用『乘』『過』二字，更讓人感到有一種充滿青春氣息的輕快生活。第三句『棹歌驚起睡鴛鴦』，描寫更是栩栩如生；『棹歌』之放盪與睡穩之『鴛鴦』，兩相對照，一動一靜，暗示出歌唱者的內心對幸福恬靜的生活有意無意的感觸，其中著一『驚』字，尤活繪出一幅輕靈的動態美。『帶香遊女偎伴笑』這一句中，用『香』、『笑』二字，更把那些天真浪漫的少女們歡笑的舉止情態，刻畫得畢露無遺，且使一片寧靜的蓮塘忽地熱鬧而有生氣起來。下接『爭窈窕』一語，又使人看見了她們追追逐逐的動態。結尾『競折團荷遮晚照』七字，把少女們那種純樸無邪的嬌憨，和天真可愛的舉動，都維妙維肖地勾畫出來了。」（《唐宋詞名作析評》）分析得十分清楚。

詞選一：相見歡

朱敦儒

課文

金陵城上西樓，倚清秋。萬里夕陽垂地，大江流。 中原亂，簪纓散，幾時收？試倩悲風吹淚，過揚州。

結構分析表

△
- 實（景）
  - 敘登樓——「金陵城上」二句
  - 敘所見——「萬里夕陽」二句
- 虛（情）
  - 因（感兵亂）——「中原亂」三句
  - 果（抒悲懷）——「試倩悲風」二句

說明

此詞作於宋室南渡初年，用「先實（景、事）後虛（情）」的結構寫成，為一感懷故國之作。

起首「金陵」兩句，記清秋時自己在金陵（今南京市）登樓遠眺的事情，作為敘寫的開端。「萬里」兩句，承寫登樓所見，以夕陽西下故國河山的壯麗，襯托出一己悲涼的心緒。謝眺〈暫使下都夜發新林至京邑贈西府同僚〉詩說：「大江流月夜，客心悲未央」，所謂「客心悲未央」，不正是作者此刻的寫照嗎？換頭五句，寫登樓所感，其中「中原」三句，寫中原沈淪、仕族逃散，不知幾時再能收復的悲歎，暗暗地對南宋朝廷不圖恢復表示自己的憤懣與斥責；「試倩」兩句，採擬人手法，以「風」為媒介，將自己與中原連成一體，表達出對中原百姓的關懷與家國淪亡的沈痛，寫得感情激越，熾熱動人。

曹明綱說：「全詞只有三十六字，卻景象闊大，寄慨遙深。其上片寫景，從大處落墨，尤見視野開闊，襟懷曠遠。這與下片抒懷僅以『亂』、『散』二字高度概括金兵南侵、汴京失陷後的種種複雜局勢，正相應合。倩風吹淚，足見登臨者悲不自勝、感傷之極。金陵和揚州在當時已是宋金對峙的前沿重鎮，詞人將其分用於詞的首尾，可能出於巧合，但它們客觀上的前呼後應，更強調和突出了全詞離黍之悲的時代意義。」（《詞林觀止》上）說此詞有「黍離之悲」，是一點也不錯的。

與宋元思書

吳均

課文

風煙俱淨，天山共色，從流飄蕩，任意東西。自富陽至桐廬，一百許里，奇山異水，天下獨絕。

水皆縹碧，千丈見底，游魚細石，直視無礙。急湍甚箭，猛浪若奔。

夾岸高山，皆生寒樹。負勢競上，互相軒邈，爭高直指，千百成峰。泉水激石，泠泠作響；好鳥相鳴，嚶嚶成韻。蟬則千轉不窮，猿則百叫無絕。鳶飛戾天者，望峰息心；經綸世務者，窺谷忘返。橫柯上蔽，在晝猶昏；疏條交映，有時見日。

結構分析表

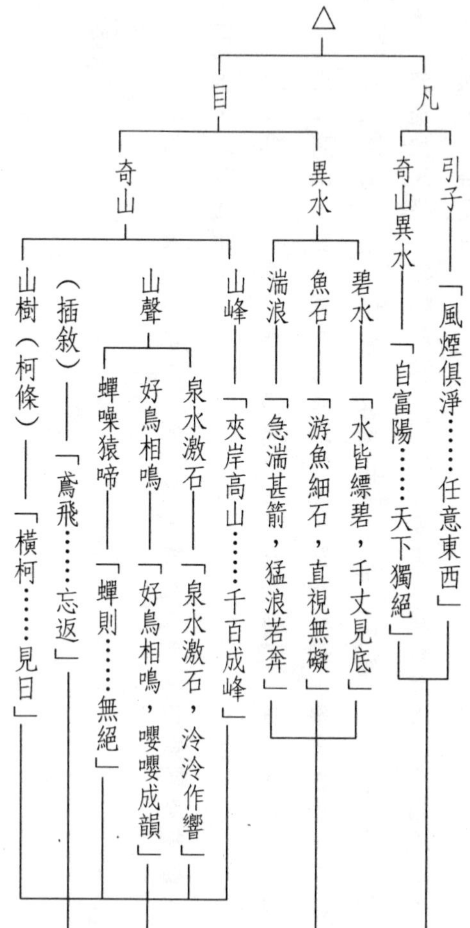

說明

這是篇模山範水之作。它的第一段共八句，其中「風煙俱淨」四句，用以敘事兼寫景為引子，藉以引出「自富陽至桐廬」四句，以交代地點，並拈出「奇山異水」四字，分兩軌來統括下文，這是「凡」（總括）的部分。

而第二段僅六句，它針對起段的「異水」具寫「水」的異景，他先寫水色之異，再寫水中魚石之異，然後寫湍浪之異，這是第一軌，為「目（條分）一」的部分。

至於第三、四兩段，則共二十句，它先以「夾岸高山」六句，寫山峰之奇。次以「泉水激石」六句，依次用泉水激石、好鳥相鳴和蟬噪猿啼來寫山聲之異；其中「泉水激石」二句，雖涉及了「水」，但仍以「山」（石）為主，所以還是用以寫山聲。接著以「鳶飛戾天者」四句，寫自己對著「奇山異水」所激生的感觸，這雖屬抒情的性質，透露出作者隱逸的思想，但就作法而論，卻屬插敘；其中前二句就「奇山」而寫，後二句就「異水」而寫，照應得極其周到。然後以「橫柯上蔽」四句，寫山樹（柯條）之奇，以回「夾岸高山，皆生寒樹」的「寒樹」作收。這是第二軌，乃針對起段之「奇山」來寫的，為「目（條分）二」的部分。

由此可見這篇文章是採「先凡後目」的雙軌結構寫成的。易俊傑說：「它以生動的筆觸，洋溢的熱情，描繪了富春江的山水之美，既絢爛秀麗，又清幽雄奇，充滿了詩情畫意。本文全篇山水，皆寫『奇』『異』二字。寫水之『異』，則抓住水色、清澈的靜態之美和湍急的動勢之美來表現；寫山之『奇』，則抓住山勢、山聲、山意、山樹之奇來描繪。由於這樣突出了此山此水的特徵而不同於他處，因此，這『奇山異水』就確乎為『天下獨絶』了。作者在描述『奇山異水』之時，又將動與靜、聲與色、光與影、情與景、議與情巧妙地結合，繪出一幅充滿詩意和生命力的大自然的畫卷，給讀者以美的享受。全文寥寥一百四十四字，極為短小精悍；文辭簡煉，對仗工整，駢散互用，參差錯落，自然流暢，清麗諧美；寫景狀物，生動逼真，圖貌傳神，歷歷如見，讀來恍若親臨其境，令人情逸神飛！真不愧為山水小品中家傳戶誦的名篇佳作！」（《國文天地》第六五期）從藝術的觀點看是這個樣子，至於作意，則周兆祥以為「作者用《詩・大雅・旱麓》『鳶飛戾天』句意，抒發了自己身臨如此奇山異水的感受，即使有大鳥高翔之志，只要看見這直指藍天的群峰也就『息心』了，還談什麼飛越過去的雄心壯志呢；即使是有志於經營一番人間事業的人，也往往沉醉於這樣的幽谷之中而流連忘返了。這自是一方面在讚嘆山之高、林之深、谷之幽，同時也在暗喻功名之不可求。既然仕途不達，這『天下獨絶』的勝景，難道不是最值得寄情的嗎？在這裡，寒門出身的吳均發出了一縷隱隱的哀怨之情。這就是吳均通過他所見、所聞而又有所感之後，寫這封信與宋元思的用意之所在。」（《國文天地》第四十二期）這是很合理的看法。

詞選二：西江月 夜行黃沙道中

辛棄疾

課文

明月別枝驚鵲，清風半夜鳴蟬。稻花香裡說豐年，聽取蛙聲一片。七八個星天外，兩三點雨山前。舊時茆店社林邊，路轉溪橋忽見。

結構分析表

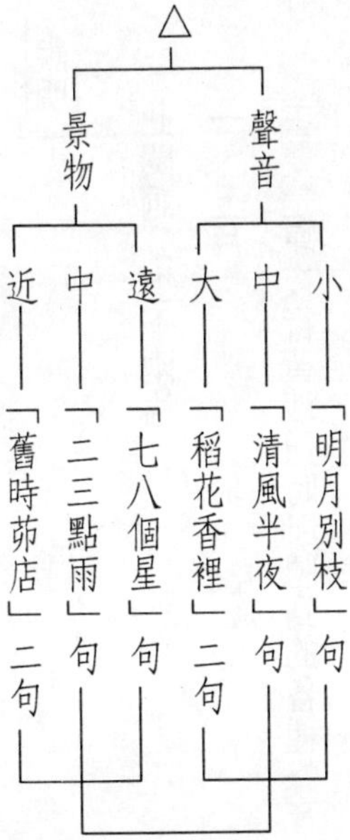

說明

此闋詞分上下兩片：

一、上片：

主要是寫夜行黃沙道時所聽到的各種聲音，依次是：

㈠別枝上的鵲聲

㈡清風中的蟬聲

㈢稻田裡的蛙聲

這是依「由小而大」的順序來寫的。

二、下片：

主要是寫夜行黃沙道中所見到的各種景物，依次是：

㈠遙天外的疏星

㈡山嶺前的雨點

㈢溪橋後的茆店

這是依「由遠及近」的順序來寫的。

作者將自己在道中所聽到的聲音與見到的景物，就這樣很有次序地連綴起來，成為一幅鄉村夜晚的恬靜畫面，以抒寫出自身的閒適心情來。在此必須一提的是：此詞上片的末兩句，與下片的末兩句一樣，是倒裝句，即「聽取蛙聲一片在『稻花香裡說豐年』」，也就是說「說豐年」的該是蛙，而非一般人所認為的農夫或作者友朋。因為農夫通常在黃昏時須往每個田隴去堵水，而在次日一大早又去放水，工作非常辛苦，在夜半時早已入睡，實不可能在那兒「說豐年」；還有，如果是作者友朋，則說話的聲音會破壞大自然的寧靜，更破壞詩歌的意境，絕對不可能像一些自然界的聲音，所謂「蟬噪林逾靜，鳥鳴山更幽」那樣增進寧靜和意境。所以「說豐年」的應是蛙，因為有蛙就有水，有水就有收成，所以古代便以蛙鼓來卜豐年。作者這樣寫，只不過是將蛙擬人化而已。

常國武指出「作者被迫閑居後，心情是悲憤而抑鬱的。但他以農村生活和山鄉景色為題材的詞作，卻大都寫得韻趣盎然，富有生活氣息，表達了詞人這一期間思想感情的另一個側面。獨自夜行山嶺之中，本來似乎應有一種孤寂之感，此詞卻不是這樣。上片歇拍採用倒裝句法，將一片蛙聲想像是歌唱豐年的樂章；下片結拍再次採用倒裝句法，將夜行遇雨時忽然看見舊時茅店的喜悅心情托出。由於心境是輕鬆的、愉悅的，所以全詞也就出以輕快、靈動的筆調，使內容和形式融合無間，相得益彰。」（《詞林觀止》上）看法很正確。

詞選二：滿江紅

岳飛

課文

怒髮衝冠，憑闌處、瀟瀟雨歇。抬望眼、仰天長嘯，壯懷激烈。三十功名塵與土，八千里路雲和月。莫等閒、白了少年頭，空悲切。　靖康恥，猶未雪。臣子恨，何時滅。駕長車、踏破賀蘭山缺。壯志饑餐胡虜肉，笑談渴飲匈奴血。待從頭、收拾舊山河，朝天闕。

結構分析表

△
- 實（猶未雪恥）
  - 果一——「怒髮衝冠」三句
  - 因——「壯懷激烈」句
  - 果二——「三十功名」二句
- 虛（何時滅恨）
  - 泛敘——「莫等閒」二句
  - 插敘
    - 因——「靖康恥」二句
    - 果——「臣子恨」二句
  - 細寫
    - 收復中原——「駕長車」三句
    - 朝見天子——「待從頭」二句

說明

此詞氣勢浩瀚，寫出了作者的滿腔忠憤。開端四句，藉憑欄所見「瀟瀟雨歇」的外在景致與當時「怒髮衝冠」、「仰天長嘯」的本身形態，以具寫壯懷之激烈。「三十」兩句，由果而因，就過去，分敘「壯懷激烈」的頭一個原因在於征戰南北，勛業未成。「莫等閒」兩句，承上兩句，就未來，分敘「壯懷激烈」的另一個原因在於時日已無多，深悲自己會「等閒白了少年頭」。換頭四句，承上片的「壯懷激烈」，總括了上兩個分敘的部分，寫國恥未雪的憾恨，拈明一篇主旨，大力地將一片壯懷，噴薄傾吐。「駕長車」三句，則由實而轉虛，透過設想，虛寫驅車滅敵、湔雪國恥的情景，真可謂「氣欲凌雲，聲可裂石」。結尾兩句，依然以虛寫的手法，進一層寫雪恥後朝見天子的理想結局，以反襯主旨作收。詠來真可令人起頑振懦。陳廷焯說此詞「千載後讀之，凜凜有生氣焉」（《白雨齋詞話》），的確是如此，可說是呈現剛健之美的佳作。

由此可見此詞是採「先實後虛」的結構寫成的。葉麗琳說：「過去注家們較多地強調了〈滿江紅〉詞激昂壯烈的一面，這自然是對的，但對詞中孕含著的悲憤以至怨恨的另一面有所忽視，則是不妥的。」（《中國歷代詩歌名篇鑑賞辭典》）這是很正確的看法。

孝經選：㈠紀孝行章

孝經

課文

子曰：「孝子之事親也，居則致其敬，養則致其樂，病則致其憂，喪則致其哀，祭則致其嚴。五者備矣，然後能事親。

事親者，居上不驕，為下不亂，在醜不爭。居上而驕則亡，為下而亂則刑，在醜而爭則兵。三者不除，雖日用三牲之養，猶為不孝也。」

結構分析表

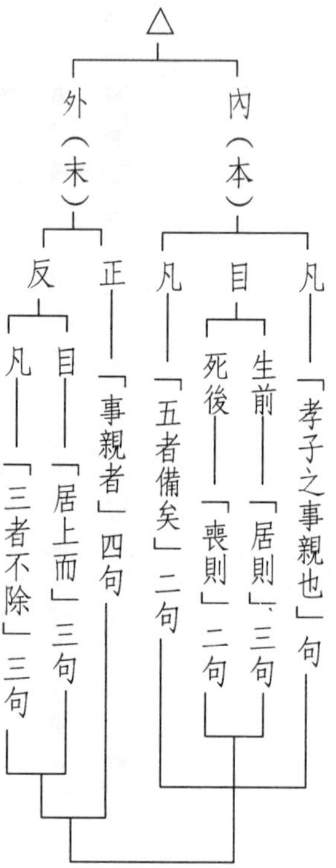

說明

本章文字原屬《孝經》之第十章，旨在論「孝子事親之行」（刑昺〈疏〉），是採「由內而外」的順序寫成的。

以「內」而言，自「孝子之事親也」起至「然後能事親」止，先以「孝子之事親也」六句；分別就「居」、「養」、「病」（以上生前）、「喪」、「祭」（以上死後）五者，說明孝子依序要致其「敬」、「樂」、「憂」、「哀」、「嚴」；然後以「五者備矣」二句，作一總括，針對家庭之內事奉父母的表現，加以說明。

以「外」而言，自「事親者」起至章末，先以「事親者」四句，將孝道由內推擴至外，從正面論「居上」、「為下」、「在醜」時應有的表現；然後以「居上而驕則亡」六句，用「先目後凡」的形式，從反面論「居上」、「為下」、「在醜」時不該有的行為，並且指出這樣就是「不孝」。

《孝經・開宗明義》章說：「夫孝，始於事親，中於事君，終於立身。」說的就是這個意思。

孝經選：(二)廣要道章

孝經

課文

子曰：「教民親愛，莫善於孝；教民禮順，莫善於悌；移風易俗，莫善於樂；安上治民，莫善於禮。

禮者，敬而已矣！故敬其父則子悅，敬其兄則弟悅，敬其君則臣悅，敬一人而千萬人悅。所敬者寡而悅者眾，此之謂要道也。」

結構分析表

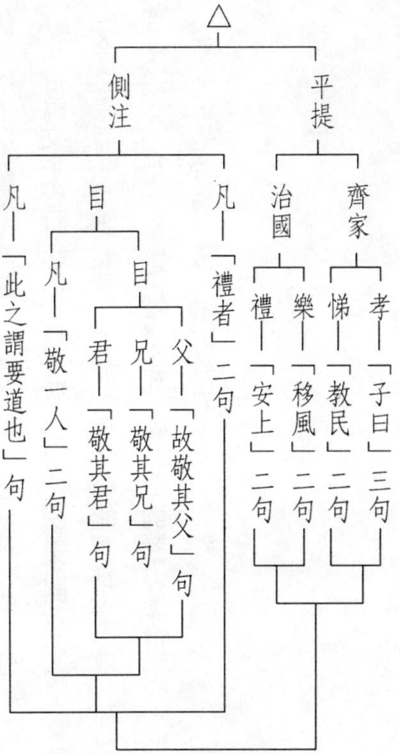

說明

本章文字原屬《孝經》之第十二章，旨在論實踐孝道的效果，是採「先平提後側注」的結構寫成的。

「平提」的部分，自「教民親愛」起至「莫善於禮」止，先就「齊家」一層，講孝、講悌；然後將範圍擴大，就「治國」一層，講樂、講禮。《論語・學而》說：「孝弟也者，其為仁之本與！」而〈八佾〉又說：「人而不仁，如禮何？人而不仁，如樂何？」這就是說禮樂源自於孝悌，行孝之效果，由此可見。

「側注」的部分，自「禮者」起至篇末，採「凡、目、凡」之形式，專就「平提」部分的「禮」字加以申論。在這裡，孔子特別拈出一個「敬」字來貫穿。先由頭一個「凡」提明「禮」即「敬」；再分別就「父」、「兄」、「君」，回應「平提」的部分，說明「敬一人而千萬人悅」的道理，這就是「目」的部分；然後將上文之意作個總括，指出這就是「要道」，此即後一個「凡」的部分。

這篇文字告訴我們：禮主敬，而孝也離不開敬和禮。《論語・為政》載孔子的話說：「今之孝者，是謂能養，至於犬馬，皆能有養，不敬，何以別乎？」又載孔子答孟孫之問孝說：「生，事之以禮；死，葬之以禮，祭之以禮。」由此可知「孝」、「敬」、「禮」，是合為一體，不可分的。

元曲選一：四塊玉 閒適

關漢卿

課文

舊酒沒。新醅潑。老瓦盆邊笑呵呵。共山僧野叟閒吟和。他出一對雞，我出一個鵝。閒快活。

結構分析表

△
- 目
  - 新酒——「舊酒沒」二句
  - 酒具——「老瓦盆」句
  - 酒友——「共山僧」句
  - 菜餚——「他出一對」二句
- 凡——「閒快活」句

說明

這是一首用「先目後凡」的結構所寫成的作品。它先提新酒，次提酒具，再提酒友，然後就友、我，提各自提供的下酒菜餚，就這樣由「笑呵呵」而「閒吟和」而「閒快活」，將全曲聯貫成一體，產生出最大之感染力來。

石紹勳說：「關漢卿的這首小令，在如此繁多的『酒詩』、『酒曲』中依然能夠不同凡響，寫出了『個性』，寫出了異趣。他既不寫李白『烹羊宰牛且為樂，會須一飲三百杯』式的豪情，也不寫陶淵明『一觴雖自進，杯盡壺自傾』式的靜穆，而是自出機杼，另闢蹊徑，以白描的手法為讀者繪製了一幅充滿田園野趣的山叟飲宴圖。詩中有畫，畫中有詩，給人以獨特的藝術享受。」（《元曲鑑賞辭典》）此曲之不同凡響，由此可見。

元曲選一：天淨沙 秋思

馬致遠

課文

枯藤、老樹、昏鴉。小橋、流水、人家。古道、西風、瘦馬。夕陽西下。斷腸人在天涯。

結構分析表

- △
  - 道旁
    - 自然之景—「枯藤老樹」句
    - 人文之景—「小橋流水」句
  - 道中
    - 馬—「古道西風」句
    - 人—「夕陽西下」二句

說明

本曲旨在寫浪跡天涯之苦。它先就空間，以「枯藤」兩句寫道旁所見，以「古道」句寫道中所見；再就時間，以「夕陽」句指出是黃昏，以增強它的情味力量；然後由景轉情，點明浪跡天涯者的悲痛——「斷腸」作結。

由這種結構看來，前幾句所寫之景都為末尾「斷腸」之情作鋪墊，使作品充溢著「斷腸」的況味。曾遠聞說：「在前三句中，所寫無非秋景，所抒無非愁思。這綿綿不盡的思緒，最終關合到一句上：『夕陽西下，斷腸人在天涯。』有了這個關合，前面散射的九個點便能連成一片，九件景物也便動了起來，意蘊也由此得到融貫。『天涯』一詞，不僅點明了遊子的浪跡，也使諸多形象凝集在一個特定的環境裡，並構成了一幅形象鮮明的秋郊夕照圖。『斷腸』一詞又使整支曲的意脈貫通。蕭瑟的秋景給人添愁，人愁又使秋景著上蒼涼之色，觸景生情，情由景發，因此，不斷腸也得斷腸了。」（《古代文學作品鑑賞》）說的就是這種道理。

自由與放縱

蔡元培

課文

自由，美德也。若思想，若身體，若言論，若居處，若職業，若集會，無不有一自由之程度。若受外界之壓制而不及其度，則盡力以爲之，雖流血亦所不顧，所謂「不自由，毋寧死」是也。然若過於其度而有愧於己，有害於人，則不復爲自由，而謂之放縱。放縱者，自由之敵也。

人之思想不縛於宗教，不牽於俗尚，而一以良心爲準，此真自由也。若偶有惡劣之思想，爲良心所不許，而我故縱容之，使積漸擴張，而勢力遂駕於良心之上，則放縱之思想而已。飢而食，渴而飲，倦而眠，衛生之自由也。然使飲食不節，興寐無常，養成不良之習慣，則因放縱而轉有害於衛生矣。喜而歌，悲而哭，感情之自由也；然而「里有殯，不巷歌」，「寡婦不夜哭」，不敢放縱也。

言論可以自由也，而或乃訐發陰私，指揮盜淫；居處可以自由也，而或於其間爲危險之製造，作長夜之喧囂；職業可以自由也，而或乃造作僞品，販賣毒物；集會可以自由也，而或以流布迷信，爲行奸邪；諸如此類，皆逞一方面之自由，而不以他人之自由爲界，皆放縱之咎也。

昔法國之大革命，爭自由也，吾人所崇拜也；然其時如羅伯士比及但敦之流，以過度之激烈，恣殺貴族，釀成恐怖時代，則由放縱而流於殘忍矣。近者英國婦女之爭選舉權，亦爭自由也，吾人所不敢菲薄也；然其脅迫之策，至於燒燬郵件，破壞美術品，則由放縱而流於粗暴矣。夫以自由之美德，而一涉放縱，則且流於粗暴或殘忍之行爲而不覺，可不愼歟！

結構分析表

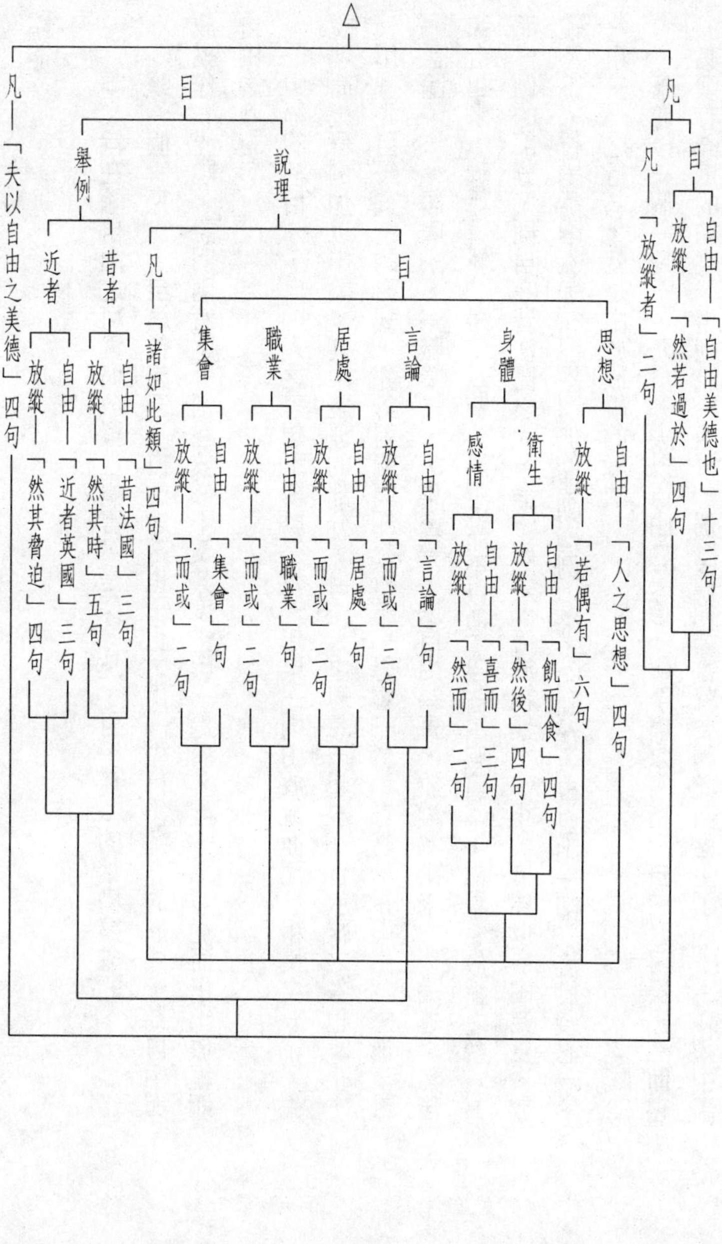
△
凡
目
自由—「自由美德也」十三句
放縱—「然若過於」四句
凡—「放縱者」二句
目
說理
目
思想
自由—「人之思想」四句
放縱—「若偶有」六句
身體
衛生
自由—「飢而食」四句
放縱—「然後」四句
感情
自由—「喜而」三句
放縱—「然而」二句
言論
自由—「言論」句
放縱—「而或」二句
居處
自由—「居處」句
放縱—「而或」二句
職業
自由—「職業」句
放縱—「而或」二句
集會
自由—「集會」句
放縱—「而或」二句
凡—「諸如此類」四句
舉例
昔者
自由—「昔法國」三句
放縱—「然其時」五句
近者
自由—「近者英國」三句
放縱—「然其脅迫」四句
凡—「夫以自由之美德」四句

說明

本文旨在論自由之可貴與放縱之禍害，是採「凡、目、凡」的結構寫成的。頭一個「凡」，自篇首起至「自由之敵也」止，用「先目後凡」的形式，為自由與放縱作一界說，說明兩者之分別在於「不及其度」與「過於其度」，並從而指出放縱即自由之敵。

中幅的「目」，自「人之思想不縛於宗教」起至「則由放縱而流於粗暴矣」止，先說理而後舉例加以申論。其中說理的部分，自「人之思想」起至「皆放縱之咎也」止，又用「先目後凡」的形式，先針對開篇部分所謂「思想」、「身體」（衛生、感情）、「言論」、「居處」、「職業」、「集會」，以自由為賓、放縱為主來一一論述；然後綜合起來，論述這樣「逞一方面之自由，而不以他人之自由為界」，都是「放縱之咎」。而舉例的部分，則自「昔法國之大革命」起至「流於粗暴矣」止，依然以自由為賓、放縱為主，特舉法國大革命與英國婦女運動為例，來說明同樣「爭自由」卻「流於殘忍」、「粗暴」之行為，就是由於放縱的緣故。

至於後一個「凡」，乃自「夫以自由之美德」起至篇末，指出自由之可貴，然而它「必須有一定的節度，否則流於放縱，那麼種種禍害就要因此而產生了。」（《國中國文》第二冊第六課〈題解〉）如此回抱上文之意作一總結，有十足的說服力。

儉訓

李文炤

課文

儉，美德也，而流俗顧薄之。

貧者見富者而羨之，富者見尤富者而羨之。一飯十金，一衣百金，一室千金，奈何不至貧且匱也？每見閭閻之中，其父兄古樸質實，足以自給，而其子弟羞向者之爲鄙陋，盡舉其規模而變之，於是累世之藏，盡廢於一人之手。況乎用之奢者，取之不得不貪，算及錙銖，欲深谿壑；其究也，諂求詐騙，寡廉鮮恥，無所不至；則何若量入爲出，享恆足之利乎？

且吾所謂儉者，豈必一切捐之？養生送死之具，吉凶慶弔之需，人道之所不能廢，稱情以施焉，庶乎其不至於固耳。

結構分析表

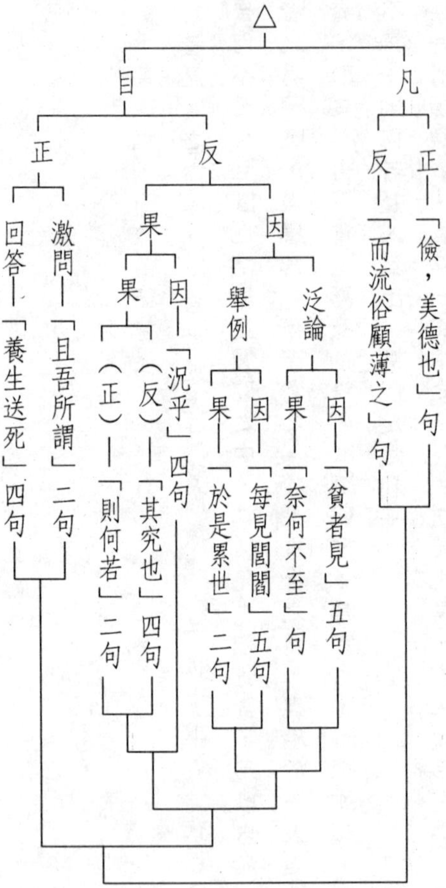

說明

本文旨在勉人養成節儉美德，以免由於奢侈浪費而寡廉鮮恥，無所不至。

它以「先凡後目」的結構寫成：「凡」的部分為起段，採開門見山的方式提明「儉」

是美德，而流俗卻反而輕視它，作為全篇總冒來統攝下文。而「目」的部分，則先從反面論「流俗顧薄之」，即次段；然後回到正面來論「儉美德也」，即末段。就在論「流俗顧薄之」的次段，作者先以「貧者見富者而羨之」五句，泛論由奢侈而致「貧且匱」的道理；再以「每見閭閻之中」七句，舉常例來說明由奢侈而致敗家的必然後果；然後依序以「況乎用之奢者」四句，指出「奢者」之欲望無窮，「其究也」四句指出這樣的結果是「寡廉鮮恥，無所不至」，而又以「則何若」二句，由反面轉到正面，勸人節儉以享恆足之利。至於論「儉美德也」的末段，作者特以「且吾所謂儉者」二句作一激問，帶出「養生送死」四句回答，指明「儉」不是要捐棄一切，而是要在「人道」上「稱情以施」，以免流於固陋。孔子說：「禮，與其奢也，寧儉。」（《論語‧八佾》）不就是要人儉以行禮，在人道上稱情以施嗎？

作者就這樣用正反兩軌貫穿「凡」和「目」，將「儉美德也」的道理闡發得清清楚楚，有著無比的說服力。

元曲選二：水仙子 詠江南

張養浩

課文

一江煙水照晴嵐。兩岸人家接畫檐。芰荷叢一段秋光淡。沙鷗舞再三。捲香風十里珠簾。畫船兒天邊至，酒旗兒風外颭。愛煞江南。

結構分析表

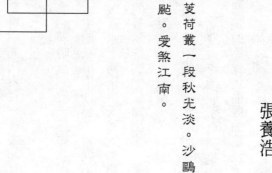

△
- 因（目）
  - 一
    - 水──「一江煙水」句
    - 陸──「兩岸人家」句
  - 二
    - 水──「芰荷叢」二句
    - 陸──「捲香風」句
  - 三
    - 水──「畫船兒」句
    - 陸──「酒旗兒」句
- 果（凡）──「愛煞江南」句

說明

本曲旨在寫自己對江南好景的喜愛之情，是採「先因（目）後果（凡）」的結構寫成的。

作者先以「一江」兩句，分水上與陸上，寫「照晴嵐」的一江煙水與「接畫檐」的兩岸人家；再以「芰荷」三句，就水上寫江煙水中的秋荷與沙鷗，就陸上寫「畫檐」下迎著香風的十里珠簾；接著以「畫船兒」兩句，就水上寫來自天邊的畫船，就陸上寫風外飛舞的酒旗。就這樣一水一陸地將江南美好的景物鮮明地描繪出來，然後結以「愛煞江南」一句，以統一全曲。所謂「一筆包裹」，章法極為嚴密。

歐陽少鳴說：「張養浩這支〈詠江南〉寫出了江南的風采和神韻卻沒有悲秋之嘆。說到讚美江南景致的詩詞，人們自然要想到白居易的〈憶江南〉，白詞是一開首便讚道：『江南好』，接下才寫江南之春色，詞給人以溫暖的感覺，而張曲則在盡情地描摹了如畫的江南秋景後，才由衷地讚道：『愛煞江南』，全曲明麗素淡，給人以清馨爽快之感。白詞張曲寫法雖異，但都道出了江南美景之神，有著異曲同工之妙。」（《元曲鑑賞辭典》）說出了本曲之妙。

元曲選二：梧葉兒

春日書所見

張可久

課文

薔薇徑，芍藥闌。鶯燕語間關。小雨紅芳綻。新晴紫陌乾。日長繡窗閒。人立秋千畫板。

結構分析表

△
- 自然
  - 視覺—「薔薇徑」二句
  - 聽覺—「鶯燕語」句
  - 視覺—「小雨紅芳」二句
- 人事
  - 繡窗—「日長」句
  - 秋千—「人立」句

說明

本曲以春日所見之景襯托出自己懷舊之情。它所寫的春景，依序是「闌」、「徑」旁的薔薇與芍藥、「語間關」的鶯與燕、小雨後的紅芳與紫陌、閒靜的繡窗和站在秋千畫板上的人。作者就透過這些表出孤單之情來。而這種孤單之情，可由他所見之紅芳（含薔薇與芍藥）、鶯燕與秋千透出一些消息，因為花除了象徵美好的時光外，也經常用以象徵所思念之人，而鶯燕，一由於金昌緒的〈春怨〉詩，一由於往往成雙，最適合用來反襯孤單，所以和離情都脫不了關係；至於秋千，見了自然會想起當年盪此秋千之人，更與人的相思分不開。因此這首曲雖未明說是「懷人」，而「懷人」之情卻流貫於字裡行間了。

溪頭的竹子

張騰蛟

課文

溪頭是一簇迷人的風景，而叢聚在這裡的那些茂密的竹林，乃是風景中的風景。

竹子是喜歡跑到山頭去聚居的，但是我從來沒有看過像溪頭的竹子這樣的稠密，這樣的擁擠，以及這樣的具有個性。我總認爲，溪頭的竹子是它們這種植物中的另一種族類，它有意跑到這片山野裡來製造風景。

這裡的竹子，是以占領者的姿態去盤踞著山頭。它們不僅僅是爲這片山野織起了一片青翠，重要的是，它們在這裡創造了一種罕見的姿態。記得當我第一眼觸及這裡的竹林時，曾經爲之愕然良久，難道竹子是在這裡進行一項爬高的比賽？每一棵竹子都在不顧一切地往上鑽挺，看起來就好像要去捕星星、摘月亮，也好像是大家一起去搶奪那片藍藍的天空。

我面對著這麼一群生氣勃勃的青竹，不自主地便鑽進它們的行列裡去，去親近它們，去觸及它們，看它們如何用根鬚去抓緊泥土，如何用青翠去染綠山野。當然，還有一個更重要的理由，就是讓自己去站到一棵竹子的身邊，然後，昂起頭來向上望，看看它以一種什麼樣子的姿勢挺拔起來的；希望能從它的身上，學一點點如何才能挺拔的祕訣，如何才能昂然而立的本領。記得過去曾經在颱風過後的山林中，看到了不少的斷枝殘幹，爲什麼這片竹林中沒有這種景象呢？我想，該不是颱風不來南投罷，恐怕是這些茂密的竹子，不允許它進入這片山林的。假如真是這樣，就更值得向它們學習了。

我站在竹林的邊緣，發現到這裡的竹子是很講究秩序的，它們有它們的領域，它們有它們的地盤；它們絕對不會獨個兒走向其他林木叢裡去，也不會讓其他的林木走進它的行列裡來。竹林就是竹林，純得很，除了竹子，別無其他，就是一棵野花、野草什麼的，要想在這些竹林中立足，也是很不容易的。

正因爲這裡的竹子創造了它們獨特的風格，創造了它們獨特的姿態，所以，喜歡這些竹林的人是很多的，我就發現到一群群的遊人佇立在竹林的外面，用一種痴痴的眼神去凝視那些竹林的深處。我想，他們一定也是被這些竹子吸引住了。

溪頭公園的風景是夠迷人的，而這裡的竹子，和竹子所構建起來的世界，更是迷人。賞景的人群自四面八方不斷地向這裡湧來，他們來看大學池，來看神木，而其中有不少的人，是特地來看竹子的，像我就是。

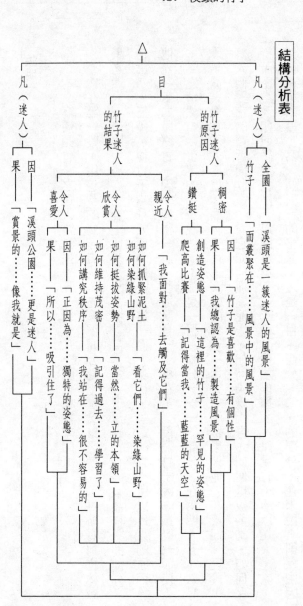

結構分析表

- 凡（迷人）
  - 全園——「溪頭是一簇迷人的風景」
  - 竹子——「而叢聚在……風景中的風景」
- 目
  - 竹子迷人的原因
    - 稠密
      - 因——「竹子是喜歡……有個性」
      - 果——「我總認為……製造風景」
    - 鑽挺
      - 創造姿態——「這裡的竹子……罕見的姿態」
      - 爬高比賽——「記得當我……藍藍的天空」
  - 竹子迷人的結果
    - 令人親近——「我面對……去觸及它們」
    - 令人欣賞
      - 如何抓緊泥土 如何染綠山野——「看它們……染綠山野」
      - 如何挺拔姿勢——「當然……立的本領」
      - 如何維持茂密——「記得過去……學習了」
      - 如何講究秩序——「我站在……很不容易的」
    - 令人喜愛
      - 因——「正因為……獨特的姿態」
      - 果——「所以……吸引住了」
- 凡（迷人）
  - 因——「溪頭公園……更是迷人」
  - 果——「賞景的……像我就是」

說明

本文寫溪頭竹子之迷人，是採「凡、目、凡」的結構寫成的。

它在第一段，用包孕的寫作方式，先寫溪頭公園整個風景之迷人，再縮寫到竹林風景之迷人，拈出「迷人」二字作為綱領，以單軌貫穿全文。這是「凡」（總括）的部分。在第二、三段，從竹子本身如何「迷」人這一面，交代了溪頭的竹子所以迷人的原因。他先在第二段寫竹子因「稠密」而「製造風景」；再在第三段寫竹子因「鑽挺」而使人「為之愕然」（著迷的另一說法）；這是「目（條分）一」的部分。在第四、五、六等段，從人對竹子入迷這一面，交代了溪頭的竹子「迷人」的結果。他先在第四、五段，寫人們對它的親近與欣賞，看它如何抓緊泥土、如何染綠山野、如何挺拔姿勢、如何保持茂密，及如何講究秩序，以回應第二、三段，並加以擴大，以見竹子所以迷人之處；然後在第六段，寫人們對它的喜愛；這是「目（條分）二」的部分。在末段，則採由因而果的形式來寫。它先寫竹子的迷人，再寫人對它的欣賞、喜愛，以回抱前文作結，這分明又是「凡」（總括）的部分。

縱觀此文，先寫竹子的迷人，再寫它迷人的原因與結果，然後又回到「迷人」上來收拾全文，使首尾圓合無間，這顯然是採由凡而目而凡的單軌結構寫成的。

科學的頭腦

任鴻雋

課文

我們常常聽見有人說，現今的世界是科學的世界。這句話的意思，是說現今的世界不但讓電燈、電話、輪船、火車、無線電、飛機——這些都是科學的發明——把我們的生活情形改變了；就是我們的一言一動，思想行爲，也免不了受到科學的支配。換一句話說，做現今世界的人，必須具有科學的頭腦，不管你是科學家不是科學家。

怎樣才可以養成科學的頭腦呢？第一要注重事實。平常的人總是以耳爲目，人云亦云。有科學頭腦的人便不然，他必定要考查一件事情的實在。如古書說：「燕太子丹朝於秦，秦王留之，與之誓曰：『使日再中，天雨粟，烏白頭，馬生角，乃得歸。』當此之時，天地佑之，日爲再中，天爲雨粟，烏頭白，馬角生。」這一類的話，顯非事實，若不加考查，信以爲真，便是沒有科學的頭腦。現今社會上還有許多奇怪的傳說，如鬼可以照相，孔子、耶穌可以降乩，甚至義和拳的法術可以使槍砲不能傷身之類，只要拿事實來考查一下，便可以不攻自破。事實是科學的根基，注重事實，便是養成科學的頭腦的第一條件。

第二要了解關係。天地間事物，總有一個因果的關係；不明白這個關係，要求無因之果，或是因果錯誤，便是迷信。俗語說：「種瓜得瓜，種豆得豆」，這種因果的關係是很明白的。不過在稍稍複雜的情形之下，我們就往往不容易明白關係的所在。譬如有了疾病，不請醫生而求祐於神道；希望後嗣繁榮，不注意教育而乞靈於風水。殊不知神道與疾病，風水與後嗣的繁榮，都沒有什麼關係的。科學是尋出事物關係的學問，能事事求出一個真正的關係，便是養成科學的頭腦的第二條件。

第三要精密正確。平常的人敘述一件事情，最喜歡用「大概」、「差不多」一類的詞語。有科學頭腦的人，則必用一定的數字來代表確實的量度。問你現在是什麼時候，你必須看一看錶，說現在是十二點三十分——如能說秒更好——不能說大概是十二點吧。問你的身長幾何，你必須回答一公尺五十二公分——如能說點幾更好——不能說大概一百五十公分吧。正確是一步不能放鬆的。許多科學的發明，都是從細微的比較中得來的。所以精密與正確，也是養成科學的頭腦的必要條件。

第四是力求透徹。凡做一件事，必須考慮周詳；研究一種學問，必要尋根究柢，這就是所謂透徹。淺嘗輒止，或者半途自畫，都是成功的蟊賊，更不能算科學的頭腦。

以上四點，僅僅是個人日常生活上的幾種習慣，平淡無奇的，沒有什麼大了不起，可是它們卻是養成科學頭腦的必要條件。從來大科學家研究科學，沒有不是依賴它們而成功的。

結構分析表

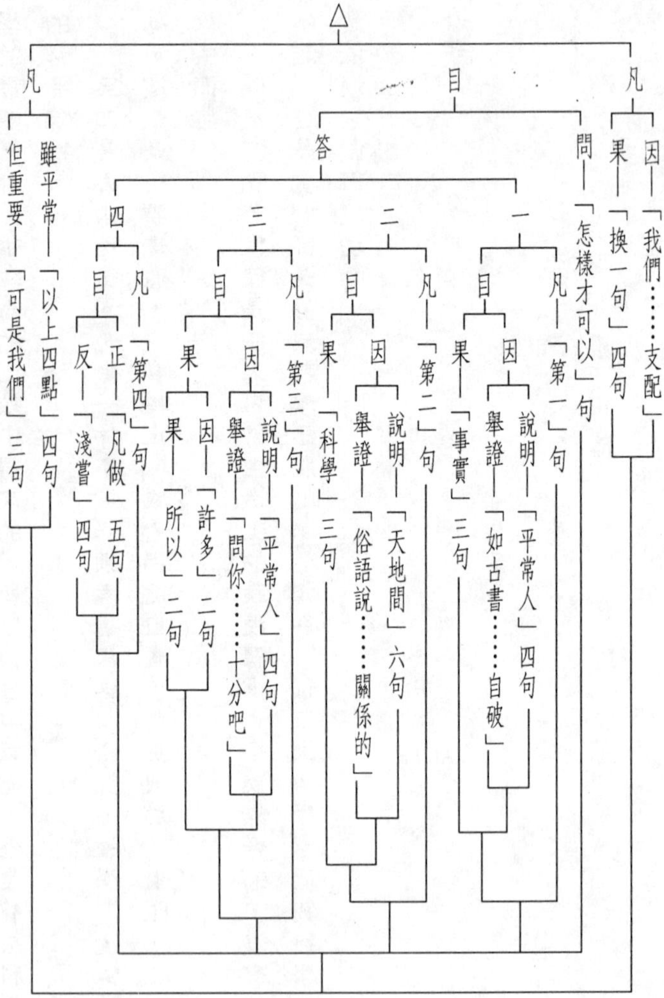
△
凡
因──「我們……支配」
果──「換一句」四句
目
問──「怎樣才可以」句
答
一
凡──「第一」句
目
因
說明──「平常人」四句
舉證──「如古書……自破」
果──「事實」三句
二
凡──「第二」句
目
因
說明──「天地間」六句
舉證──「俗語說……關係的」
果──「科學」三句
三
凡──「第三」句
目
因
說明──「平常人」四句
舉證──「問你……十分吧」
果
因──「許多」二句
果──「所以」二句
四
凡──「第四」句
目
正──「凡做」五句
反──「淺嘗」四句
凡
雖平常──「以上四點」四句
但重要──「可是我們」三句

說明

本文旨在論養成科學頭腦之必要條件，乃用「凡、目、凡」的結構所寫成。

頭一個「凡」的部分為第一段，採由因而果之順序，直接破題，泛論現今世界的人必須具有科學的頭腦，以帶出下面議論的文字。

而「目」的部分，由「怎樣才可以養成科學的頭腦呢？」之問，以領出下文之答；而答的部分共分四目：第一是「要注重事實」。在此，作者先以「平常的人總是以耳為目」四句，作正面的論述；再以「如古書說」起至「便可以不攻自破」止，舉出反證來加以說明；然後以「事實是科學的根據」三句，由因而果地指出這是養成科學頭腦的第一條件。第二是「要了解關係」。在此，作者先以「天地間事物」六句，作反面的論述；再以「俗語說」起至「都沒有什麼關係的」止，舉出例證來說明；然後以「科學是尋出事物關係的學問」三句，指出這是養成科學頭腦的第二條件。第三是「要精密正確」。在此，作者先以「平常的人敘述一件事情」四句，作正面的論述；再以「問你現在是什麼時候」起至「不能說大概一百五十分吧」止，用時間、身高為例來說明；然後以「正確是一步不能放鬆的」五句，由因而果地指出這是養成科學頭腦的第三條件。第四是要「力求透徹」。在此，作者先以「凡做一件事」五句，從正面加以論述；再以「淺嘗輒止」四句，從反面加以說明，指出這是養成科學頭腦的第四條件。

至於後一個「凡」的部分為末段，總括全文的意思作結，認為不僅一般人需具備這些養成科學頭腦的必要條件，就是大科學家研究科學，也要依賴它們才能成功。

這樣以「凡、目、凡」的形式來組合全文，條理格外清晰。

愚公移山

列子

課文

太形、王屋二山，方七百里，高萬仞，本在冀州之南、河陽之北。北山愚公者，年且九十，面山而居，懲山北之塞，出入之迂也，聚室而謀曰：「吾與汝畢力平險，指通豫南，達于漢陰，可乎？」雜然相許。其妻獻疑曰：「以君之力，曾不能損魁父之丘，如太形、王屋何？且焉置土石？」雜曰：「投諸渤海之尾、隱土之北。」遂率子孫荷擔者三夫，叩石墾壤，箕畚運於渤海之尾，鄰人京城氏之孀妻有遺男，始齔，跳往助之；寒暑易節，始一反焉。

河曲智叟笑而止之曰：「甚矣，汝之不慧！以殘年餘力，曾不能毀山之一毛，其如土石何？」北山愚公長息曰：「汝心之固，固不可徹；曾不若孀妻弱子。雖我之死，有子存焉；子又生孫，孫又生子；子又有子，子又有孫；子子孫孫，無窮匱也；而山不加增，何苦而不平？」河曲智叟亡以應。

操蛇之神聞之，懼其不已也，告之於帝，帝感其誠，命夸蛾氏二子負二山，一厝朔東，一厝雍南。自此冀之南，漢之陰，無隴斷焉。

結構分析表

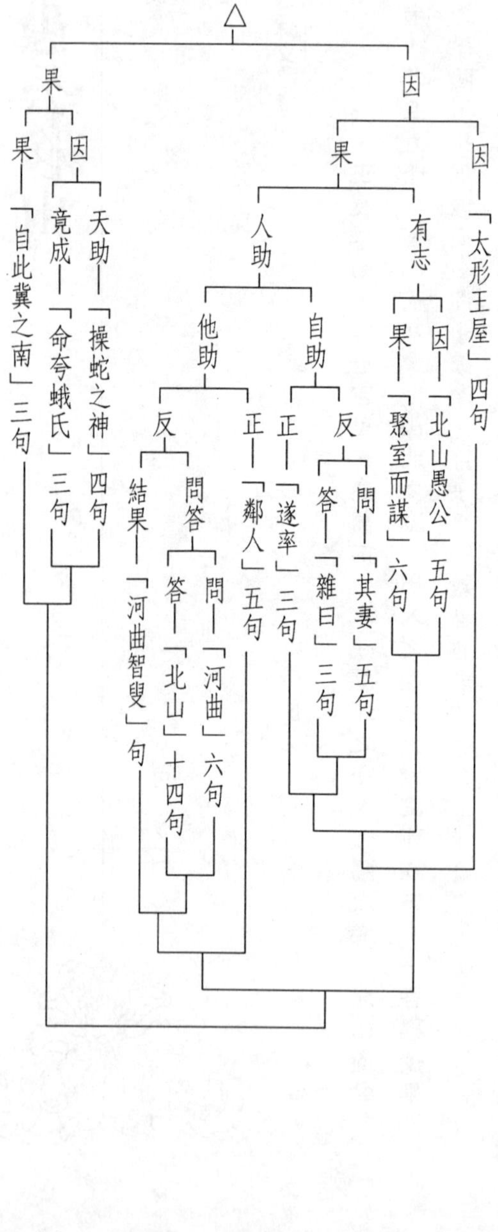

說明

這是我國著名的一則寓言故事。這則故事裡，作者寄寓了「人助天助」、「有志竟成」的道理於篇外，是非常耐人玩味的。文凡四段，作者首先在起段記敘愚公鑒於太行、王屋兩座大山阻礙了南北交通，便決意要剷平它們並獲得家人贊可的情形；再在次段記敘愚公選定投置土石的地點，並率領子孫實際去從事移山工作的經過；然後在三段記敘智叟笑阻愚公，而愚公卻不為所動，以為只要堅定信心，努力不懈，便必能成功的一段對話；末段記敘愚公的偉大精神，終於感動了天地，獲得神助，完成了移山願望的圓滿結局。

顯而易見，起、次、三等段是針對著「有志」、「人助」來寫的，而末段則寫的是「天助」、「竟成」。作者就這樣用一個簡單的故事，使人在趣味盎然中領悟出見於篇外的做人、做事的道理和天人間的密切關係，這可說是寓言故事的普遍特色，是其他的各類文體所無法趕上的。不過，這種寓言體的文章，也有將道理直接在篇內點破的，如柳宗元的〈黔之驢〉，便在末段透過「向不出其技，虎雖猛，疑畏卒不敢取。今若是焉，悲夫！」幾句話，將諷喻的意思表達出來，這樣，主旨即直接見於篇內，與正體的寓言故事將主旨置於篇外的，便兩樣了。

周溶泉、徐應佩在《古文鑑賞辭典》中說：「全文篇幅短小，然而卻寫得曲折多姿，波瀾起伏，加之行文緊湊，筆墨舒灑自如，令人讀後興味盎然。文章擺出了人和山的矛盾，寫愚公『聚室而謀』，全家人紛紛表示贊成，接著就該是行動起來一起移山，誰知愚公之妻獻疑，產生了波折，而所疑的都是移山中碰到的具體問題，這些具體問題不解決，那人和山的矛盾也就不能解決。經過討論，商量了辦法，出現了移山勞動的盛況，接著就該是苦戰不休，不料跳出來個智叟，形成了移山的阻礙，老愚公就和智叟展開了激烈的辯論，在辯論中揭示出寓言所包含的哲理思想，這樣既突顯了愚公精神的可貴，同時深化了作品的主題思想。在一個僅有三百餘字的簡單的故事裡，將較多的矛盾集中起來描寫，能夠收到戲劇性的藝術效果，否則順流平坡地寫下去，還不只是索然寡味，更重要的是所要強調的內容得不到強調，不能使主題通過人物形象的塑造而圓滿地表達出來。一般地講，從簡單中見複雜，在情節安排上並不容易，因此處理得不好，就會使人感到複雜中仍然顯得簡單。〈愚公移山〉故事本身簡單，但由於在情節的處理上沒有平鋪直敘，而是從矛盾相繼出現的尖銳性上去顯示複雜性，這樣就增強了文章跌宕的氣勢，引人入勝。解決矛盾，沒有簡單化，愚公說服其妻，不是以空話大話壓服，而是靠眾人拿出辦法；駁倒智叟，不是泛泛頂撞，而是據理而言。愚公的『理』，非等閒之論，它是作品中哲理思想的精髓，字字如錘擊出的火星，句句似脫了弦的利箭，都是性格化的語言，又都是有哲理思想深度的語言。正是如此，理直才能氣壯，理屈必然詞窮，愚公駁得智叟啞口無言。兩個人的辯論將故事情節推上了高潮，使寓言的寓意得到充分的展示。」這段話道出了列子「事」與「理」結合的奧妙。其實，這則故事若配合《中庸》思想來看，愚公及家人、鄰居的努力，是屬於「自明誠」的人為過程，而天神的幫助，則屬於「自誠明」的天然效用。這樣由「自明誠」的人為努力而發揮「自誠明」的天然效用，真可說是《中庸》一書的精義所在。當然，列子在寫這則寓言時，未必有這樣的意思，但由故事所留下的空白，我們卻可以這樣填上，這就是正體寓言的好處啊！

老馬識途

韓非

課文

管仲、隰朋從於桓公而伐孤竹，春往冬返，迷惑失道；管仲曰：「老馬之智可用也。」乃放老馬而隨之，遂得道。行山中，無水，隰朋曰：「蟻冬居山之陽，夏居山之陰，蟻壤一寸而仞有水。」乃掘地，遂得水。以管仲之聖，而隰朋之智，至其所不知，不難師於老馬與蟻；今人不知以其愚心而師聖人之智，不亦過乎！

結構分析表

- 敘
  - 引子（凡）—「管仲、隰朋從於桓公而伐孤竹，春往冬返」
  - 師於老馬（目一）
    - 失道……「迷惑失道」
    - 管仲師於老馬……「管仲曰：老馬之智可用也」
    - 得道……「乃放老馬而隨之，遂得道」
  - 師於蟻（目二）
    - 無水……「行山中，無水」
    - 隰朋師於蟻……「隰朋曰……而仞有水」
    - 得水……「乃掘地，遂得水」
- 論
  - 古—「以管仲之聖……不難師於老馬與蟻」
  - 今—「今人不知……不亦過乎」

說明

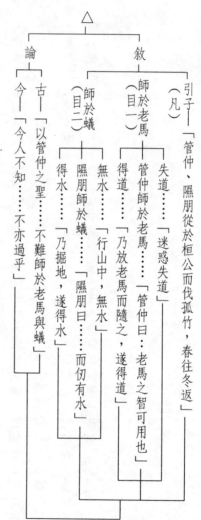

這篇課文分為兩節，首節自篇首起至「遂得水」句止，為「敘」的部分；次節自「以管仲之聖」句起至篇末，為「論」的部分。

一、「敘」的部分：

在此部分，作者首先以起二句，敘明管仲、隰朋隨從齊桓公攻伐孤竹國，春往冬還的故事，作為開端；再以「迷惑失道」四句，簡述由於部隊「失道」，管仲借重「老馬之智」找到出路的經過；然後以「行山中」七句，簡述由於「無水」，隰朋利用「蟻壤」找到水源的經過。就這樣，以最節省的篇幅，將「聖人」用智的故事交代得一清二楚。

二、「論」的部分：

作者在此，針對上一節所敘的故事抒發感想，認為以管仲、隰朋之聖、智，尚且須「師於老馬與蟻」，而世人卻愚而不知學習「聖人之智」。就在兩相對照之下，將一篇之主旨，也就是諷喻的意思，表達得極其明白。

作者在本文裡，僅僅藉這麼一個簡單的故事，卻把深刻的教訓意思凸顯出來，所謂文短而意長，是深得變體寓言寫作之三昧的。

孟子選：齊人

孟子

課文

齊人有一妻一妾而處室者，其良人出，則必饜酒肉而後反。其妻問所與飲食者，則盡富貴也。其妻告其妾曰：「良人出，則必饜酒肉而後反。問其與飲食者，盡富貴也，而未嘗有顯者來。吾將瞷良人之所之也。」蚤起，施從良人之所之。遍國中無與立談者。卒之東郭墦間，之祭者乞其餘；不足，又顧而之他。此其爲饜足之道也。其妻歸，告其妾曰：「良人者，所仰望而終身也。今若此！」與其妾訕其良人，而相泣於中庭。而良人未之知也，施施從外來，驕其妻妾。

由君子觀之，則人之所以求富貴利達者，其妻妾不羞也而不相泣者，幾希矣！

結構分析表

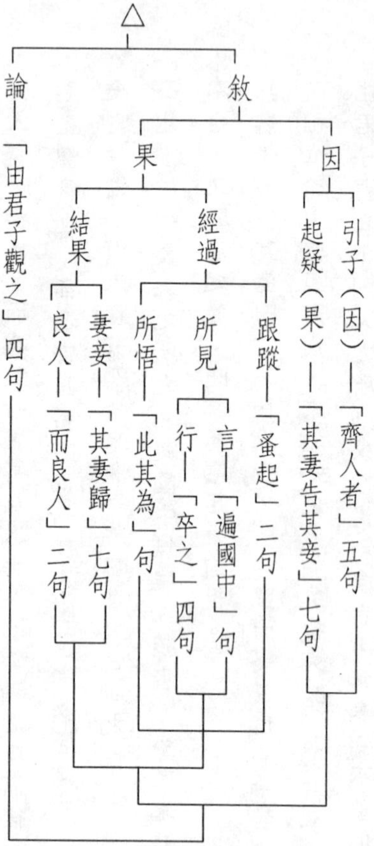

說明

這篇課文凡分四段：

首段共分三節：首節「齊人有一妻一妾」三句，敘齊人常「饜酒肉而後反」，以「驕其妻妾」的事實，作為故事的引子；次節「其妻問所與飲食者」兩句，敘齊人與妻答問的內容，以「盡富貴」，卻「未嘗有顯者來」，來引起妻子的疑心，而領出末節妻告妾的一串話來，預為下段敘其妻一探究竟的行動伏脈。

次段共分四節：首節「蚤起」兩句，承上段「吾將瞷良人之所之」句，敘其妻跟蹤齊人的行為；次節「遍國中無與立談者」一句，承上段「未嘗有顯者來」句，敘齊人走在城裡沒有人跟他立談的現象；三節「卒之東郭」七句，敘其妻跟蹤所見齊人至墓地乞討剩餘祭品的經過；末節一句，總括上見情事，作一論斷。

三段僅分兩節，首節「其妻歸」七句，敘其妻在發現真相後，歸告其妾，並相泣於中庭的經過；次節「而良人未之知也」三句，用「而」字作一轉折，敘齊人從外歸來，照常「驕其妻妾」，一無所覺的情形，回應起段，將故事作一結束。

末段則以「由君子觀之」一句，總括上三段的故事，領出「則人之所以求富貴」三句，引發感慨，以為人追求富貴利達，很少不像齊人那樣寡廉鮮恥，充分的將諷諭的意旨表露出來。

顯而易見，本文的前三段為「敘」的部分，而末段為「論」的部分，先敘而後論，很有章法。

陳弘治教授說：「齊人有一妻一妾這篇文章，內容大致可概括為兩部分：第一部分用較大的篇幅生動地敘述一個家庭故事，第二部分（末段）僅用簡單的幾句話，點明這個寓言故事所包含的諷刺意義。第一部分故事的敘述，雖然寫的是齊人家庭中日常的生活瑣事，但寫來一波三折，跌宕多姿，富有層次感，故事性很強。文章一開始，先提出這麼一個事實——丈夫每次出門『必饜酒肉而後反』的反常現象，引出妻子的懷疑，然後由疑而『瞷』地暗中去追查究竟，由『瞷』而明白丈夫卑鄙行為的事實真相，再由明白真相而『訕』、而『泣』。故事隨著這種卑鄙行為的被懷疑、被窺探、被揭穿、被嘲訕而逐步展開推進，情節變化，起伏盪漾，扣人心弦，吸引著讀者。尤其值得一提的是：這個小故事的敘述，體現了文章的剪裁工夫，它詳處不厭重複，略處三言兩語，疏密相間，繁簡得宜。例如齊人每次『必饜酒肉而後反』及自稱『與飲食者盡富貴也』這一反常現象，既由作者在起筆時作了客觀交代，又在敘述他妻子的言語時重複轉述了一遍，看來似嫌拖沓多餘，其實不然。這幾句話的反覆強調，一方面給人印象加深而突出齊人誑騙的伎倆，更有利於後來揭發這個騙子的醜態，另一方面妻子的轉述實際上已包含著她內心重重的疑雲，為下文『瞷』字提供了必要的依據，使行文能夠自然展開，也使文章來得生動傳神，難怪顧炎武《日知錄》說：『此必須重疊而情事乃盡，此孟子文章之妙。』（見《文章繁簡》條）相反的，本文該簡的地方，用筆又極其簡省，例如其妻歸來告訴其妾的話中，用了『今若此！』三字，就很簡括有力。這三字既包含了前面所寫丈夫誑騙飽足酒肉的伎倆及其乞討於墓地的事實情況，也深沉地流露著妻子內心難以抑制的傷痛，使人物的感情得到充分有力的展現，這裡如果再把它重複一遍，就顯得氣勢鬆散，文字累贅了。在這麼短短的一篇文章中，孟子不僅記敘了一則戲劇性的家庭故事，而且把故事中的人物齊人、妻、妾三人各自不同的神情、態度、言語、動作，乃至他們的心理活動，刻畫得栩栩如生，躍然紙上，在言語的運用和結構的安排上，是非常成功的一個典範。齊人雖有一妻一妾，但並不是真正的富貴人家，而他卻人窮志短，羨慕虛榮，要冒充與富貴人家交往，足見他這種人心態的自卑，品格的俗陋，且當妻子已揭穿其祕密之後，他依然以為那套伎倆很是管用，揚揚得意回來，又在妻妾面前誇耀一番，那副既可憐又無賴的嘴臉，更形象地凸顯出他那既可悲又可憎的行徑。孟子用這個戲劇性的故事，嘲諷那些小丑似的無恥者，真是善用文字的藝術了。」（《譯注評析古文觀止續編》）對本文的作意與藝術技巧都作了詳細的評析，特錄於此，以供參考。

黃河結冰記

劉鶚

課文

老殘洗完了臉，把行李鋪好，把房門鎖上，他出來步到河隄上看。只見那黃河從西南上下來，到此卻正是個灣子，過此便向正東去了。河面不甚寬，兩岸相距不到二里。若以此刻河水而論，也不過百把丈寬的光景。只是面前的冰，插得重重疊疊的，高出水面有七、八寸厚。

再望上游走了一、二百步，只見那上游的冰，還一塊一塊地慢慢價來，到此地被前頭的冰攔住，走不動，就站住了。那後來的冰趕上他，只擠得嗤嗤價響。後冰被這溜水逼得緊了，就竄到前冰上頭去。前冰被壓，就漸漸低下去了。看那河身，不過百十丈寬，當中大溜，約莫不過二、三十丈。兩邊俱是平水，這平水之上，早已有冰結滿。冰面卻是平的，被吹來的塵土蓋住，卻像沙灘一般。中間的大道大溜，卻仍然奔騰澎湃，有聲有勢，將那走不過去的冰，擠得兩邊亂竄。那兩邊平水上的冰，被當中亂冰擠破了，往岸上跑，那冰能擠到岸上有五、六尺遠。許多碎冰被擠得站起來，像個小插屏似的。看了有點把鐘工夫，這一截子的冰，又擠死不動了。

老殘復行望下游走去，過了原來的地方，再望下走。只見兩隻船，船上有十來個人，都拿著木杵打冰。望前打些時，又望後打。河的對岸，也有兩隻船，也是這們打。

看看天色漸漸昏了，打算回店，再看那隄上柳樹一棵一棵的影子，都已照在地下，一絲一絲地搖動，原來月光已經放出光亮來了。回到店中，吃過晚飯，又到隄上閒步。這時北風已息，誰知道冷氣逼人，比那有風的時候還厲害些。抬起頭來看看那南面的山，一條雪白，映著月光，分外好看。一層一層的山嶺，卻不大分辨得出。又有幾片白雲，夾在裡面，所以看不出是雲是山。及至定神看去，方才看出那是雲，那是山來。雖然雲也是白的，山也是白的；雲也有亮光，山也有亮光，只因為月在雲上，雲在月下，所以雲的亮光，是從背面透過來的。那山卻不然，山上的亮光，是由月光照到山上，被那山上的雪反射過來，所以光是兩樣子的。然祇稍近的地方如此，那山往東去，越望越遠，漸漸地天也是白的，山也是白的，雲也是白的，就分辨不出甚麼來了。

老殘就著雪月交輝的景致，想起謝靈運的詩：「明月照積雪，北風勁且哀」兩句，若非經歷北方苦寒景象，那裡知道「北風勁且哀」的一個「哀」字下得好呢？

這時月光照得滿地灼亮，抬起頭來，天上的星，一個也看不見。只有北邊北斗七星、開陽、搖光……像幾個淡白點子一樣，還看得清楚。那北斗正斜倚紫微星垣的西邊上面，杓在上，魁在下。老殘心裡想道：「歲月如流，眼見斗杓又將東指了，人又要添一歲了！一年一年地這樣瞎混下去，如何是個了局呢？」想到此地，不覺滴下淚來，也就無心觀玩景致，慢慢走回店去。老殘一面走著，覺得臉上有樣物件附著似的，用手一摸，原來兩邊掛著了兩條滴滑的冰。起初不懂甚麼緣故，既而想起，自己也就笑了。原來就是方才流的淚，天寒，立刻就凍住了。地下必定還有幾多冰珠子呢。老殘悶悶的回到店裡，也就睡了。

結構分析表

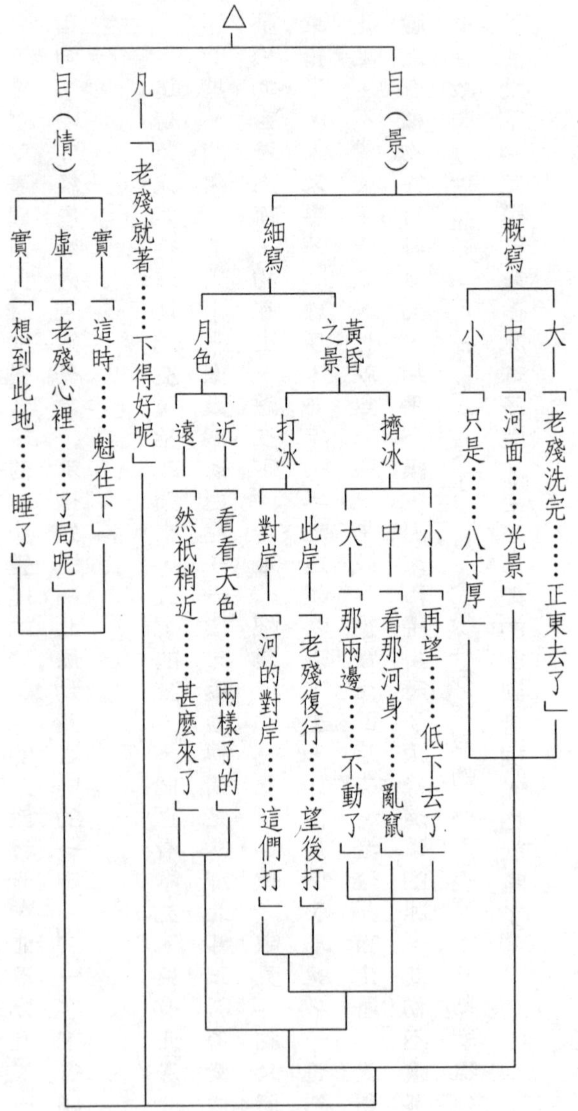
△
目（景）
概寫
大—「老殘洗完……正東去了」
中—「河面……光景」
小—「只是……八寸厚」
細寫
黃昏之景
擠冰
小—「再望……低下去了」
中—「看那河身……亂竄」
大—「那兩邊……不動了」
打冰
此岸—「老殘復行……望後打」
對岸—「河的對岸……這們打」
月色
近—「看看天色……兩樣子的」
遠—「然祇稍近……甚麼來了」
凡—「老殘就著……下得好呢」
目（情）
實—「這時……魁在下」
虛—「老殘心裡……了局呢」
實—「想到此地……睡了」

說明

一、由大處看：本文可分為如下兩大部分：

㈠寫景部分：包括一、二、三、四等段。

㈡抒情部分：包括五、六兩段。

作者在此，用四段先寫黃河結冰的景象，再於第五段引謝靈運的詩，以承上啟下，帶出末段，來抒發哀情。這和李後主在其〈相見歡〉詞裡，先在上片用「無言獨上西樓，月如鈎，寂寞梧桐深院、鎖清秋」三句寫悲景，然後在下片用「剪不斷，理還亂，是離愁，別是一番滋味、在心頭」四句寫悲情，同樣是採先實後虛的順序來寫，所謂「即景抒情」，自然是合乎秩序原則的。

二、由細節看：

㈠寫景部分：這個部分又可按時間的先後，即黃昏與夜晚，析為兩截：

1、黃昏之景：此截包括一、二、三等段，係採先概寫（凡）而後細寫（目）的方式寫成：

⑴概寫：僅一段，即起段。寫黃河結冰的大概情形，可以說是本文的引子。作者在此扣緊題面依次寫：（甲）河道，（乙）河面，（丙）河上之冰。先由河道一縮至河面，

再由河面二縮至河上之冰，這顯然是照「由大而小」的順序來配排的。

⑵細寫：包括二、三段，寫黃河結冰的詳細情形。作者在此，很有次序地先寫上游，再寫下游。

（甲）上游：即第二段，主要是寫擠冰的情景。首先承起段所寫河上之冰寫溜冰，再逐次擴大，寫到大溜、平水，最後及於岸上，這無疑是依「由小而大」的順序來配排的。

（乙）下游：即第三段，主要是寫打冰的情景。作者先從河的這邊寫起，再寫到河的對岸，這可以說是依「由近及遠」的順序來寫的。

2、夜色：此截僅一段，即第四段，係採「由近及遠」的順序寫成：

⑴近處雪月交輝的景色

⑵遠處雪月交輝的景色

在這一截裡，作者先承接上截之末，寫近山，寫地面，再藉著冷風、積雪、白雲和月光，逐漸推展開來，寫遠山，寫天空，將遠近雪月交輝的景致，描寫得極為迷濛淒美。

㈡抒情部分：包括兩段：

1、先以一段，即第五段，引謝靈運的〈歲暮詩〉，轉景為情，拈出一個「哀」字，以上收一、二、三、四等段之景，下啟末段之情，把全文聯貫成一個整體。謝靈運的原詩是：「殷憂不能寐，苦此良夜頹。明月照積雪，北風勁且哀。運往無淹物，年逝覺已催。」作者在此雖只是從中引用了三、四句而已，卻把全詩的涵義悉數納入篇中。譬如末段前半所寫老殘望著北斗七星湧生的感慨，不正合「運往無淹物，年逝覺已催」的兩句詩意嗎？又如結處寫：「老殘悶悶的回到店裡，也就睡了。」試問老殘究竟睡著了沒有？當然沒有，為什麼？這可從「殷憂不能寐，苦此良夜頹」的兩句詩裡找到答案。而且所謂「殷憂」，即是「悶悶」，也就是「北風勁且哀」的「哀」，這正是本文的綱領所在。有了這個綱領，我們就可以曉得，前面四段所寫的景，是虛，是陪襯；而最後一段所抒的情，才是實，才是主體。所以本段引了謝詩，插在這裡，不僅發揮了引渡的功用，也揭明了一篇的綱領，其地位可說是十分重要的。

2.後以一段，即末段，依次：

(1)寫月下之北斗七星，與前述雪月交輝的景致打成一片，暗含「運往無淹物」的意思，以作下文寫哀情的引子。

(2)借老殘看著北斗七星所想的一段話，寫出哀情。

(3)先用眼淚把哀情具體表出，再由淚的結冰，與黃河上所結的冰連成一體，將整條河裡的冰都化成為國人的眼淚。

作者在這裡，就這樣由實而虛地藉哀景引出哀情，然後又由虛而實的，自哀情寫到哀淚、哀冰，與一、二、三、四等段的哀景，牢牢的連接在一起，巧妙地寫出了作者深切的家國之憂，手法是極高的。

說這篇文章寫的是家國之哀，似乎是猜測之詞。其實，是有依據的，試看下列數句文字：「又想到《詩經》上說的「維北有斗，不可以挹酒漿。」現在國家正當多事之秋，那王公大臣只是恐怕耽處分，多一事不如少一事，弄的百事俱廢，將來又是怎樣個了局？國是如此，丈夫何以家為。」這數句話，原見於本文末段，在「如何是個了局呢？」之後、「想到此地」之前。有了這數句話，就可知道作者除了自身外，更為家國而哀，那就無怪作者會藉自己的淚冰與黃河所結之冰連成一片，將整條河裡的冰都還原為國人的眼淚。如沿著這個線索推敲下去，則所謂「一切景語皆情語。」（王國維《人間詞話》），作者會在第二段寫擠冰、第三段寫打冰（化多事為無事，轉衝突為團結）的原因，也就不難明白了。可惜的是，課本編者因為這數句話出現得過於突兀，且前無所頂，便刪去了。這麼一來，作者深一層的「哀」是什麼，就無從探得了。

日喻

蘇軾

課文

生而眇者不識日，問之有目者。或告之曰：「日之狀如銅槃。」扣槃而得其聲；他日聞鐘，以爲日也。或告之曰：「日之光如燭。」捫燭而得其形；他日揣籥，以爲日也。日之與鐘、籥亦遠矣！而眇者不知其異，以其未嘗見而求之人也。

道之難見也甚於日，而人之未達也無以異於眇。達者告之，雖有巧譬善導，亦無以過於槃與燭也。自槃而之鐘，自燭而之籥，轉而相之，豈有既乎？故世之言道者，或即其所見而名之，或莫之見而意之，皆求道之過也。

然則道卒不可求歟？蘇子曰：「道可致而不可求。」何謂致？孫武曰：「善戰者致人，不致於人。」子夏曰：「百工居肆以成其事，君子學以致其道。」莫之求而自至，斯以為致也歟！

南方多沒人，日與水居也，七歲而能涉，十歲而能浮，十五而能沒矣。夫沒者豈苟然哉？必也將有得於水之道者。日與水居，則十五而得其道。生而不識水，則雖壯，見舟而畏之。故北方之勇者，問於沒人，而求其所以沒，以其言試之河，未有不溺者也。故凡不學而務求道，皆北方之學沒者也。

昔者以聲律取士，士雜學而不志於道。今也以經術取士，士知求道而不務學。渤海吳君彥律，有志於學者也，方求舉於禮部，作日喻以告之。

結構分析表

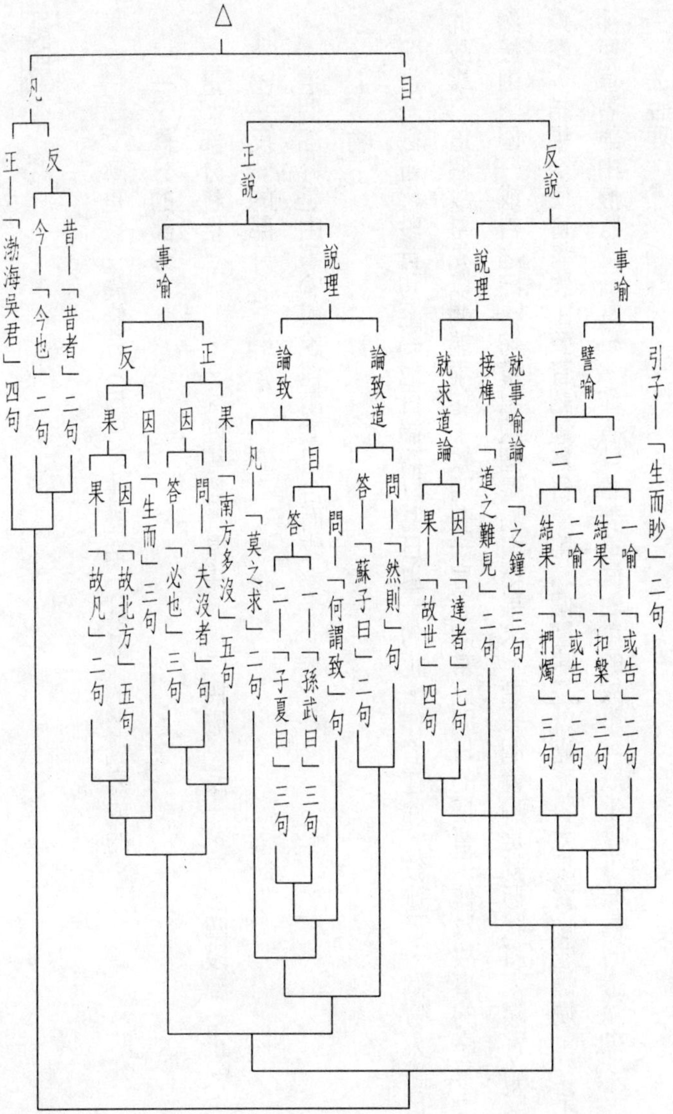

△
目
凡
反說
正說
事喻
說理
引子—「生而眇」二句
譬喻
一
一喻—「或告」二句
結果—「扣槃」三句
二
二喻—「或告」二句
結果—「捫燭」三句
就事喻論—「之鐘」三句
接榫—「道之難見」二句
就求道論
因—「達者」七句
果—「故世」四句
論致道
問—「然則」句
答—「蘇子曰」二句
論致
目
問—「何謂致」句
答
一—「孫武曰」三句
二—「子夏曰」三句
凡—「莫之求」二句
正
果—「南方多沒」五句
因
問—「夫沒者」句
答—「必也」三句
反
因—「生而」三句
果
因—「故北方」五句
果—「故凡」二句
反
昔—「昔者」二句
今—「今也」二句
正—「渤海吳君」四句

說明

這篇文章是採「先條分（目）、後總括（凡）」的形式寫成的：

一、條分的部分：

這個部分包括一、二、三、四等段，其中一、二段屬「反」，三、四段屬「正」：

㈠「反」的部分：

這個部分是由事喻與說理兩截組合而成：

1、事喻：

這一截自起段首句至「他日揣籥以為日也」句止。作者在此，敘述了一個盲人識日的故事。這個故事先以開端兩句，敘明有一盲者向常人問日的情事，作為故事的序幕，然後由兩個「或告之曰」句帶出兩個譬喻與結果來。頭一個譬喻是就形狀將太陽譬喻成銅槃，結果卻使盲者誤由聲音認鐘為日；第二個譬喻是就光亮將太陽譬喻成蠟燭，結果卻使盲者誤由形狀認籥為日。作者就藉著這個簡單的故事，以生發下一截的議論來。

2、說理：

這一截自「日之與鐘、籥亦遠矣」至「皆求道之過也」止。作者在此，先以「日之與鐘、籥亦遠矣」四句，針對上一截的事喻，發出論斷，認為盲者發生那麼可笑的錯誤，乃是由於「未嘗見而求之人」的緣故。然後由「道之難見也甚於日」一轉，領出第二段的其餘句子，將重點從盲者識日轉到世人求道上面來，藉盲者識日的錯誤，指出「或即其所見而名之，或莫之見而意之」，都是一般人求道的過失。

㈡「正」的部分：

這個部分是由說理（第三段）與事喻（第四段）兩截組合而成的：

1、說理：

這一截首先以「然則」二字作一轉折，由反面過到正面，引出「道卒不可求歟」兩句，採一問一答的形式，提出作者自身的看法，以為道是可致而不可求的。然後針對著「致」字的意義，引用孫武與子夏的話作為橋樑，得出「莫之求而自至」的最佳解釋，從而將一篇的大旨「學以致其道」輕輕鬆鬆的提了出來，以貫穿全文。

2、事喻：

作者在這一截裡，針對著上一截的說理部分，特舉南方沒人與北方勇者學習潛水的事情充當例證，以說明身體力行的重要。他首先以「南方多沒人」九句，從正面指出南方的沒人，由於日與水居的關係，到了十五歲就能得道沒水；次以「生而不識水」二句，從反面泛指人如果不識水性，雖然是長得很壯，見了船，還是會感到害怕的；接著以「故北方之勇者」五句，拿「北方之勇者」作為例子來說明，認為如果只求潛水的方法，而不從事切實的體驗，那麼他一跳進河裡，是必然會被淹死的；終以「故凡不學而務求道」二句，就北方勇者學沒這件事，提出結論來，那就是：「凡不學而務求道」是不會有好結果的。

二、總括的部分：

這個部分僅一段，即末段。是採先「反」後「正」的形式寫成的：

㈠「反」的部分：

由「昔者以聲律取士」句至「士知求道而不務學」句止，承上文反面的意思，指出古以聲律、今以經術取士的過失。

㈡「正」的部分：

由「渤海吳君彥律」句至篇末，承上文正面的意思，敘明因吳彥律正參加科舉，而有志「學以致其道」，所以寫了這篇文章送給他。這樣既抱緊了主旨作收，也把自己寫作的動機交代清楚了。

通觀此文，作者先用一、二兩段，從反面舉例說明「求道」的錯誤，再由三、四兩段，從正面舉例闡釋「致道」的精義，然後以末段從「反」歸於「正」，將一篇的作意點明。安排巧妙而有變化，確是一篇不可多得的好文章。

林天佐說：「蘇文好發議論，本文敘議相兼的特點尤其明顯。文內連用了兩個寓言式的故事來說明道理。這樣寫的好處是把抽象、深奧的哲理，故事化了、情趣化了。開卷引人入勝，掩卷引人深思，寓教於樂，啟迪想像，蘇公運筆之妙，令人嘆為觀止。本文的非同尋常之處，還在於兩個比喻對比的鮮明、強烈。這兩個比喻並不是簡單並列的，『盲人識日』一喻，意在說明靠臆想和推論認識世界的荒唐。『北人學沒』一喻，意在說明離開實踐絕難獲得真知。前一個比喻是後一個比喻的先導；後一個比喻是前一個比喻的引申與發展。兩個比喻都是作為論據而為中心論點服務的。文章以比喻始，以比喻終，喻體通俗，喻理易曉，耐人咀嚼，饒有興味。篇末點明文章為山東舉子吳彥律所作，對素昧平生的後學之輩殷殷教誨之情宛然可見。」（《唐宋八大家鑑賞辭典》）很扼要地指出了本文寫作的特點。

高中編

師說

韓愈

課文

古之學者必有師。師者，所以傳道、受業、解惑也。人非生而知之者，孰能無惑？惑而不從師，其爲惑也終不解矣！生乎吾前，其聞道也，固先乎吾，吾從而師之；生乎吾後，其聞道也，亦先乎吾，吾從而師之。吾師道也，夫庸知其年之先後生於吾乎？是故無貴、無賤、無長、無少，道之所存，師之所存也。

嗟乎！師道之不傳也久矣！欲人之無惑也難矣！古之聖人，其出人也遠矣，猶且從師而問焉；今之眾人，其下聖人也亦遠矣，而恥學於師。是故，聖益聖，愚益愚，聖人之所以爲聖，愚人之所以爲愚，其皆出於此乎？愛其子，擇師而教之，於其身也則恥師焉，惑矣！彼童子之師，授之書而習其句讀者也，非吾所謂傳其道、解其惑者也。句讀之不知，惑之不解，或師焉，或不焉，小學而大遺，吾未見其明也。

巫、醫、樂師、百工之人，不恥相師；士大夫之族，曰師、曰弟子云者，則群聚而笑之，問之，則曰：「彼與彼年相若也，道相似也。位卑則足羞，官盛則近諛。」嗚呼！師道之不復可知矣！巫、醫、樂師、百工之人，君子不齒，今其智乃反不能及，其可怪也歟！

聖人無常師：孔子師郯子、萇弘、師襄、老聃。郯子之徒，其賢不及孔子。孔子曰：「三人行，則必有我師。」是故弟子不必不如師，師不必賢於弟子。聞道有先後，術業有專攻，如是而已。

李氏子蟠，年十七，好古文，六藝經傳，皆通習之。不拘於時，請學於余，余嘉其能行古道，作師說以貽之。

結構分析表

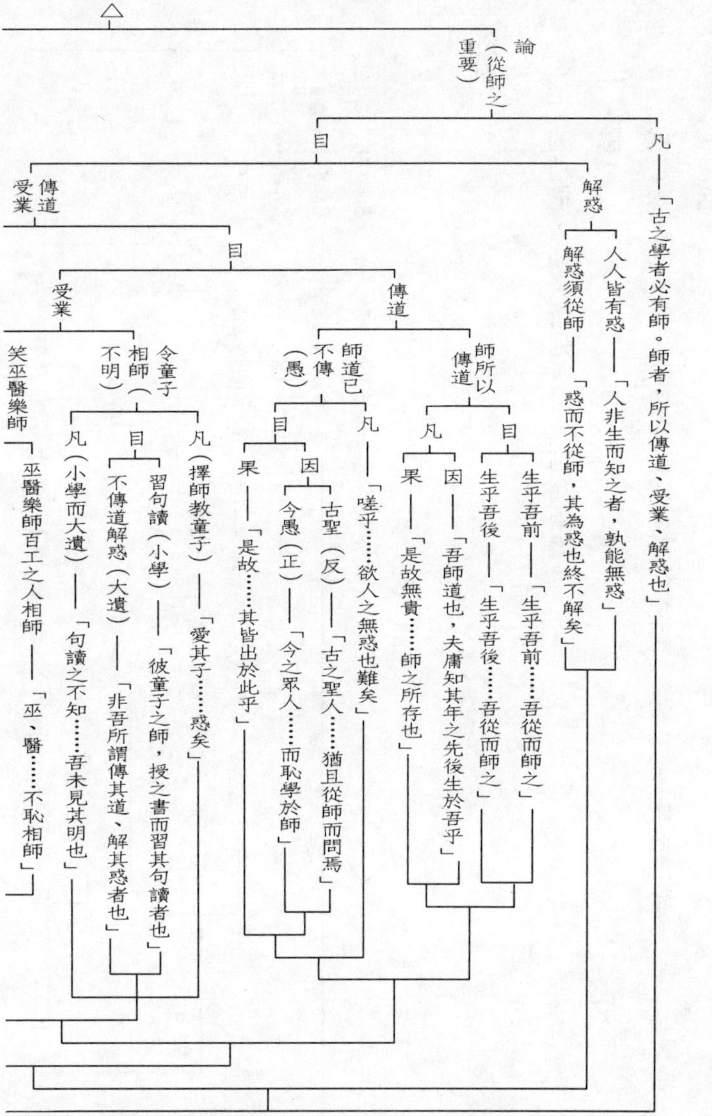

△
論（從師之重要）
凡
「古之學者必有師。師者，所以傳道、受業、解惑也」
目
解惑
人人皆有惑
「人非生而知之者，孰能無惑」
解惑須從師
「惑而不從師，其為惑也終不解矣」
傳道受業
目
傳道
師所以傳道
目
生乎吾前
「生乎吾前……吾從而師之」
生乎吾後
「生乎吾後……吾從而師之」
凡
因
「吾師道也，夫庸知其年之先後生於吾乎」
果
「是故無貴……師之所存也」
師道已不傳（愚）
凡
「嗟乎……欲人之無惑也難矣」
目
因
古聖（反）
「古之聖人……猶且從師而問焉」
今愚（正）
「今之眾人……而恥學於師」
果
「是故……其皆出於此乎」
受業
令童子相師（不明）
凡（擇師教童子）
「愛其子……惑矣」
目
習句讀（小學）
「彼童子之師，授之書而習其句讀者也」
不傳道解惑（大遺）
「非吾所謂傳其道、解其惑者也」
凡（小學而大遺）
「句讀之不知……吾未見其明也」
笑巫醫樂師
巫醫樂師百工之人相師
「巫、醫……不恥相師」

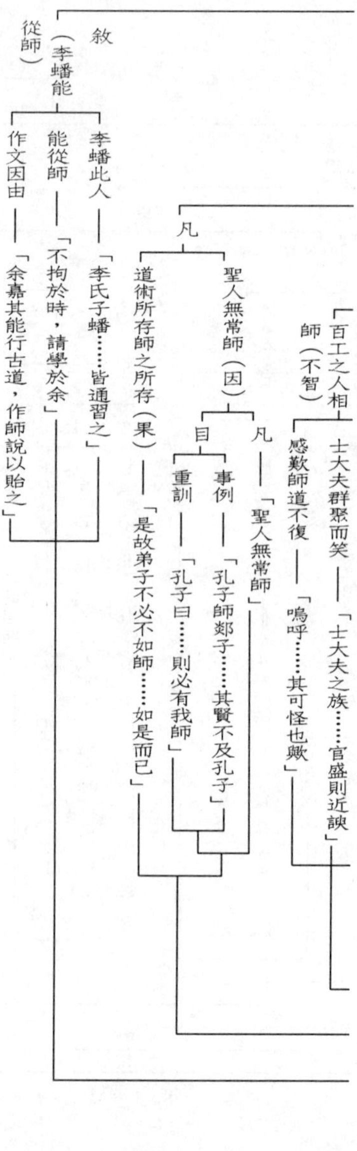

說明

本文的結構，如表所列，可大別為兩截：

一、論：

這一截是本文的主體，主要在論述從師的重要。它含以下兩個部分：

(一)凡（總括）的部分：

這個部分僅「吾之學者必有師。師者所以傳道、受業、解惑也」兩句，是一篇綱領之所在。後文「目」（條分）的部分，即完全由此逐步加以闡釋的。

㈡目（條分）的部分：

這個部分包括首段的後半及二、三、四、五、六等段。作者在這裡，先以「人非生而知之者」起至起段之末，說明人須「解惑」的原因，再以二、三、四、五、六等段，就「傳道」、「受業」作進一層的探討，以見從師的重要。就在探討「傳道」、「受業」的五段裡，作者採「先目後凡」的形式來論說，以「目」的部分而言，作者依次以第二段論述「吾師道也」的道理，以第三段感歎師道久已不傳的情形，以第四、五段指出只今童子相師而自己則否，並恥笑巫、醫、樂師、百工之人相師的不明與不智，對時人不重師道的現狀提出了嚴正的批評。以「凡」的部分來說，作者以第六段將上文分論「傳道」、「受業」的部分作個總結。這段文字，先以「聖人無常師」一句作一總冒，再分別列舉孔子「無常師」的事例與言論加以說明，然後得出「是故弟子不必不如師」的五句結語，以收束「論」的部分。

三、敘：

這一截是本文的附記，用以讚美李蟠能重師道的可貴，從而述明作文的因由作結。

從這種結構的分析來看這篇文章，可知在韓愈的眼裡，教師的終極任務在於「解惑」，但要「解惑」，卻非植基於「傳道」、「受業」兩者不可。所以作者在首段指明人必須從師以解惑以後，便以古聖（明智）與今愚（不明不智）作成強烈的對比，依序用二、三兩段來論「傳道」，四、五兩段來論「受業」，又以六段來作一總結，可以說用了五段的絕大篇幅來討論「傳道」與「受業」。尤其是在第五段裡，更强調了只「受業」「學習句讀（小學），而不「傳道」（大遺）的缺失，有了這種缺失，卻想要「解惑」是絕對不可能的。而當時的士大夫則大都有這種缺失，了解了這一點，那麼作者會特別嘉許李蟠「能行古道」而作這篇文章，原因就不難明白了。因此這篇文章，既說明了從師的重要性，更凸顯了「受業」以「傳道」、「傳道」以「解惑」的道理。這種道理，如不經由結構分析，是很容易忽略過去的。

左忠毅公軼事

方苞

課文

先君子嘗言，鄉先輩左忠毅公視學京畿。一日，風雪嚴寒，從數騎出，微行，入古寺。廡下一生伏案臥，文方成草。公閱畢，即解貂覆生，爲掩戶，叩之寺僧，則史公可法也。及試，吏呼名，至史公，公瞿然注視。呈卷，即面署第一；召入，使拜夫人，曰：「吾諸兒碌碌，他日繼吾志事，惟此生耳。」

及左公下廠獄，史朝夕窺獄門外。逆閹防伺甚嚴，雖家僕不得近。久之，聞左公被炮烙，旦夕且死，持五十金，涕泣謀於禁卒，卒感焉。一日，使史公更敝衣草屨，背筐，手長鑱，爲除不潔者，引入，微指左公處，則席地倚牆而坐，面額焦爛不可辨，左膝以下，筋骨盡脫矣。史前跪，抱公膝而嗚咽。公辨其聲，而目不可開，乃奮臂以指撥眥，目光如炬，怒曰：「庸奴！此何地也，而汝來前！

國家之事，糜爛至此。老夫已矣，汝復輕身而昧大義，天下事誰可支拄者！不速去，無俟姦人構陷，吾今即撲殺汝。」因摸地上刑械，作投擊勢。史噤不敢發聲，趨而出。後常流涕述其事以語人曰：「吾師肺肝，皆鐵石所鑄造也！」

崇禎末，流賊張獻忠出沒蘄、黃、潛、桐間，史公以鳳廬道奉檄守禦，每有警，輒數月不就寢，使將士更休，而自坐幄幕外，擇健卒十人，令二人蹲踞，而背倚之，漏鼓移，則番代。每寒夜起立，振衣裳，甲上冰霜迸落，鏗然有聲。或勸以少休，公曰：「吾上恐負朝廷，下恐愧吾師也。」

史公治兵，往來桐城，必躬造左公第，候太公、太母起居，拜夫人於堂上。

余宗老塗山，左公甥也，與先君子善，謂獄中語乃親得之於史公云。

結構分析表

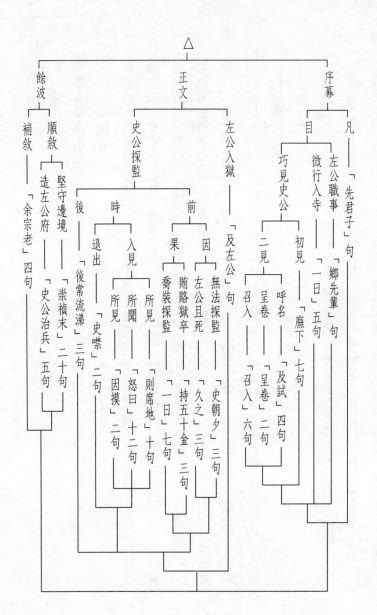

△
- 序幕
  - 凡——「先君子」句
  - 目
    - 左公職事——「鄉先輩」句
    - 微行入寺——「一日」五句
    - 巧見史公
      - 初見——「廡下」七句
      - 二見
        - 呼名——「及試」四句
        - 呈卷——「呈卷」二句
        - 召入——「召入」六句
- 正文
  - 左公入獄——「及左公」句
  - 史公探監
    - 前
      - 因
        - 無法探監——「史朝夕」三句
        - 左公且死——「久之」三句
      - 果
        - 賄賂獄卒——「持五十金」三句
        - 喬裝探監——「一日」七句
    - 時
      - 入見
        - 所見——「則席地」十句
        - 所聞——「怒曰」十二句
        - 所見——「因摸」二句
      - 退出——「史噤」二句
    - 後——「後常流涕」三句
- 餘波
  - 順敘
    - 堅守邊境——「崇禎末」二十句
    - 造左公府——「史公治兵」五句
  - 補敘——「余宗老」四句

說明

這篇文章寫的是左光斗的軼事，全文分三個部分繞著「忠毅」兩個字來寫：

一、頭一部分：

即首段，為本文的序幕。寫的是左光斗識拔史可法的經過。在這個部分裡，作者借其父親之口，敘明左公曾「視學京畿」，將左公所以能識拔史公的原因作個交代；接著以「一日」與「及試」作時間上之聯絡，依次記敘左公微服出巡時在一古寺識得史公，以及主持考試時當史公面為署第一的情形；然後以「召入」二字作接榫，引出「使拜夫人」數句，藉史公入拜左公夫人的機會，用「吾諸兒碌碌」三句話，寫出左公對史公的深切期許，認為只有史公才足以繼承他忠君愛國的志業，將左公為國舉拔英才的忠忱與苦心，寫得極其生動。

二、第二部分：

即次段，是本文的主體。寫的是左公被下廠獄後史公冒死探監的經過。這段文字以「及」字承上啟下，首先用四句敘明左公被下牢獄與禁人接近的事實；接著用「久之」與「一日」作時間的聯絡，依次寫左公受刑將死、史公冒死買通獄吏，以及史公探監、左公怒斥史公使離去的情形；然後著一「後」字，帶出史公「吾師肺肝」的兩句感慨的話，充分的寫出左公的公忠憂國與剛正不屈來。

三、第三部分：

包括三、四、五段，是本文的餘波。這個部分，先以第三段寫史公受左公感召，繼其志業，「忠毅」的奉檄守禦流寇的辛苦；再以第四段寫史公篤厚師門，時時不忘拜候左公父母及夫人的情事；然後以末段補敘本文所記的軼事，確係有根有據，以回應篇首的「先君子嘗言」，以收束全文。

縱觀此文，作者始終是針對著「忠毅」二字來寫的。其中寫左公「忠毅」的部分是「主」，而寫史公「忠毅」的部分則為「賓」；也就是說，寫史公的「忠毅」，便等於在寫左公的「忠毅」，這樣「借賓以定主」，使主旨充分的顯現於篇外，手段是相當高明的。對於這一點，丁曉昌說：「作者寫史可法忠心報國，勤於職守，有冰霜似的節操，有對老師永世不忘的深情，可見史確實是不可多得的人才。這一切說明了左對史的選拔是獨具慧眼的，昔日恩師的言傳身教已在門生身上開花結果。作者自如地運用側面烘托配合正面描寫，越描寫史，越輝映出左，取得了左、史兩人的愛國精神相得益彰的效果。」（《中學古詩文鑑賞辭典》）而力文也以為「側面烘托，添其光彩，這篇散文寫了兩個人物，一是左光斗，一是史可法。但是，作者筆法精絕，寫史可法是為了烘托，寫左光斗是主旨，通過史可法的形象反射出左光斗的光彩，從而增添出左光斗的光彩。

所以，文章中有許多筆墨，往往是落筆於史可法，而歸意於左光斗。」（《古文鑑賞辭典》）如此側面烘托，左光斗的「忠毅」精神便更為凸顯了。

項脊軒志

歸有光

課文

項脊軒，舊南閣子也。室僅方丈，可容一人居。百年老屋，塵泥滲漉，雨澤下注，每移案，顧視無可置者。又北向，不能得日；日過午已昏。余稍爲修葺，使不上漏。前闢四窗，垣牆周庭，以當南日。日影反照，室始洞然。又雜植蘭、桂、竹、木於庭，舊時欄楯，亦遂增勝。借書滿架，偃仰嘯歌，冥然兀坐，萬籟有聲。而庭階寂寂，小鳥時來啄食，人至不去。三五之夜，明月半牆，桂影斑駁，風移影動，珊珊可愛。

然余居此，多可喜，亦多可悲。先是，庭中通南北爲一，迨諸父異爨，內外多置小門牆，往往而是。東犬西吠，客踰庖而宴，雞棲於廳。庭中始爲籬，已爲牆，凡再變矣。家有老嫗，嘗居於此。嫗，先大母婢也，乳二世，先妣撫之甚厚。室西連於中閨，先妣嘗一至。嫗每謂余曰：「某所，而母立於茲。」嫗又曰：「汝姊在吾懷，呱呱而泣；娘以指扣門扉曰：『兒寒乎？欲食乎？』吾從板外相爲應答。」語未畢，余泣，嫗亦泣。余自束髮讀書軒中，一日，大母過余曰：「吾兒，久不見若影，何竟日默默在此，大類女郎也？」比去，以手闔門，自語曰：「吾家讀書久不效，兒之成，則可待乎！」頃之，持一象笏至，曰：「此吾祖太常公宣德間執此以朝，他日汝當用之。」瞻顧遺跡，如在昨日，令人長號不自禁。

軒東故嘗爲廚，人往，從軒前過。余扃牖而居，久之，能以足音辨人。軒凡四遭火，得不焚，殆有神護者。

項脊生曰：「蜀清守丹穴，利甲天下，其後秦始皇築女懷清臺。劉玄德與曹操爭天下，諸葛孔明起隴中。方二人之昧昧于一隅也，世何足以知之？余區區處敗屋中，方揚眉瞬目，謂有奇景。人知之者，其謂與埳井之蛙何異？」

余既爲此志，後五年，吾妻來歸，時至軒中，從余問古事，或憑几學書。吾妻歸寧，述諸小妹語曰：「聞姊家有閣子，且何謂閣子也？」其後六年，吾妻死，室壞不修。其後二年，余久臥病無聊，乃使人修葺南閣子，其制稍異於前。然自後余多在外，不常居。

庭有枇杷樹，吾妻死之年所手植也；今已亭亭如蓋矣。

結構分析表

- △
  - 正文（記軒之內外環境、發生事情及抒發懷抱）
    - 敘
      - 平敘（可喜）
        - 軒之規制——「項脊軒……可容一人居」
        - 軒之年歲——「百年老屋」
        - 軒之缺失
          - 滲漏——「塵泥滲漉……顧視無可置者」
          - 昏暗——「又北向……日過午已昏」
        - 軒之修葺
          - 補救
            - 補滲漏——「余稍為……使不上漏」
            - 救昏暗——「前闢四窗……室始洞然」
          - 增勝——「又雜植……亦遂增勝」
        - 軒之情趣——「借書滿架……珊珊可愛」
      - 聯貫——「然余居於此，多可喜，亦多可悲」
      - 追敘（可悲）
        - 諸父異爨——「先是……凡再變矣」
        - 先妣一至——「家有老嫗……嫗亦泣」
        - 祖母期許——「余自束髮……長號不自禁」
        - 遭火不焚——「軒東故嘗為廚……殆有神護者」
    - 論
      - 引古事（可喜）——「（項脊生曰）：蜀清守丹穴……世何足以知之」
      - 抒己懷（可悲）——「余區區處敗屋中……其謂與埳井之蛙何異」
  - 附記（懷念亡妻）
    - 可喜——寄深情於與亡妻在軒中之生活——「余既為此志……且何謂閤子也」
    - 可悲
      - 敘妻之亡與軒之變遷——「其後六年……不常居」
      - 寄懷念於庭中妻所手植之枇杷樹——「庭有枇杷樹……亭亭如蓋矣」

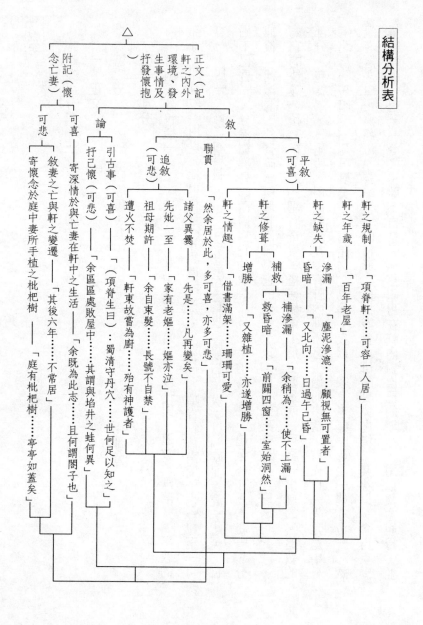

說明

本文可分成「正文」與「附記」兩截：

一、正文：

包括一、二、三、四等段，其中又可分為「敘」與「論」兩部分：

㈠敘的部分：

這個部分包括一、二、三等段，其中又可分為「平敘」與「追敘」兩部分。平敘的部分，即首段，用以記敘項脊軒內外的環境。作者依次以「項脊軒舊南閣子也」起至「可容一人居」，寫它的規制；以「百年老屋」一句，寫它的年歲；以「塵泥滲漉」起至「日過午已昏」，分滲漏與昏暗兩層寫它的缺失；以「余稍為修葺」起至「亦遂增勝」，分補救（補滲漏、救昏暗）與增勝兩層寫它的修葺；以「借書滿架」起至「珊珊可愛」，寫它的情趣，預為後文的「謂有奇景」搭好橋梁；這主要是就「可喜」來寫的。追敘的部分，包括二、三兩段，用以記敘在項脊軒內外所發生過的事情，首先以「先是庭中分南北為一」起至「凡再變矣」，寫諸父之異爨；次以「家有老嫗」起至「嫗亦泣」，透過老嫗之口，寫慈母「嘗一至」的情形，以抒發對亡母的哀悼之情；其次以「余自束髮讀書軒中」起至「令人長號不自禁」，寫祖母在軒內對自己的期勉，用以懷念祖母，並為下文議論的部分蓄勢；然後以「軒東故嘗為廚」起至「殆有神護者」，寫項脊軒四次遭火而未曾焚燬的靈異，為下文的「揚眉瞬目」預作鋪墊；這主要是就「可悲」來寫的。就在這兩個部分之間，作者又特地用「然余居於此，多可喜，亦多可悲」三句作上下文的接榫，除了收到承上啟下的效果外，更拈出「可喜」與「可悲」作為這篇文章的綱領，以貫穿全文。

㈡論的部分：這個部分僅一段，即第四段。作者在此，借古為喻，用「昧昧于一隅」的蜀清、孔明自比，抒發了兼濟天下的偉大抱負。然而作者空有抱負，卻始終沒有一展實學的機會，所以難免在自嘲（悲）中帶有自傲（喜）、自喜之中帶有可悲，使意味顯得特別深長。到了這裡，上文的「借書滿架，偃仰嘯歌」、「兒之成，則可待乎」、「余扃牖而居」、「殆有神護者」等，便全有了著落了。

二、附記：

包括五、六兩段。在這裡，作者先以「余既為此志」起至「且何謂閣子也」，敘亡妻在軒中的一段生活；再以「其後六年」起至「不常居」，敘妻之亡與項脊軒的變遷經過；然後以「庭有枇杷樹」起至篇末，記庭中亡妻當年所手植的枇杷樹，對亡妻寄予深切的懷念，這種懷念，正如此樹，年年歲歲，生生不已，所謂「以景結情」，情韻無限。

從上文的分析中，不難看出本文是以「多可喜，亦多可悲」為綱領來貫穿全文的。

有的人以為這「可喜」與「可悲」只不過用作接榫，只能照應一、二、三等段而已。其實，仔細尋繹四、五、六等段，如同上述，又何嘗脫離「可喜」與「可悲」呢？當然，喜與悲是無法截然劃分的，因為過去之「喜」適足以增添眼前之「悲」，所以寫「可喜」（賓），往往是為了反襯「可悲」（主）。有了這種認識來看作者寫這篇文章，自始至終，他都以「可喜」為賓、「可悲」為主來組合各種材料。這樣，他以項脊軒為核心，寫它的環境與變遷，寫在此出現過的親人（祖母、先妣、亡妻），更寫自己在此的種種，寫得實在很瑣細，甚至看來還有點凌亂，卻一直有一根無形的絲線把它們綰合在一起，使上下意脈得以貫暢；而這種貫暢上下文的意脈，不仰賴結構分析，是很難理清的。

飲馬長城窟行

佚名

課文

青青河畔草，緜緜思遠道。遠道不可思，夙昔夢見之。夢見在我傍，忽覺在他鄉。他鄉各異縣，展轉不可見。枯桑知天風，海水知天寒。入門各自媚，誰肯相爲言！

客從遠方來，遺我雙鯉魚。呼兒烹鯉魚，中有尺素書。長跪讀素書，書中竟何如？上有加餐食，下有長相憶。

結構分析表

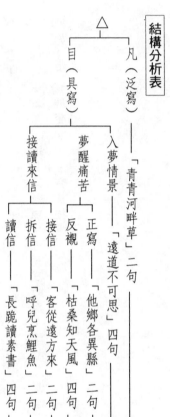

△
- 凡（泛寫）——「青青河畔草」二句
- 目（具寫）
  - 入夢情景——「遠道不可思」四句
  - 夢醒痛苦
    - 正寫——「他鄉各異縣」二句
    - 反襯——「枯桑知天風」四句
  - 接讀來信
    - 接信——「客從遠方來」二句
    - 拆信——「呼兒烹鯉魚」二句
    - 讀信——「長跪讀素書」四句

說明

此詩最早見於《昭明文選》，題為「樂府古辭」，郭茂倩《樂府詩集》歸入《相和鼓辭·瑟調曲》，旨在寫一位女子對外出丈夫的無限思念之情。它用「先凡（總括）後目（條分）」的形式寫成：

首先以開篇二句起興，拈出「思遠道」作一篇綱領，以統攝全詩；這是「凡」的部分。其次以「遠道不可思」四句，寫這一位女主人翁夢見自己的丈夫來到身邊，頃刻之間又離去，無論怎樣也無法追尋他的蹤影，藉夢境的撲朔迷離，以增添「思遠道」之情；這是「目一」的部分。又其次以「他鄉各異縣」二句，正寫夢醒後的痛苦，以「枯桑知天風」四句，採譬喻和反襯的手法，寫鄰家夫妻團聚而自己卻無人慰問的情形，來寫自己的痛苦，由此加深「思遠道」之情；這是「目二」的部分。接著以「客從遠方來」八句，寫接讀丈夫來信的經過，其中「客從遠方來」二句寫接獲來信，「呼兒烹鯉魚」二句寫拆開信函，「長跪讀素書」二句寫跪讀書信，「上有加餐飯」二句寫信中內容，將「思遠道」之情推深到極處；尤其是結尾兩句，在表面上看來是勸慰語，而實際上卻暗含著丈夫歸家無期的意思，使這位女主人翁更黯然魂銷，肝腸寸斷；這是「目三」的部分。

這樣用「思遠道」來一意貫串，言已盡而意無窮，十分耐人尋味。李春芳以為「此詩寫一位女子懷念長期外出不歸的丈夫。至於丈夫飄蕩遠方的原因，沒有明確交代。也許是因為兵役、徭役，也許是為了求官、謀生。總之，丈夫外出不歸，使妻子飽嘗孤獨淒涼之苦，被無窮的思念所折磨。詩分前後兩部分。前半寫這位女子因思念而入夢，夢醒後倍覺淒苦；後半寫她接到遠方來信，分外驚喜，展讀之後，更是失望。詩篇通過夢境和讀信兩個生活場景，把這位女子對丈夫的思念和失望的痛苦刻畫得相當感人。」（《古詩鑑賞辭典》）把此詩之內容結構說得扼要而明白。

岳陽樓記

范仲淹

課文

慶曆四年春，滕子京謫守巴陵郡。越明年，政通人和，百廢具興，乃重修岳陽樓，增其舊制，刻唐賢今人詩賦於其上；屬予作文以記之。

予觀夫巴陵勝狀，在洞庭一湖。銜遠山，吞長江，浩浩湯湯，橫無際涯；朝暉夕陰，氣象萬千；此則岳陽樓之大觀也，前人之述備矣！然則北通巫峽，南極瀟湘，遷客騷人，多會於此，覽物之情，得無異乎？

若夫霪雨霏霏，連月不開；陰風怒號，濁浪排空；日星隱耀，山岳潛形；商旅不行，檣傾楫摧；薄暮冥冥，虎嘯猿啼；登斯樓也，則有去國懷鄉、憂讒畏譏、滿目蕭然，感極而悲者矣！

至若春和景明，波瀾不驚，上下天光，一碧萬頃；沙鷗翔集，錦鱗游泳，岸芷汀蘭，郁郁菁菁。而或長煙一空，皓月千里，浮光躍金，靜影沉璧，漁歌互答，此樂何極！登斯樓也，則有心曠神怡，寵辱偕忘，把酒臨風，其喜洋洋者矣！

嗟夫！予嘗求古仁人之心，或異二者之爲，何哉？不以物喜，不以己悲，居廟堂之高，則憂其民；處江湖之遠，則憂其君。是進亦憂，退亦憂；然則何時而樂耶？其必曰：「先天下之憂而憂，後天下之樂而樂」乎！噫！微斯人，吾誰與歸？時六年九月十五日。

結構分析表

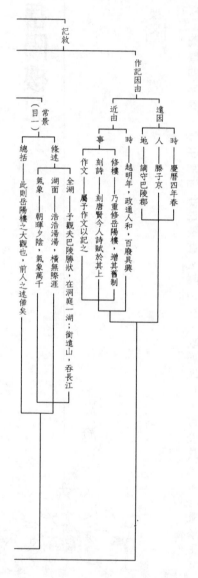

- 記敘
  - 作記因由
    - 遠因
      - 時——慶曆四年春
      - 人——滕子京
      - 地——謫守巴陵郡
    - 近由
      - 時——越明年，政通人和，百廢具興
      - 事
        - 修樓——乃重修岳陽樓，增其舊制
        - 刻詩——刻唐賢今人詩賦於其上
        - 作文——屬予作文以記之
- 常景（目一）
  - 條述
    - 全湖——予觀夫巴陵勝狀，在洞庭一湖；銜遠山，吞長江
    - 湖面——浩浩湯湯，橫無際涯
    - 氣象——朝暉夕陰，氣象萬千
  - 總括——此則岳陽樓之大觀也，前人之述備矣

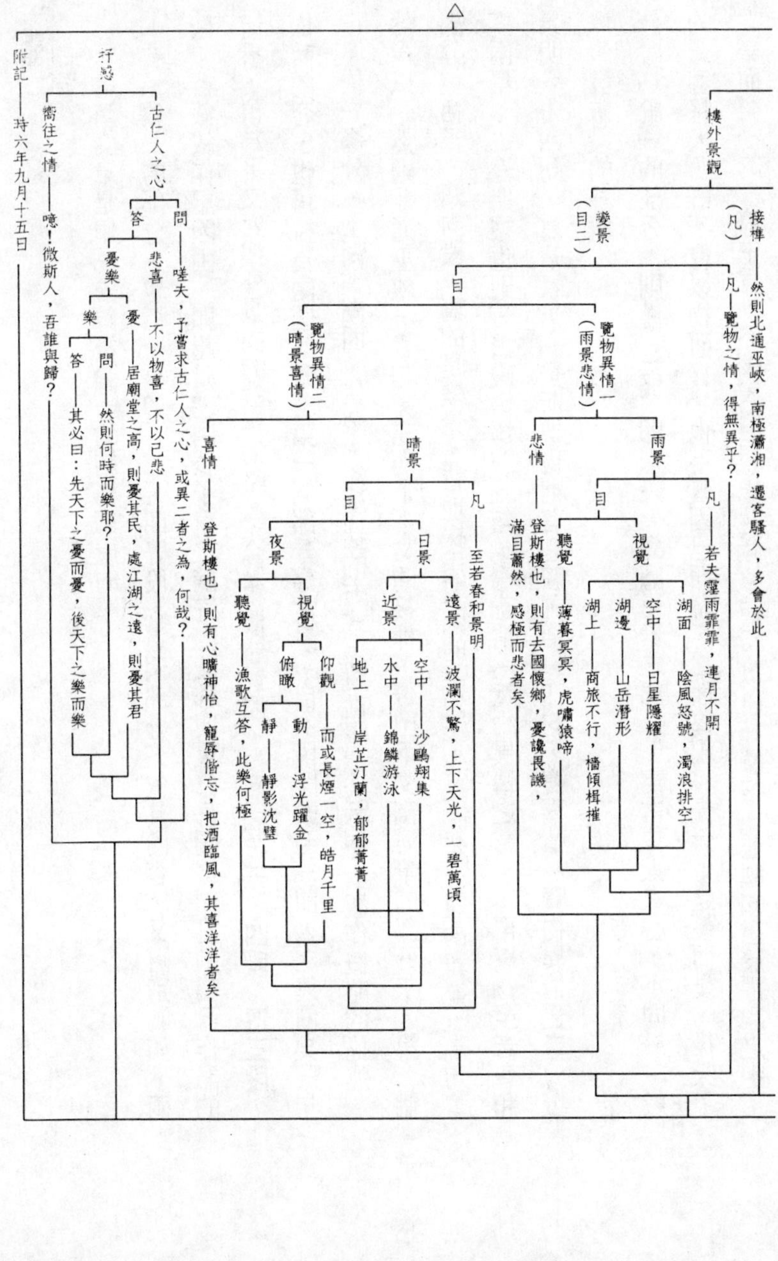
樓外景觀
接榫—然則北通巫峽，南極瀟湘，遷客騷人，多會於此
（凡）
凡—覽物之情，得無異乎？
變景（目二）
目
覽物異情一（雨景悲情）
雨景
凡—若夫霪雨霏霏，連月不開
目
視覺
湖面—陰風怒號，濁浪排空
空中—日星隱耀
湖邊—山岳潛形
湖上—商旅不行，檣傾楫摧
聽覺—薄暮冥冥，虎嘯猿啼
悲情—登斯樓也，則有去國懷鄉，憂讒畏譏，滿目蕭然，感極而悲者矣
覽物異情二（晴景喜情）
晴景
凡—至若春和景明
目
日景
遠景—波瀾不驚，上下天光，一碧萬頃
近景
空中—沙鷗翔集
水中—錦鱗游泳
地上—岸芷汀蘭，郁郁菁菁
夜景
視覺
仰觀—而或長煙一空，皓月千里
俯瞰
動—浮光躍金
靜—靜影沈璧
聽覺—漁歌互答，此樂何極
喜情—登斯樓也，則有心曠神怡，寵辱偕忘，把酒臨風，其喜洋洋者矣
抒感
古仁人之心
問—嗟夫，予嘗求古仁人之心，或異二者之為，何哉？
答
悲喜—不以物喜，不以己悲
憂樂
憂—居廟堂之高，則憂其民，處江湖之遠，則憂其君
樂
問—然則何時而樂耶？
答—其必曰：先天下之憂而憂，後天下之樂而樂
嚮往之情—噫！微斯人，吾誰與歸？
附記—時六年九月十五日

說明

這篇文章是用「先敘後論」的結構寫成的。

「敘」的部分，包括一、二、三、四等段。這個部分，依其內容，又可別為如下兩截：首截敘作記因由，即起段。由滕子京之謫守巴陵郡與重修岳陽樓，寫到囑己作記的情事，預為下文對樓外景觀的敘寫鋪路。次截敘樓外景觀，包括二、三、四段。這三段，依其內容，也可析為兩個部分：第一個部分寫常景，自次段開頭至「前人之述備矣」句止，依先條分（全湖、湖面、氣象）後總括的方式，將岳陽樓的不變景觀作概略的描述。然後以「然則北通巫峽」六句，充作上下文的接榫，帶出下文寫變景的部分來。第二個部分包括三、四兩段，寫的是變景，特地採用對照的手法，先以「若夫霪雨霏霏」十句，寫雨景；「登斯樓也則有去國懷鄉」五句，寫悲情（覽物異情之一）。再以「至若春和景明」十四句，寫晴景；「登斯樓也則有心曠神怡」四句，寫喜情（覽物異情之二），以生發末段的感慨。

「論」的部分，則僅一段，即末段。先應變景之部分，寫古仁人之心，不同於一般的遷客騷人，既不會以物而喜，也不會因己而悲，從而逼出「先天下之憂而憂，後天下之樂而樂」的一篇主旨，然後表出無比的嚮往之情，以自抒懷抱，並勉知己於遷謫之中。

作者這樣先敘岳陽樓外的常景與變景，再論古仁人之用心，所謂「撫景感觸」（林西仲《古文析義・卷五》），層次是非常分明的。而作者在首段，約略誇讚了滕子京謫守巴陵郡後的政績，一方面帶有替滕氏申冤的意思，一方面也交代了寫作本文的緣由，似乎這就是「作文」的真正目的了。其實，這只是就表面來說的，它的真正目的是想藉此以寬慰、激勵滕子京這個朋友，要做到這一點，所用來寬慰、激勵的話，既不能說得過於瑣細，又不能太過冠冕堂皇，於是作者幾經搜尋之後，終於找到《孟子・梁惠王》下「樂以天下，憂以天下」兩句話，並將它衍為如下十四個字：「先天下之憂而憂，後天下之樂而樂。」這是扣緊人的仁心、胸襟來說的。由於它透入生命裡層，不但足以寬慰、激勵滕子京個人，更足以寬慰、激勵天下所有的讀書人，也包括作者在內。不僅如此，甚且又可以寬慰、激勵未來世世代代的人。這樣把當代與後世的仁人志士，連同作者自己，來為滕子京作陪襯，所產生的效果當然是非常巨大的。不過，這種主旨要按在岳陽樓上，是有困難的，於是作者又設法打通關節，特別從主旨的十四個字中抽出核心的「憂」與「樂」二字，將古仁人的憂樂，與一般騷人墨客面對岳陽樓畔不同異物所產生的憂樂之情（覽物異情），形成強烈對比，如此一來，先憂後樂的主旨便與岳陽樓融成一體，而作者所以在第三、四兩大段，針對著「覽物之情，得無異乎」大寫特寫，預為末段「古仁人之心，或異二者之為」作鋪墊，以帶出一篇主旨，其原因也就不難明白了。由此看來，作者寫這篇文章，是有著非凡的「眼力」的。

晚遊六橋待月記

袁宏道

課文

西湖最盛，爲春爲月。一日之盛，爲朝煙，爲夕嵐。今歲春雪甚盛，梅花爲寒所勒，與杏桃相次開發，尤爲奇觀。石簣數爲余言：「傅金吾園中梅，張功甫玉照堂故物也，急往觀之。」余時爲桃花所戀，竟不忍去湖上。

由斷橋至蘇隄一帶，綠煙紅霧，彌漫二十餘里。歌吹爲風，粉汗爲雨，羅紈之盛，多於隄畔之草，艷冶極矣。

然杭人遊湖，止午、未、申三時。其實湖光染翠之工，山嵐設色之妙，皆在朝日始出，夕舂未下，始極其濃媚。月景尤不可言，花態柳情，山容水意，別是一種趣味。此樂留與山僧遊客受用，安可爲俗士道哉！

結構分析表

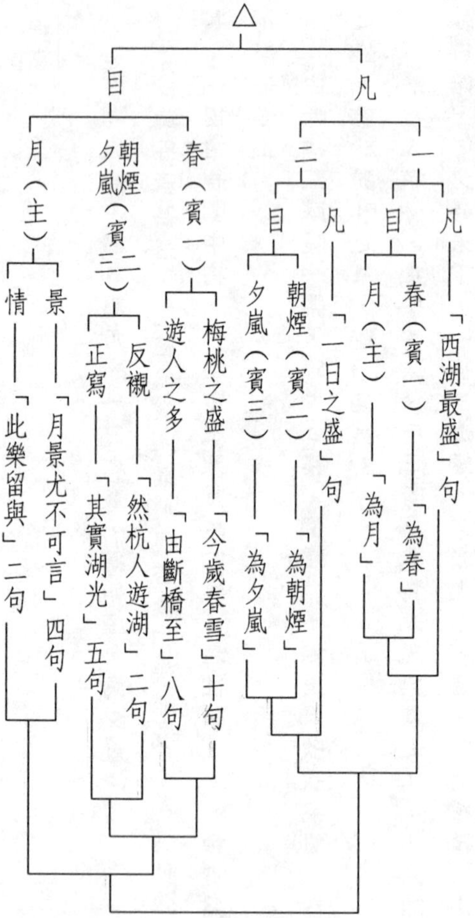

說明

此文旨在藉西湖六橋風光之盛，以寫遊六橋待月之樂。

作者首先在起段，以開門見山的方式提明西湖六橋最盛的，是春景，是月景，而一日最盛的，是朝煙、夕嵐，這是「凡」的部分；接著以二、三段，透過梅、桃、杏之「相次開發」與「歌吹」、「羅紈」之盛來具寫春景，這是「目一」的部分；然後以末段「然杭人遊湖」等七句，取湖光、山色作陪襯，來具寫朝煙和夕嵐，這是「目二」的部分；末了以「月景尤不可言」等六句，拿花柳、山水作點綴，來寫月景，從而拈明主旨，以為這是「一種趣味」與不可「為俗士道」之樂，用側面以回繳全體的方式來收結，這是「目三」的部分。這樣採「先凡後目」的結構來寫，層次既清楚，意旨也很明顯。

吳戰壘說：「這篇山水遊記，始終扣住『西湖最盛，為春為月』的『春』、『月』二字，騰挪變化，詳寫『為春』之盛，略寫『為月』之美；題為〈晚遊六橋待月記〉，卻始終沒有正面寫待月的情景。他的高妙處在於以層翻浪迭之筆，依次寫出梅花、桃花之美，朝煙、夕嵐之美，一景勝似一景，逐層皴染，不犯正位，從而造成讀者強烈的『待月』心理；待到『千呼萬喚始出來』，卻又匆匆一面，飄然而去，使人有『著眼未分明』之感，因而顯得餘韻悠然，情味無窮。作者用這種空靈幻變之筆來寫月景之美，可謂別出心裁。」（《古文鑑賞辭典》）可見本文在手法上是別具奧妙的。

古體詩選：(一)飲酒之五

陶淵明

課文

結廬在人境，而無車馬喧。
問君何能爾，心遠地自偏。
採菊東籬下，悠然見南山；
山氣日夕佳，飛鳥相與還。
此中有真意，欲辨已忘言。

結構分析表

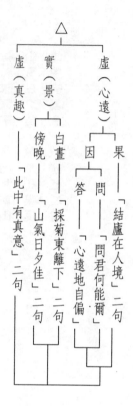

△
- 虛（心遠）
  - 果——「結廬在人境」二句
  - 因
    - 問——「問君何能爾」
    - 答——「心遠地自偏」
- 實（景）
  - 白晝——「採菊東籬下」二句
  - 傍晚——「山氣日夕佳」二句
- 虛（真趣）——「此中有真意」二句

說明

陶淵明有〈飲酒〉詩二十首，皆歸自彭澤所作。雖總題為「飲酒」，實則藉以抒懷，寄托深遠。此為其第五首，寫處於喧世能閒遠自得的意趣。

它首先提明「心遠地自偏」的意思，再敘寫玩賞大自然的悠然心情，然後結出「得意而忘言」（《莊子．齊物》）的真趣。其中起二句，寫自己雖處於世間，卻不受世俗應酬的困擾，以領出下面問答之辭。三、四兩句，先設問，再應答，寫精神超脫了世俗的束縛，則雖置身於喧境，也如同居於偏遠之地，由此拈出「心遠」作為一篇之骨，以貫穿全詩。五、六兩句，寫採菊之際，無意間舉首而見南山，一時曠遠自得，悠然超出於塵俗之外；這是作者「心遠」的自然結果。七、八兩句，寫山氣與飛鳥，將「一任自然，適性自足」的自然景象，作生動的描摹；這又是「心遠」的另一番體現。末二句，寫此時此地此境，無法用言語來形容；這更是造自「心遠」的無上境界。

吳淇在《六朝詩選定論》中說：「『意』字從上文『心』字生出，又加上『真』字，更跨進一層，則『心遠』為一篇之骨，『真意』為一篇之髓。」而方東樹在《昭昧詹言》裡也說：「境既閑寂，景物復佳，然非『心遠』則不能領略其『真意』味。」可見作者以「心遠」為一篇之骨（綱領）來統括全詩，以「真意」為一篇之髓（主旨）來收束全篇，是極有章法的；也由此使得此詩神遺言外，令人咀嚼不盡。

古體詩選：(二)贈衛八處士

杜甫

課文

人生不相見，動如參與商；今夕是何夕？共此燈燭光。
少壯能幾時？鬢髮各已蒼。訪舊半爲鬼，驚呼熱中腸。
焉知二十載，重上君子堂。昔別君未婚，兒女忽成行；
怡然敬父執，問我來何方。問答未及已，驅兒羅酒漿。
夜雨翦春韭，新炊間黃粱。主稱會面難，一舉累十觴；
十觴亦不醉，感子故意長。明日隔山岳，世事兩茫茫。

結構分析表

- △
  - 實（今夕）
    - 抒情
      - 正（重逢之喜）——「人生」四句
      - 反（滄桑之感）
        - 賓——「少壯」四句
        - 主——「焉知」四句
    - 敘事
      - 羅酒漿——「怡然」四句
      - 備飯菜——「夜雨」二句
      - 勸酒——「主稱」四句
  - 虛（明日）——「明日」二句

說明

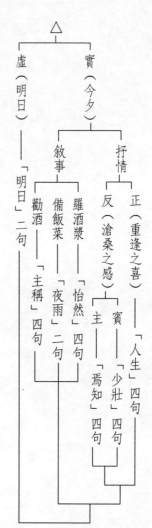

這首詩是杜甫在唐肅宗乾元二年（西元七五九年）春，由洛陽還回華州途中所寫的。

它採「先實後虛」的形式寫成：

「實」的部分自篇首起至「感子故意長」止，全以「今夕」為敘事抒情的基點，其中由起句至「兒女忽成行」為抒情的部分，由「怡然敬父執」至「感子故意長」為敘事的部分。它的開端四句，寫今夕重逢的驚喜之情：前二句以參、商為比，以凸顯今夕見面之難；後二句藉「共燭」來表達今夕重逢那種如夢似幻、疑真疑虛的感覺，這樣驚喜之情便躍然紙上。而「少壯能幾時」八句，則用今昔對照的手法來寫世事滄桑的慨歎：前四句由故舊之凋零而嘆死生無常，後四句由兒女之成行而驚年華流逝，很技巧地從反面襯托出今夕重逢的驚喜之情。至於「怡然敬父執」十句，很自然地由抒情轉為敘事，先以「怡然敬父執」二句寫衛八兒女待客的敬意，再以「問答未及已」八句依次藉羅酒漿、備飯菜、勸飲酒來寫衛八款客的殷勤，所謂「珍重主人心，酒深情亦深」（韋莊〈菩薩蠻〉詞），友情的溫馨就由此充分地表現出來。以上是實寫的部分。

而末尾的兩句，則由實轉虛，虛寫明日離別的惆悵，再進一層從反面將今夕重逢之喜作襯托。就這樣，在今昔、虛實、悲喜的對比下，主旨便表達得更為深刻了。

陳情表

李密

課文

臣密言：

臣以險釁，夙遭閔凶。生孩六月，慈父見背。行年四歲，舅奪母志。祖母劉愍臣孤弱，躬親撫養。臣少多疾病，九歲不行；零丁孤苦，至於成立。既無叔伯，終鮮兄弟；門衰祚薄，晚有兒息；外無期功彊近之親，內無應門五尺之僮；煢煢獨立，形影相弔。而劉夙嬰疾病，常在床蓐；臣侍湯藥，未曾廢離。

逮奉聖朝，沐浴清化。前太守臣逵，察臣孝廉；後刺史臣榮，舉臣秀才；臣以供奉無主，辭不赴會。詔書特下，拜臣郎中。尋蒙國恩，除臣洗馬。猥以微賤，當侍東宮，非臣隕首，所能上報。臣具以表聞，辭不就職。詔書切峻，責臣逋慢。郡縣逼迫，催臣上道。州司臨門，急於星火。臣欲奉詔奔馳，則劉病日篤；欲苟順私情，則告訴不許；臣之進退，實爲狼狽。

伏惟聖朝以孝治天下，凡在故老，猶蒙矜育；況臣孤苦，特爲尤甚。且臣少仕僞朝，歷職郎署，本圖宦達，不矜名節。今臣亡國賤俘，至微至陋，過蒙拔擢，寵命優渥；豈敢盤桓，有所希冀！但以劉日薄西山，氣息奄奄，人命危淺，朝不慮夕。臣無祖母，無以至今日；祖母無臣，無以終餘年。母孫二人，更相爲命；是以區區，不能廢遠。臣密今年四十有四，祖母劉今年九十有六，是臣盡節於陛下之日長，報劉之日短也。烏鳥私情，願乞終養！

臣之辛苦，非獨蜀之人士，及二州牧伯，所見明知；皇天后土，實所共鑑。

願陛下矜愍愚誠，聽臣微志；庶劉僥倖，保卒餘年。臣生當隕首，死當結草。

臣不勝犬馬怖懼之情，謹拜表以聞。

結構分析表

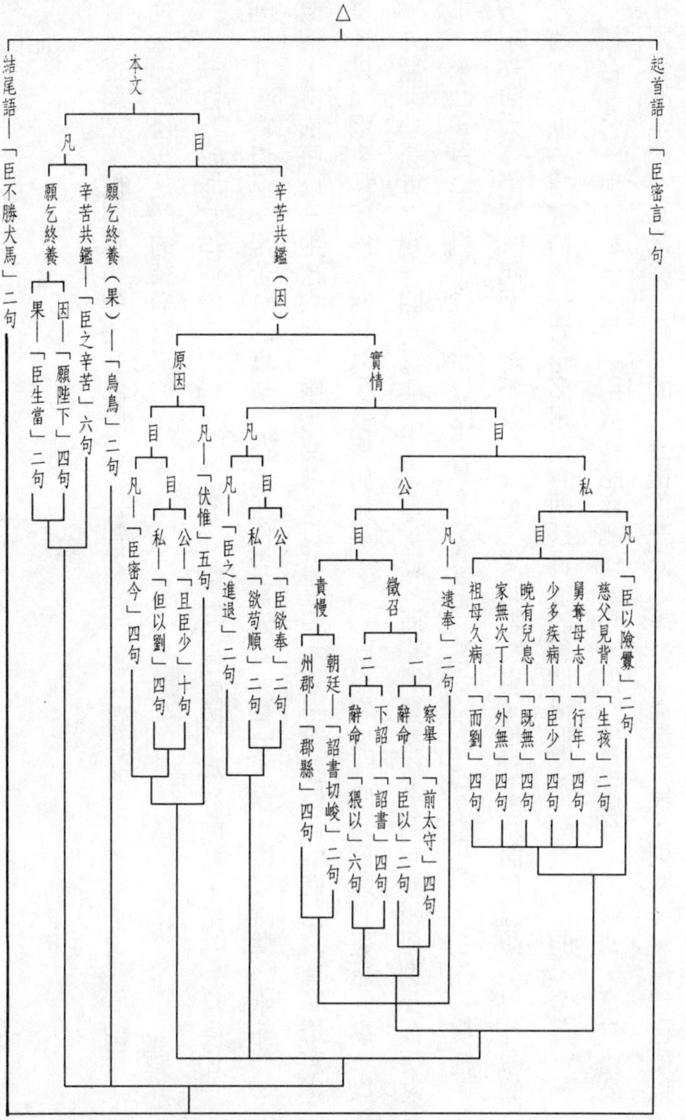
△
起首語—「臣密言」句
本文
結尾語—「臣不勝犬馬」二句
凡
目
願乞終養
因—「願陛下」四句
果—「臣生當」二句
辛苦共鑑—「臣之辛苦」六句
願乞終養（果）—「烏鳥」二句
辛苦共鑑（因）
原因
凡—「伏惟」五句
目
凡—「臣密今」四句
目
公—「且臣少」十句
私—「但以劉」四句
實情
凡
凡—「臣之進退」二句
目
公—「臣欲奉」二句
私—「欲苟順」二句
目
公
凡—「逮奉」二句
目
徵召
一
察舉—「前太守」四句
辭命—「臣以」二句
二
下詔—「詔書」四句
辭命—「猥以」六句
責慢
朝廷—「詔書切峻」二句
州郡—「郡縣」四句
私
凡—「臣以險釁」二句
目
慈父見背—「生孩」二句
舅奪母志—「行年」四句
少多疾病—「臣少」四句
晚有兒息—「既無」四句
家無次丁—「外無」四句
祖母久病—「而劉」四句

說明

這篇文章撇開首尾的「起首語」和「結尾語」不談，就「本文」部分而言，有四段，是採「先目後凡」的結構寫成的。

「目」的部分包括第一、二、三等段，其中一、二兩段，分公與私，用「先目後凡」的形式，寫自己「辛苦」的實情。在此，作者首先就「私」，以「臣以險釁」兩句作一概括，再依序以「生孩六月」兩句寫慈父見背之事，以「行年四歲」四句寫舅奪母志之事，以「臣少多疾病」四句寫少多疾病之事，以「既無叔伯」四句寫晚有兒息之事，以「外無期功彊近之親」四句寫無次丁之事，以「而劉夙嬰疾病」四句寫祖母劉氏久病之事，來凸顯自己不得不終養祖母的事實。其次就「公」，以「逮奉聖朝」二句作一概括，再由「前太守臣逵」起至「辭不就職」止，寫州郡察舉、朝廷下詔而自己卻不得赴命的經過，並以「詔書切峻」六句寫州郡與朝廷責慢的急切情形，來刻畫自己的「辛苦」。然後合「公」與「私」，用「臣欲奉詔奔馳」六句，採「先目後凡」的形式，寫自己公私兩難的辛苦，為後文「凡」的部分提供充分的證據。而第三段，則進一層寫自己所以如此「辛苦」的緣由。在此，作者先以「伏惟聖朝以孝治天下」五句作個總括，再由「且臣少仕偽朝」起至「不能廢遠」止，分別就「公」與「私」，深化自己之「辛苦」所在；

接著以「臣密今年四十有四」四句，合「公」與「私」，作緩急輕重的比較，表出自己想要忠孝兩全的心意；然後由因而果地以「烏鳥私情」二句，表達「終養」的願望。「凡」的部分為第四段，作者在此，先以「臣之辛苦」六句，寫自己的「辛苦」是人神「共鑑」的；然後以「願陛下矜愍愚誠」六句，用「先因後果」的形式，正式提出「終養」的請求，並表達深切的謝忱，希望朝廷能加以成全。

　　這四段文字所寫的，如眾所知，只是一個「孝」字而已；而這個「孝」字，除一面由第三段首句直接點明，作為一篇綱領外，又一面針對著上表這件事，在第四段以「願陛下矜愍愚誠，聽臣微志；庶劉僥倖，保卒餘年」幾句話作具體的表達。這幾句話，既充分的道出了作者的孝思，也說明了上表的目的。不過，要達成這個目的，成全孝思，是必須要有堅實的憑藉來說服人家的；而這個憑藉就是作者異於常人的「辛苦」，所以他在第四段開頭即說：「臣之辛苦，非獨蜀之人士，及二州牧伯，所見明知；皇天后土，實所共鑑」。但徒口是無憑的，是無法使人相信的，於是作者便先在第一、二段分別就私情（孝）、「赴命」（忠），具體的寫出他「辛苦」的實情，然後在第三段再就私情（孝）與「赴命」（忠），先寫他進退兩難的情形，以見出他「辛苦」的原因，再更進一步的作緩急的比較，以見出自己欲就私情（孝）、拒「赴命」（忠）的「辛苦」所在，藉以乞求准許所請。作者這樣一路的握定「孝」字來寫，可說完全出自於一片至性，使得文章裡面了無一處虛言矯飾，這就無怪會寫得這樣「悲惻動人」（吳楚材評，見《評註古文觀止》），而真正達成「聽臣微志」的願望了。

周牧說：「〈陳情表〉這篇文章主要寫了八個字：『願乞終養，辭不赴命。』但是要晉武帝接受這個請求，還是非常困難的。因為李密是一個少仕偽朝的亡國賤俘，四次徵召，四次拒絕，這就很容易使武帝產生疑忌，以為李密是懷念舊朝，不滿新朝，才會採取這樣決絕的態度。在封建社會裡，違抗君命是大逆不道的行為，更何況他又是一個『至微至陋』的蜀漢降臣。可是李密的這次陳情，居然使武帝由『催逼甚緊』、『詔書切峻』、『責臣逋慢』、『急於星火』，到批准他的請求。」（《古文鑑賞辭典》）得到這樣的結果，與其說是由於作者周密的思考，不如說是由於他盡孝的「愚誠」。這份「愚誠」，透過每句話，沛然從肺腑中流出，只要是人，是沒有不感動的。

諫逐客書

李斯

課文

臣聞吏議逐客，竊以爲過矣。

昔繆公求士，西取由余於戎，東得百里奚於宛，迎蹇叔於宋，來丕豹、公孫支於晉。此五子者，不產於秦，繆公用之，并國二十，遂霸西戎。孝公用商鞅之法，移風易俗，民以殷盛，國以富彊，百姓樂用，諸侯親服，獲楚魏之師，舉地千里，至今治彊。惠王用張儀之計，拔三川之地，西并巴蜀，北收上郡，南取漢中，包九夷，制鄢、郢，東據成皋之險，割膏腴之壤，遂散六國之從，使之西面事秦，功施到今。昭王得范睢，廢穰侯，逐華陽，彊公室，杜私門，蠶食諸侯，使秦成帝業。此四君者，皆以客之功。由此觀之，客何負於秦哉？向使四君卻客而不內，疏士而不用，是使國無富利之實，而秦無彊大之名也。

今陛下致昆山之玉，有隨和之寶，垂明月之珠，服太阿之劍，乘纖離之馬，建翠鳳之旗，樹靈鼉之鼓。此數寶者，秦不生一焉，而陛下說之何也？必秦國之所生然後可，則是夜光之璧，不飾朝廷；犀象之器，不爲玩好；鄭衛之女，不充後宮；而駿良駃騠，不實外廄；江南金錫不爲用；西蜀丹青不爲采。所以飾後宮，充下陳，娛心意，說耳目者，必出於秦然後可，則是宛珠之簪，傅璣之珥，阿縞之衣，錦繡之飾，不進於前；而隨俗雅化，佳冶窈窕，趙女不立於側也。夫擊甕叩缶，彈箏搏髀，而歌呼嗚嗚快耳者，真秦之聲也。鄭、衛、桑間、韶虞、武象者，異國之樂也。今棄擊甕叩缶而就鄭衛，退彈箏而取韶虞，若是者何也？快意當前，適觀而已矣！今取人則不然，不問可否，不論曲直，非秦者去，爲客者逐。然則是所重者在乎色樂珠玉，而所輕者在乎民人也！此非所以跨海內，制諸侯之術也！

臣聞地廣者粟多，國大者人眾，兵彊者則士勇。是以泰山不讓土壤，故能成其大；河海不擇細流，故能就其深；王者不卻眾庶，故能明其德。是以地無四方，民無異國，四時充美，鬼神降福。此五帝三王之所以無敵也。今乃棄黔首以資敵國，卻賓客以業諸侯，使天下之士，退而不敢西向，裹足不入秦，此所謂藉寇兵而齎盜糧者也。

夫物不產於秦，可寶者多；士不產於秦，而願忠者眾。今逐客以資敵國，損民以益讎，內自虛而外樹怨於諸侯，求國無危，不可得也。

結構分析表

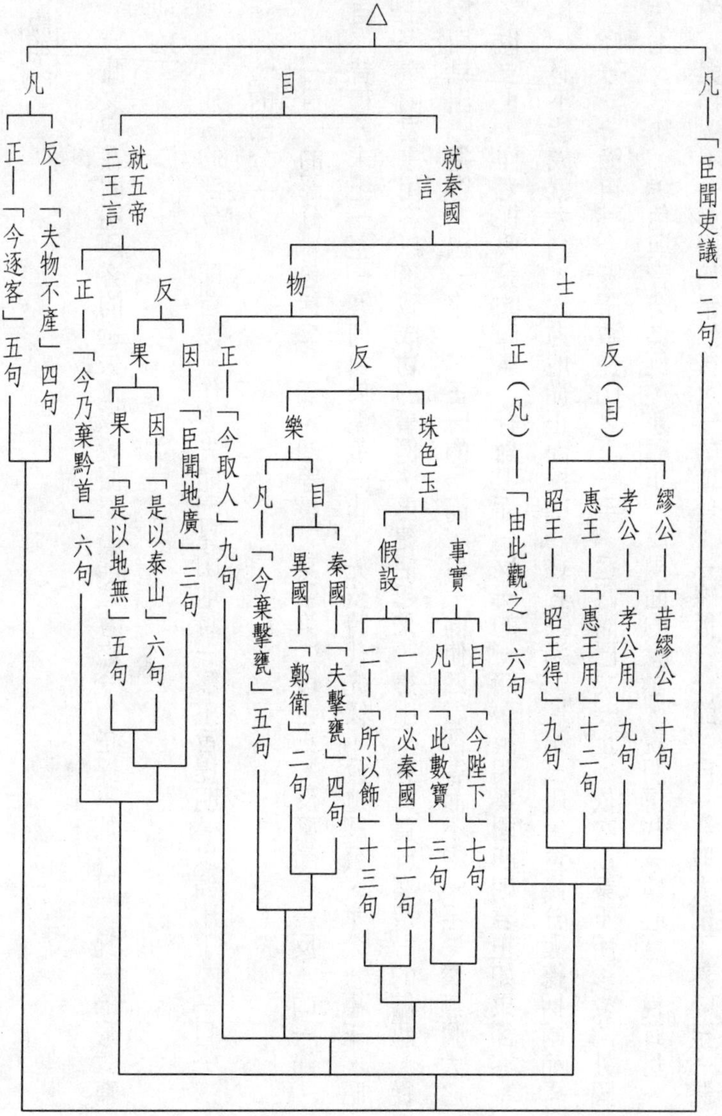
△
凡
「臣聞吏議」二句
目
就秦國言
士
反（目）
繆公
「昔繆公」十句
孝公
「孝公用」九句
惠王
「惠王用」十二句
昭王
「昭王得」九句
正（凡）
「由此觀之」六句
物
反
珠色玉
事實
目
「今陛下」七句
凡
「此數寶」三句
假設
一
「必秦國」十一句
二
「所以飾」十三句
樂
目
秦國
「夫擊甕」四句
異國
「鄭衛」二句
凡
「今棄擊甕」五句
正
「今取人」九句
就五帝三王言
反
因
「臣聞地廣」三句
果
因
「是以泰山」六句
果
「是以地無」五句
正
「今乃棄黔首」六句
凡
反
「夫物不產」四句
正
「今逐客」五句

說明

此文旨在闡明逐客的過失，以說服秦王罷逐客之令。是採「凡、目、凡」的形式寫成的：

「凡」的部分，即首段。作者先開門見山地將一篇主旨提明，以領出下文「目」、「凡」的部分。

「目」的部分，包括二、三、四等段。其中第二段含正、反兩節：「反」的一節，自「昔穆公求士」至「客何負於秦哉」止，先依時代先後，分述繆公、孝公、惠王、昭王等秦國君主用客以獲致成功的事例，再總括起來，得出「客何負於秦哉」的結語，從反面見出「逐客之過」來。「正」的一節，自「向使四君卻客而不內」至「秦無彊大之名也」止，作者採假設的口氣，針對上面「反」的一節，說明秦國四朝君主如果卻客不用，必不能成就大名，大力地從正面提明「逐客之過」。第三段，含條分與總括兩節：「條分」一節自「今陛下致昆山之玉」至「適觀而已矣」止，依次以秦王所珍愛的外國珠玉、器物、美色與音樂為例，兼顧正、反兩面的意思，說明這些「娛心意、悅耳目」的人與物，不「必出於秦然後可」的道理；「總括」一節，自「今取人則不然」至「制諸侯之術也」止，把上面「條分」一節的意思作個總括，指出看重「色樂珠玉」而輕忽

「人民」（客），至為失計，實非跨海內、制諸侯的方法，以進一層地表出「逐客之過」。第四段則又分正、反兩節來論述，「反」的一節，自「臣聞地廣者粟多」至「此五帝三王之所以無敵也」，指明古代帝王「兼收」以獲取益處，才是跨海內、制諸侯之術，再從反面見出「逐客之過」；「正」的一節，自「今乃棄黔首以資敵國」至「此所謂藉寇兵而齎盜糧者也」止，說明客既被逐，必爭為敵國所用，資為抗秦之具，又從正面表出「逐客之過」。

「凡」的部分，即末段。這個部分，先以「夫物不產於秦」二句，收束第三段的意思；再以「士不產於秦」二句，收束第二段的意思；這是就「反」的一面來說的。然後以「今逐客以資敵國」五句，收束第四段的意思，完滿地將「逐客之過」的一篇主旨發揮出來，這是就「正」的一面來說的。

從上文所作簡析中，不難看出這篇文章，除了首段由正面提出一篇主旨外，其他各段都主要以「由反而正」的順序來闡明主旨，敘次非常分明。

近體詩選一：八陣圖

杜甫

課文

功蓋三分國，名成八陣圖。
江流石不轉，遺恨失吞吳。

結構分析表

△
- 揚（頌贊）
  - 全面 ——「功蓋三分國」
  - 重點 ——「名成八陣圖」
- 抑（惋惜）
  - 接榫 ——「江流石不轉」
  - 遺恨 ——「遺恨失吞吳」

說明

此詩乃杜甫於大曆元年（西元七六六年）初至夔州時所作，旨在詠懷諸葛武侯。它在起二句，藉「三分國」與「八陣圖」，從全局性的豐功偉業與重點性的軍事貢獻，來歌頌諸葛亮，比起那成都武侯祠中的碑刻所說的「一統經綸志未酬，布陣有圖誠妙略」、「江上陣圖猶布列，蜀中相業有餘光」，將諸葛亮的功業、貢獻頌贊得更凝鍊、簡要，大力地預為下面的憑弔作鋪墊。

而「江流石不轉」句，一方面承上句「八陣圖」而寫，寫八陣圖中的石堆在長久大水的沖刷下至今依然未動、未變，以表達物是人非的感慨；一方面又暗含「我心匪石，不可轉也」（《詩．邶風．柏舟》）的意思，寫諸葛亮忠貞不二的心志，既表示對他的崇仰，也對他的齎志而歿有著惋惜的意思。

於是緊接著就以結句，寫諸葛亮一生最大的遺恨。在這綿綿遺恨中，作者「官應老病休」（〈旅夜書懷〉詩）的抑鬱情懷也渲洩出來了。

近體詩選一：宿桐廬江寄廣陵舊遊

孟浩然

課文

山暝聽猿愁，滄江急夜流。
風鳴兩岸葉，月照一孤舟。
建德非吾土，維揚憶舊遊。
還將兩行淚，遙寄海西頭。

結構分析表

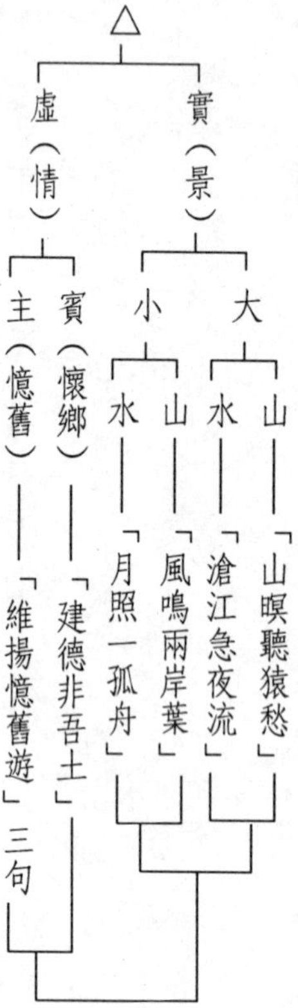

說明

據詩題，可知這篇作品為孟浩然乘舟停泊桐廬江畔時所作，旨在寫自己對揚州（廣陵）友人的懷念之情（愁）。全詩可分為兩半：前半四句用以寫景，後半四句用以抒情。

寫景的部分，先以開篇一句，就整體（大），藉山之暝、猿之啼和滄江夜晚的急流，襯托出一份「愁」，再以「風鳴兩岸葉」兩句，就局部（小），藉兩岸的風葉，月下的孤舟，兼及聽覺與視覺，進一步襯托出一份「愁」來。

而抒情的部分，則先以「建德非吾土」兩句，指此地（桐廬）不是自己的故鄉（賓），以加強對揚州舊遊的懷念（主），所謂「雖信美而非吾土兮，曾何足以少留」（王粲〈登樓賦〉），又使「愁」推深一層；然後以「還將兩行淚」兩句，透過凝想，將自己的眼淚遠寄到揚州，大力地深化對揚州舊友的思念之情（愁）。

由此可知，此詩是以篇首的「愁」字直貫至尾的。

近體詩選一：輞川閒居贈裴秀才迪

王維

課文

寒山轉蒼翠，秋水日潺湲。
倚杖柴門外，臨風聽暮蟬。
渡頭餘落日，墟里上孤煙。
復值接輿醉，狂歌五柳前。

結構分析表

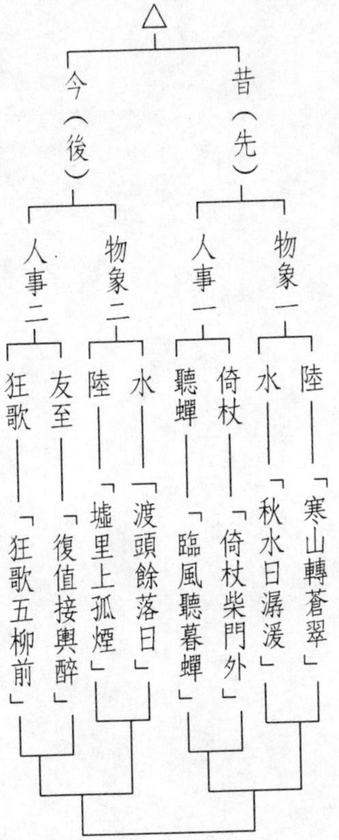

說明

這首詩是王維和裴迪秀才相酬為樂之作，旨在藉自然景物與人物形象的刻畫，以寫作者閒逸之趣。

它在首、頸兩聯，特地描繪了「輞川」附近的水陸秋景與暮色，勾勒出一幅有色彩、音響和動靜結合的和諧畫面。

而在頷、末兩聯，則於一派悠閑的自然圖案中嵌入了作者自己倚杖聽蟬和裴迪狂歌而至的人事景象，兩兩相映成趣，形成物我一體的藝術境界，將「輞川閒居」之樂作了具體的表達。

趙慶培說：「既貴佳景，更遇良朋，輞川閒居之樂，至於此極啊！」（《唐詩鑑賞辭典》）道出了此詩好處。而唐永德和郭文麗則說：「這首詩頷聯不對仗而首聯卻對仗工整，不合五言律詩的規範。有人認為是首、頷二聯顛倒錯亂所致，如果對調過來，則既合律，又詩意通暢。但也有人認為現在這種手法亦別具一格。它使首聯的寫景十分突出，先聲奪人，以秀麗的秋景統罩全篇，可以收到獨特的藝術效果。」（《山水詩歌鑑賞辭典》）說得很有道理。

近體詩選二：山行

杜牧

課文

遠上寒山石徑斜，白雲生處有人家。
停車坐愛楓林晚，霜葉紅於二月花！

結構分析表

△
- 上山經過（昔）——「遠上寒山石徑斜」
- 所見景物（今）
  - 清景——「白雲生處有人家」
  - 艷景——「停車坐愛楓林晚」二句

說明

這是一秋日遊山之作，旨在藉山行時所見清麗秋色以寫作者恬適的心情。

它的前二句，寫秋山之行，在這裡，作者以「遠」寫山之高，以石徑之「斜」寫路之曲折，而又以白雲中的人家作為點綴，使得秋寒的高山顯得格外清幽安詳，且又令人感到溫暖，這是泛就山行所見清景來寫的。

至於後二句，則用以寫紅艷的楓林，作者在此，採比較的手法，指明沐浴在斜陽之下的楓葉比二月花還來得紅，很巧妙地構成了一幅楓葉流丹、山林盡染的迷人畫面，這是特就山行時所見艷景來寫的。

作者就這樣地以清、艷之景，襯托出他玩賞秋山楓林時所湧生的恬靜而愉悅的心情。而這種情是耐人從篇外去尋取、領會的。有人以為「杜牧這首詩不僅『詩中有畫』，而且從『霜葉紅於二月花』這不凡的警句中，我們不是可以強烈地感受到那昂揚向上的情緒和青春奮發的生機嗎?清人吳亮吉《北江詩話》中說『小杜最喜琢製奇語』，這話固然不錯，但我以為奇語裡必須以『奇情』作內涵的。沈德潛在《唐詩別裁》中特地指出『牧之絕句，遠韻遠神』，詩人在《獻詩啟》中也自許『某苦心為詩，本求高絕』，我想，如果《山行》中沒有寄寓美好高遠的情思，那也絕不會至今傳唱不衰了。」（李元洛語，見《山水詩歌鑑賞辭典》）領會得很深刻。

近體詩選二：黃鶴樓

崔顥

課文

昔人已乘黃鶴去，此地空餘黃鶴樓。
黃鶴一去不復返，白雲千載空悠悠。
晴川歷歷漢陽樹，芳草萋萋鸚鵡洲。
日暮鄉關何處是，煙波江人使上愁。

結構分析表

△
- 目
  - 一 虛寫來歷（敘事）——「昔人已乘」四句
  - 二 實寫景觀（寫景）——「晴川歷歷」二句
- 凡（抒情）——「日暮鄉關」二句

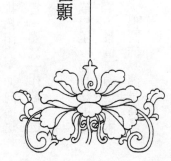

說明

此為懷古思鄉之作，是採「先目後凡」的結構寫成的。

作者先將題目扣緊，透過想像，在起、頷兩聯，就黃鶴樓虛寫它的來歷；而由黃鶴之一去不返與白雲千載之悠悠，將時空擴大，預為結句之「愁」蓄力；這是「目一」的部分。

接著在頸聯，仍針對著題目，實寫登樓所見的空闊景物，而由歷歷之晴川和萋萋之芳草，正如所謂的「水流無限似儂愁」（劉禹錫〈竹枝詞〉）、「王孫遊兮不歸，春草生兮萋萋」（《楚辭・招隱士》），含著無限愁恨，再為結句之「愁」助勢；這是「目二」的部分。

然後在尾聯，由自問自答中，承上聯，把空間從漢陽、鸚鵡洲推拓出去，伸向遙遠的故園，且在其間抹上一望無際的渺渺輕煙，很自然地逼出一篇主旨「鄉愁」作結；這是「凡」的部分。

如此一路寫來，脈絡極其清晰。喬長勛說：「短短的八句詩，描繪了一幅長江中游明麗壯闊的江天景色圖。以敘事作開頭，飽蘊著感情。中間以景寓情，景情交融。結末觸景生情，情思不盡。詩人流露出的感情是複雜的，也是有變化的，但詩的基調是高昂的，意境之開闊，沖淡了淡淡的憂思，略有惆悵，卻無頽唐之意。」（《山水詩歌鑑賞辭典》）簡單幾句話道出了此詩在內容與形式上的特色。

近體詩選二：登金陵鳳凰臺

李白

課文

鳳凰臺上鳳凰遊，鳳去臺空江自流。
吳宮花草埋幽徑，晉代衣冠成古邱。
三山半落青天外，二水中分白鷺洲。
總為浮雲能蔽日，長安不見使人愁。

結構分析表

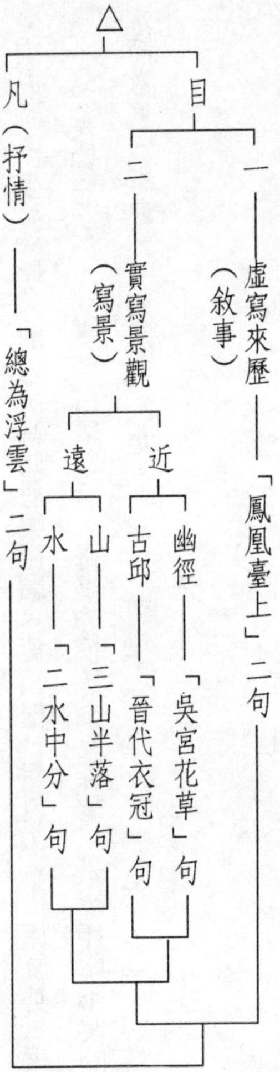

說明

這首詩旨在寫身世之感與家國之悲，和上一首一樣，是採「先凡後目」的結構寫成的。

首先以鳳凰之去與江之自流，讓人興起盛衰之感，為尾句的「愁」字蓄力；再來以埋幽徑之吳宮花草和成古邱之晉代衣冠，承「鳳去臺空」作進一層的描寫，巧妙地透過了眼前的幽徑與古邱作歷史的追溯。大家都知道三國時的東吳和後來的東晉都先後建都於金陵，繁華可說盛極一時，然而吳國昔日的富麗宮廷卻已經荒蕪，埋於今日的幽徑；

東晉從前的風流人物也早已逝世，埋於今日的丘墳；這些都使作者產生強烈的興亡之感，再為尾句的「愁」字助勢。接著以半落青天外之三山與中分白鷺洲之二水，將目光由弔古而轉向若隱若現的三山與奔騰不息的長江，有意藉登臺所見的山水壯闊之景，和上聯所寫的衰颯之狀作成鮮明的對比，以寓人事已非、江山如故的深切感慨，進一步地為尾句的「愁」字加強它的感染力量。最後以浮雲之蔽日、譬邪臣之蔽賢，一方面為自己被排擠出京而憤懣，一方面又為唐王朝重蹈六朝覆轍而憂慮，明白地為結尾的「愁」交代了它形成的主因。就這樣以「先目後凡」的形式，將一篇之主旨「愁」巧妙地拈出，手法是極高明的。

張志英說：「這首詩，在登臨處極目遠眺，觸景生情；語言自然天成，清麗瀟灑；憂國傷時。寓意深厚。前人認為此詩與崔顥〈黃鶴樓〉相似，『格律氣勢，未易甲乙。』（《瀛奎律髓》），其實李白這首詩，寄寓的情感極為深遠，是崔作所不及的。」（《山水詩歌鑑賞辭典》）看法很公允。

留侯論

蘇軾

課文

古之所謂豪傑之士者，必有過人之節，人情有所不能忍者。匹夫見辱，拔劍而起，挺身而鬥，此不足爲勇也。天下有大勇者，卒然臨之而不驚，無故加之而不怒。此其所挾持者甚大，而其志甚遠也。

夫子房受書於圯上之老人也，其事甚怪；然亦安知其非秦之世，有隱君子者出而試之。觀其所以微見其意者，皆聖賢相與警戒之義；而世不察，以爲鬼物，亦已過矣。且其意不在書。

當韓之亡，秦之方盛也，以刀鋸鼎鑊待天下之士。其平居無罪夷滅者，不可勝數。雖有賁、育，無所獲施。夫持法太急者，其鋒不可犯，而其勢未可乘。子房不忍忿忿之心，以匹夫之力而逞於一擊之間；當此之時，子房之不死者，其間不能容髮，蓋亦已危矣。千金之子，不死於盜賊，何者？其身之可愛，而盜賊之不足以死也。子房以蓋世之才，不爲伊尹、太公之謀，而特出於荊軻、聶政之計，以僥倖於不死，此圯上之老人所爲深惜者也。是故倨傲鮮腆而深折之。彼其能有所忍也，然後可以就大事。故曰「孺子可教」也。

楚莊王伐鄭，鄭伯肉袒牽羊以逆；莊王曰：「其君能下人，必能信用其民矣。」遂舍之。勾踐之困於會稽而歸，臣妾於吳者，三年而不倦。且夫有報人之志，而不能下人者，是匹夫之剛也。夫老人者，以爲子房才有餘；而憂其度量之不足，故深折其少年剛銳之氣，使之忍小忿而就大謀。何則？非有平生之素，卒然相遇於草野之間，而命以僕妾之役，油然而不怪者，此固秦皇之所不能驚，而項籍之所不能怒也。

觀夫高祖之所以勝，而項籍之所以敗者，在能忍與不能忍之間而已矣。項籍唯不能忍，是以百戰百勝，而輕用其鋒；高祖忍之，養其全鋒，以待其弊，此子房教之也。當淮陰破齊而欲自王，高祖發怒，見於辭色。由此觀之，猶有剛強不忍之氣，非子房其誰全之？

太史公疑子房以爲魁梧奇偉，而其狀貌乃如婦人女子，不稱其志氣。嗚呼！此其所以爲子房歟！

結構分析表

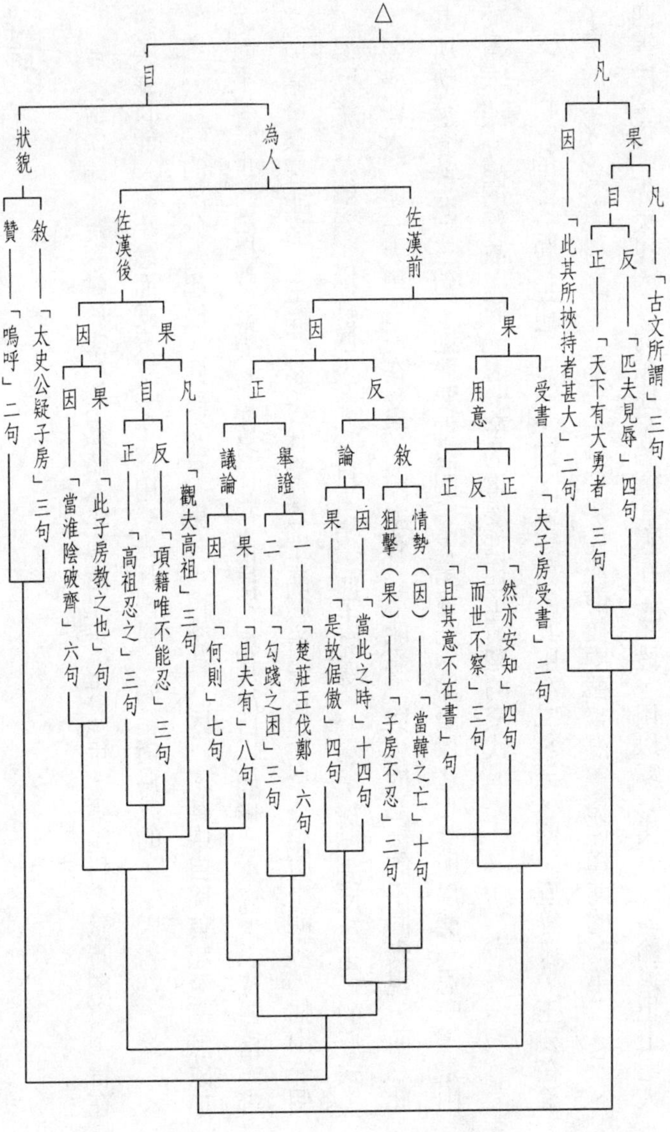
△
凡
果
凡
「古文所謂」三句
目
反
「匹夫見辱」四句
正
「天下有大勇者」三句
因
「此其所挾持者甚大」二句
目
為人
佐漢前
果
受書
「夫子房受書」二句
用意
正
「然亦安知」四句
反
「而世不察」三句
正
「且其意不在書」句
因
反
敘
情勢（因）
「當韓之亡」十句
狙擊（果）
「子房不忍」二句
論
因
「當此之時」十四句
果
「是故倨傲」四句
正
舉證
一
「楚莊王伐鄭」六句
二
「勾踐之困」三句
議論
果
「且夫有」八句
因
「何則」七句
佐漢後
果
凡
「觀夫高祖」三句
目
反
「項籍唯不能忍」三句
正
「高祖忍之」三句
因
果
「此子房教之也」句
因
「當淮陰破齊」六句
狀貌
敘
「太史公疑子房」三句
贊
「嗚呼」二句

說明

〈留侯論〉為蘇軾於宋仁宗嘉祐六年（西元一〇六一年）應制科考試時所寫，旨在讚美張良能「忍小忿而就大謀」，係用「先凡後目」的結構寫成的。

「凡」的部分為起段，此段先敘「果」，再交代「因」。其中自篇首起至「無故加之而不怒」止，用以敘「果」。作者在此，也採「先凡後目」的形式來寫：「凡」指「古之所謂豪傑之士者」三句，敘古代豪傑之士的特質在於能忍人之所不能忍，拈出一個「忍」字作為綱領，以統攝全文。「目」指「匹夫見辱」七句，採「先反後正」的形式，說明「匹夫」與「大勇者」在受辱之際就有「不能忍」與「能忍」的不同表現。而「此其所挾持者甚大」三句，則簡要地說明「大勇者」（即豪傑之士）所以能「忍」，是由於量大而志遠的緣故，將「忍」字的重要性作了清楚的交代。

「目」的部分包括第二、三、四、六等段。其中第二、三、四、五等段，主要在論子房的為人，為「目一」的部分，分子房佐漢前後兩截來寫，寫佐漢前的為第二、三、四等段，依「先果後因」的順序來論述。它在第二段，用以寫「果」，即論述圯上老人所以授書給子房，「其意」實「不在書」，而是想深折子房剛銳之氣，而使之能「忍」，且對世人視為「鬼物」之說加以強而有力的駁斥。對於這點，林小軍在《唐宋八大家鑑賞辭典》中說：「《史記・留侯世家》最先記載『圯上受書』之說，此後歷代沿用不疑，這位『下邳亡命者』身上也包裹了一層近於荒誕的神秘外衣。蘇軾如果沿用《史記》觀點，至少在兩個方面是不利的：一是張良在戰爭中刻苦磨礪，終於成為「運籌帷幄、決勝千里」的軍事家的真實風貌會受到損害；二是本文借助張良的成熟過程來證明『忍』會成人之事，將無法立論。這樣一篇大文章，只是去吃冷炒飯，對於善寫翻案文章的蘇子來說，顯然是不可想像的。針對已成定論的司馬遷言，他指出：『然亦安知非秦之世，有隱君子者出而試之？……而世人不察，以為鬼物，亦已過矣。』這可以說是點石成金之言，張良能在楚漢相爭這樣艱巨、複雜的戰爭中，清醒地審時度勢，輔佐劉邦制定正確的戰略方針，百戰不殆，表現了作為「帝者之師」的足智多謀，並非得力於什麼神仙點化，而是因為隱者對他的啟發及授書所致。當然——依本文所說——也與『忍』字密不可分。」說得十分正確。

而它在第三、四兩段，則用以寫「因」，藉以詳細交代圯上老人所以「倨傲鮮腆」以深折子房的原因。在此，作者用「先反後正」的形式來論述。其中第三段為「反」（子房早年不能忍的事例），在此，作者先以「當韓之亡」十句，敘明子房博浪沙一擊前秦國不可犯、不可乘的強大鋒勢；再以「子房不能忍忿忿之心」二句，敘明子房憤而冒險狙擊的事實，這是「敘事」的部分。接著以「當此之時」十四句，論述子房在千鈞一髮之際所以不死和圯上老人所以深惜的原因；然後以「是故倨傲鮮腆」四句，指出圯上老人深折子房的用意就在於使他「忍小忿而就大謀」，從而使人了解圯上老人在深折子房後以為「孺子可教」的心理背景，所謂「其意不在書」，即應此而言；這是「議論」的部分。

而第四段則為「正」（古時豪傑能忍之事例），作者在這一段，首先以「楚莊王伐鄭」九句，引用鄭伯逆楚和勾踐困吳的兩個史實，來說明忍辱負重、深謀遠慮的重要，這是回應首段「天下有大勇者」來說的。然後以「且夫有報人之志」十五句，依「先果後因」的順序，論述圯上老人所以墮履和三次相約（見《史記‧留侯世家》），就是要「深折其少年剛銳之氣，使之忍小忿而就大謀」，緊緊和上一段正反連為一體，以呼應第一段，形成「先果後因」的密切關係。

寫佐漢後的為第五段，寫子房因「忍」而達成的成就。這一段文字也採「先果後因」的順序寫成。「果」的部分自「觀夫高祖之所以勝」起至「以待其弊」止，用「先凡後目」的形式，先以開端三句作個總括，再以「項籍唯不能忍」六句，由反而正地說明項籍與高祖之所以一敗一勝，全在能忍與不能忍上。而「因」的部分，則自「此子房教之也」起至段末，用「先果後因」的形式，先以「此子房教之也」句，指明高祖之所以勝是由於「子房教之」的結果，然後以「當淮陰破齊而欲自王」六句，舉出淮陰侯欲自立為王而高祖怒形於色的一件事例，來證明「子房教之」的事實，以見子房因能「忍」而成全漢高祖大業的偉大。

至於第六段則為「目二」的部分，主要在寫子房的狀貌。在此，先引述太史公之疑，以凸顯子房「狀貌如婦人女子」，暗暗扣住了「忍」字來寫，尹恭弘說：「最後，蘇東坡形象地說明張良是『忍』的化身。」（《歷代名篇賞析集成》下）就是這個意思。然後以「嗚呼」兩句，加以讚歎作收，以見子房由內而外一貫以「忍」，確是能「成大謀」的「大勇者」。

作者就這樣握定一個「忍」字，採「先凡後目」的結構，分為人表現與狀貌來論述，將「留侯之所以就大謀在於能忍」（《高中國文》第四冊課文題解）的一篇主旨表達得極深刻而明白，有著無比的說服力。徐乾學以為此文「意實翻空，辭皆徵實，讀者信其證據，而不疑其變幻。」（《古文淵鑑》卷五十）是很有見地的。

六國論

蘇洵

課文

六國破滅，非兵不利，戰不善，弊在賂秦。賂秦而力虧，破滅之道也。或曰：「六國互喪，率賂秦耶？」曰：「不賂者以賂者喪。蓋失強援，不能獨完。故曰，弊在賂秦也。」

秦以攻取之外，小則獲邑，大則得城。較秦之所得，與戰勝而得者，其實百倍；諸侯之所亡，與戰敗而亡者，其實亦百倍；則秦之所大欲，諸侯之所大患，固不在戰矣。思厥先祖父，暴霜露，斬荊棘，以有尺寸之地。子孫視之不甚惜，舉以予人，如棄草芥。今日割五城，明日割十城，然後得一夕安寢；起視四境，而秦兵又至矣！然則諸侯之地有限，暴秦之欲無厭，奉之彌繁，侵之愈急，故不戰而強弱勝負已判矣。至於顛覆，理固宜然。古人云：「以地事秦，猶抱薪救火，薪不盡，火不滅。」此言得之。

齊人未嘗賂秦，終繼五國遷滅，何哉？與嬴而不助五國也。五國既喪，齊亦不免矣。燕、趙之君，始有遠略，能守其土，義不賂秦。是故燕雖小國而後亡，斯用兵之效也。至丹以荊卿爲計，始速禍焉。趙嘗五戰於秦，二敗而三勝。後秦擊趙者再，李牧連卻之。洎牧以讒誅，邯鄲爲郡；惜其用武而不終也。且燕、趙處秦革滅殆盡之際，可謂智力孤危，戰敗而亡，誠不得已。向使三國各愛其地，齊人勿附於秦，刺客不行，良將猶在，則勝負之數，存亡之理，與秦相較，或未易量。嗚呼！以賂秦之地，封天下之謀臣；以事秦之心，禮天下之奇才；并力西嚮，則吾恐秦人食之不得下咽也。悲夫！有如此之勢，而爲秦人積威之所劫，日削月割，以趨於亡。爲國者，無使爲積威之所劫哉！

夫六國與秦皆諸侯，其勢弱於秦，而猶有可以不賂而勝之之勢；苟以天下之大，而從六國破亡之故事，是又在六國下矣。

結構分析表

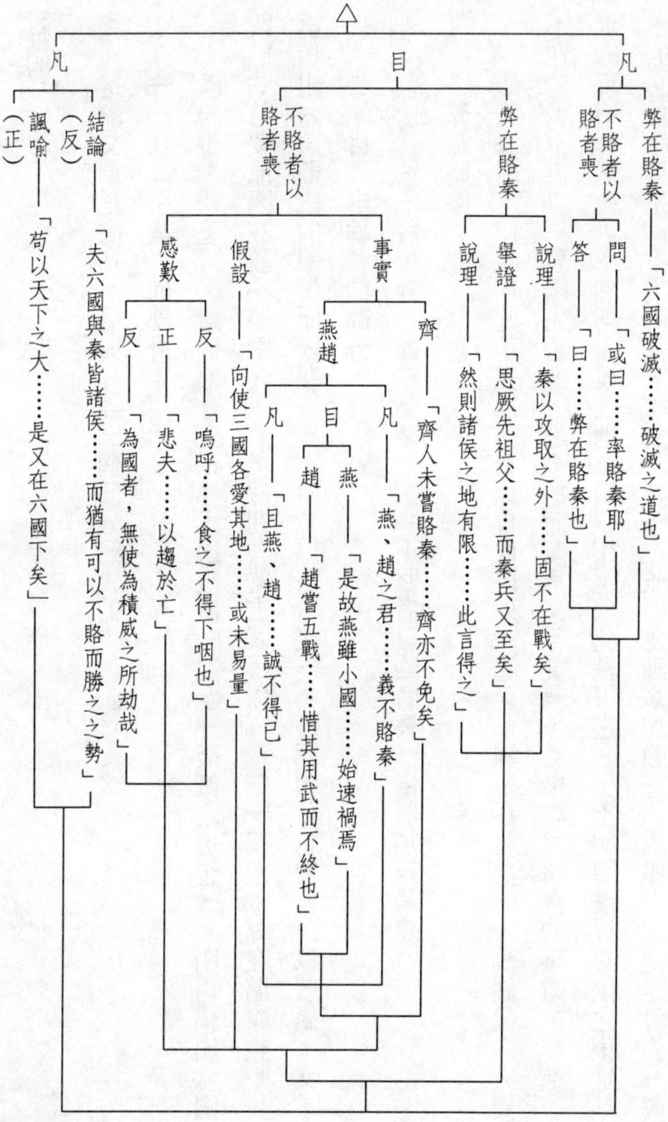
凡
弊在賂秦
「六國破滅……破滅之道也」
不賂者以賂者喪
問
「或曰……率賂秦耶」
答
「曰……弊在賂秦也」
目
弊在賂秦
說理
「秦以攻取之外……固不在戰矣」
舉證
「思厥先祖父……而秦兵又至矣」
說理
「然則諸侯之地有限……此言得之」
不賂者以賂者喪
事實
齊
「齊人未嘗賂秦……齊亦不免矣」
燕趙
凡
「燕、趙之君……義不賂秦」
目
燕
「是故燕雖小國……始速禍焉」
趙
「趙嘗五戰……惜其用武而不終也」
凡
「且燕、趙……誠不得已」
假設
「向使三國各愛其地……或未易量」
感歎
反
「嗚呼……食之不得下咽也」
正
「悲夫……以趨於亡」
反
「為國者，無使為積威之所劫哉」
凡
結論（反）
「夫六國與秦皆諸侯……而猶有可以不賂而勝之之勢」
諷喻（正）
「苟以天下之大……是又在六國下矣」

說明

這篇文章是由凡、目、凡等三個部分組成的：

一、凡（引論）的部分：

僅一段，即起段。這個部分先以「六國破滅」起至「破滅之道也」，明白指出六國敗亡的首要原因在於「賂秦」，然後採問答的方式，以「或曰」起至「弊在賂秦也」，再指出六國敗亡的連帶原因在於「不賂者以賂者喪」，將綱領分為雙軌，以統攝下文。

二、目（申論）的部分：

包括二、三段，分「弊在賂秦」、「不賂者以賂者喪」兩層加以論述：

㈠弊在賂秦：

即第二段。作者在此，先以「秦以攻取之外」起至「固不在戰矣」，論諸侯之大喪不在於戰；再以「思厥先祖父」起至「而秦兵又至矣」，泛舉諸侯賂秦的事證，作進一步的說明；然後以「然則諸侯之地有限」起至「此言得之」，指明諸侯以有限之土地奉秦的必然結果是「不戰而強弱勝負已判」，並引古訓來加強它的說服力。這是針對「弊在賂秦」一軌來說的。

㈡不賂者以賂者喪：

即第三段。在這裡，作者先以「齊人未嘗賂秦」起至「齊亦不免矣」，舉齊國為證，說明「不賂者以賂者喪」的道理；再以「燕、趙之君」起至「誠不得已」，採凡、目、凡的形式，舉燕、趙兩國為證，將這種道理作進一步的說明；接著以「向使三國各愛其地」起至「或未易量」，用假設的方式，代六國籌畫一番，以見「不賂秦」的勝算所在，以帶出下文；然後以「嗚呼」起至「無使為積威之所劫哉」，由六國擴大到所有「為國者」，希望能「無為積威之所劫」，發出深重之感歎，以伏下下文諷喻的意思。這是針對「不賂者以賂者喪」一軌來說的。

三、凡（結論）的部分：

僅一段，即末段。在此部分，作者先以「夫六國與秦皆諸侯」三句，從反面將上兩個部分（一、二段及三段前半）的意思作一總結；然後以「苟以天下之大」三句，回應第三段的後半，從正面提出諷喻的意思。以暗諷當時（北宋）賂敵（契丹）的退怯政策作收。這樣借六國以諷宋，用心可謂良苦。

這種由凡而目而凡的布局技巧，對初學作文的人來說，是有相當指導作用的。這種布局，就論說文而言，可仿這篇〈六國論〉，分成四段：首先是「凡」，置於首段，用以提出論點，這是引論的部分；其次是「目」，置於二、三段，可採一正一反的方式組合，也可一段用以說理、一段用以舉例，針對論點加以闡釋，這是申論的部分；最後為

「凡」，用以回抱全文收結，這是結論的部分。這可以說是寫論說文最好的布局之一。至於記敘文，則以採先敘後論的形式來組合材料，最為合適，也最易於掌握，如上舉的〈岳陽樓記〉便是著例。這樣藉著課文結構的分析來指導學生作文的布局技巧，效果是最好不過的。

琵琶行

白居易

課文

潯陽江頭夜送客，楓葉荻花秋瑟瑟。主人下馬客在船，舉酒欲飲無管絃；醉不成歡慘將別，別時茫茫江浸月。忽聞水上琵琶聲，主人忘歸客不發。尋聲闇問彈者誰？琵琶聲停欲語遲。移船相近邀相見，添酒迴燈重開宴。千呼萬喚始出來，猶抱琵琶半遮面。轉軸撥絃三兩聲，未成曲調先有情。絃絃掩抑聲聲思，似訴平生不得志。低眉信手續續彈，說盡心中無限事。輕攏慢撚抹復挑，初爲霓裳後綠腰。大絃嘈嘈如急雨，小絃切切如私語；嘈嘈切切錯雜彈，大珠小珠落玉盤。間關鶯語花底滑，幽咽泉流水下灘。水泉冷澀絃凝絕，凝絕不通聲暫歇。別有幽愁闇恨生，此時無聲勝有聲。銀瓶乍破水漿迸，鐵騎突出刀槍鳴。曲終收撥當心畫，四絃一聲如裂帛。東船西舫悄無言，唯見江心秋月白。

沉吟放撥插絃中，整頓衣裳起斂容。自言：「本是京城女，家在蝦蟆陵下住。十三學得琵琶成，名屬教坊第一部。曲罷曾教善才伏，妝成每被秋娘妒。五陵年少爭纏頭，一曲紅綃不知數。鈿頭雲篦擊節碎，血色羅裙翻酒汙。今年歡笑復明年，秋月春風等閒度。弟走從軍阿姨死，暮去朝來顏色故。門前冷落車馬稀，老大嫁作商人婦。商人重利輕別離，前月浮梁買茶去。去來江口守空船，遶船月明江水寒。夜深忽夢少年事，夢啼妝淚紅闌干。」

我聞琵琶已嘆息，又聞此語重唧唧！同是天涯淪落人，相逢何必曾相識！我從去年辭帝京，謫居臥病潯陽城；潯陽地僻無音樂，終歲不聞絲竹聲。住近湓江地低濕，黃蘆苦竹繞宅生；其間旦暮聞何物？杜鵑啼血猿哀鳴。春江花朝秋月夜，往往取酒還獨傾。豈無山歌與村笛？嘔啞嘲哳難爲聽。今夜聞君琵琶語，如聽仙樂耳暫明。莫辭更坐彈一曲，爲君翻作琵琶行。

感我此言良久立，卻坐促絃絃轉急；淒淒不似向前聲，滿坐重聞皆掩泣。座中泣下誰最多？江州司馬青衫溼。

結構分析表

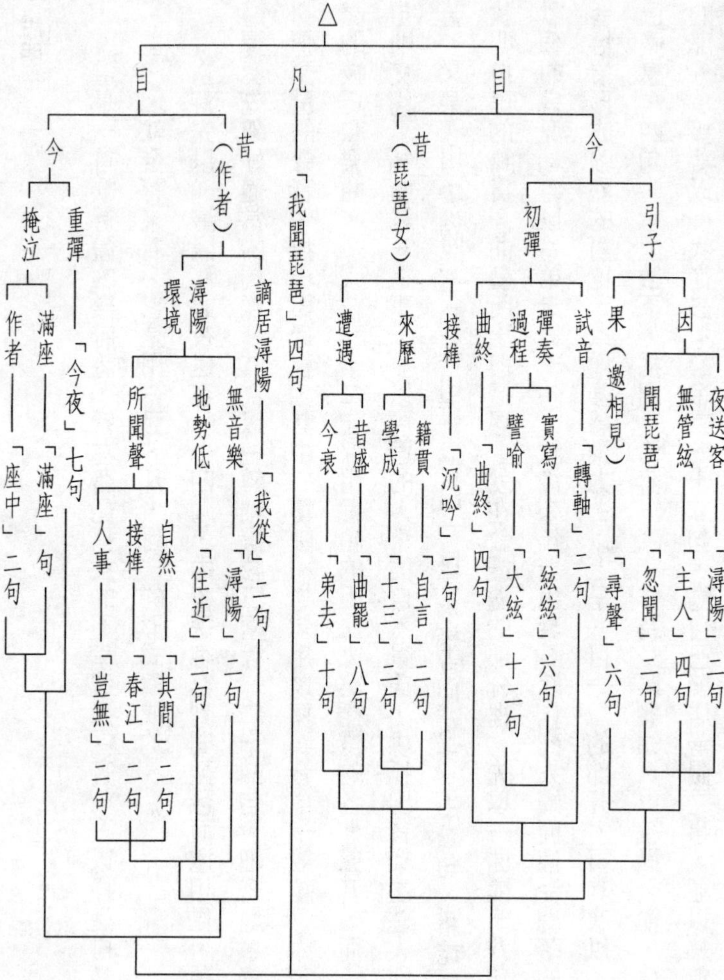
△
目
凡
目
今
昔（琵琶女）
昔（作者）
今
引子
初彈
接榫
來歷
遭遇
因
果（邀相見）
試音
彈奏
曲終
夜送客
無管絃
聞琵琶
「尋聲」六句
「轉軸」二句
實寫
譬喻
「曲終」四句
「沉吟」二句
籍貫
學成
昔盛
今衰
「潯陽」二句
「主人」四句
「忽聞」二句
「絃絃」六句
「大絃」十二句
「自言」二句
「十三」二句
「曲罷」八句
「弟去」十句
「我聞琵琶」四句
謫居潯陽
潯陽環境
無音樂
地勢低
所聞聲
自然
接榫
人事
「我從」二句
「潯陽」二句
「住近」二句
「其間」二句
「春江」二句
「豈無」二句
重彈
掩泣
「今夜」七句
滿座
作者
「滿座」句
「座中」二句

說明

這是一首歌行體的樂府詩，旨在藉琵琶女的不幸遭遇（賓），以抒發自身淪落之恨（主）。就全詩來看，它是用「目、凡、目」的形式寫成的。

它首先以「潯陽江頭夜送客」十四句，由夜送客寫到聞琵琶而邀相見，預為琵琶女之彈奏先架好適當的橋樑。其次以「轉軸撥絃三兩聲」二十四句，細密地摹寫了琵琶女初彈琵琶的聲音、技巧與過程，其中「轉軸」二句用以寫試音，「絃絃」六句用以寫彈奏的技巧和樂曲，「大絃」十二句採用譬喻的手法來寫琵琶的各種聲音，而「曲終」四句則交代了「曲終」之事，並以周遭的人事與自然景象，烘托出音樂之感人與心情之哀苦。又其次用「沉吟」二句作引渡，帶出「自言本是京城女」二十二句，藉琵琶女之口，敘明自己的籍貫、曲藝所出與遭遇。就在敘遭遇的部分裡，先以「曲罷」八句，敘昔日獻藝的盛況；再以「弟走」十句，敘後來年老色衰、嫁作商人婦而備受冷落的情形；兩者恰恰形成強烈的對比，以增強感染力。以上是「目一」的部分。再其次以「我聞琵琶已嘆息」四句，承上啟下，拈出「淪落」二字作為一篇綱領，以統攝全篇，這是「凡」的部分。接著以「我從去年辭帝京」十二句，寫自己謫居潯陽之事，並以「無音樂」為重心來寫潯陽環境的惡劣，既藉以強化「聞琵琶」後的感動，也用以加深自己被謫（淪落）之恨。最後依序以「今夜」四句，敘重彈一曲的請求與寫作此詩的用意，以「感我」六句，寫重彈一曲的情事與結果，結合了琵琶曲聲之悲與自身淪落之恨，將濃重的感傷氣氛推向高潮，而戛然收束。以上是「目二」的部分。

如此以「目、凡、目」的結構來寫，使淪落之恨不但融入曲聲與兩人之遭遇，更灑滿大江、明月、楓葉、荻花、黃蘆、苦竹、啼鵑、哀猿之上，真是「情致曲盡，入人肝脾」（王若虛《滹南遺老集》），感人至深。

陳邦炎以為「這首詩，共八十八句。高步瀛在《唐宋詩舉要》中把它分為如上四段，並指出：㈠第一段敘說『送客江口，遇彈琵琶婦人』；㈡第二段『摹寫琵琶技術之工』；㈢第三段是『婦人自述其舊事』；㈣最後一段是詩人『自敘遷謫之感』。近年出版的程千帆、沈祖棻選注的《古詩今選》也採用了這一分段法。其實，為進一步理解全詩的層次和結構，還可以就上述四段再分得細一些。㈠第一段十四句，又可分為兩小段：前六句寫詩人送客的場景，包括地點、時間、季節、景色，以及主、客的情懷，是為詩中主要人物——彈琵琶伎的出場烘托背景、渲染氣氛的；後八句在寫法上步步騰挪，回旋作勢，引出了『猶抱琵琶半遮面』的女主角。㈡第二段二十四句，可分為三小段：前八句刻畫這位女藝人彈奏琵琶時的動作，以及所流露的感情和所彈奏的曲調；中十四句描摹琵琶音響的高低疾徐、聲情的激昂幽怨；末兩句寫聽眾的反應。㈢第三段二十四句，也可分三小段：前二句承上啟下，寫結束彈奏時和敘說身世前的舉止和情態；中十二句通過女主角之口，介紹她在京師學藝、成名和在風月場中所過的看似歡樂、實則酸辛的生活，以及歲月的暗逝、青春的虛度；後十句寫她因色衰而流落江湖的經過和當前的淒涼景況。㈣第四段二十六句，也可分三小段：前四句寫作者聽琵琶彈奏和斯人敘說後引起的共鳴；中十二句是作者自述貶謫到潯陽後生活的枯寂；後十句寫請詩中女主角再彈奏一曲的情景，作為全詩的尾聲。」（《古代文學作品鑑賞》）這樣分析也很清楚，可供參考。

縱囚論

歐陽修

課文

信義行於君子，而刑戮施於小人。刑入於死者，乃罪大惡極，此又小人之尤甚者也。寧以義死，不苟幸生，而視死如歸，此又君子之尤難者也。

方唐太宗之六年，錄大辟囚三百餘人，縱使還家，約其自歸以就死：是以君子之難能，期小人之尤者以必能也。其囚及期，而卒自歸，無後者：是君子之所難，而小人之所易也。此豈近於人情？

或曰：「罪大惡極，誠小人矣。及施恩德以臨之，可使變而爲君子；蓋恩德入人之深，而移人之速，有如是者矣。」曰：「太宗之爲此，所以求此名也。然安知夫縱之去也，不意其必來以冀免，所以縱之乎？又安知夫被縱而去也，不意其自歸而必獲免，所以復來乎？夫意其必來而縱之，是上賊下之情也；意其必免而復來，是下賊上之心也。吾見上下交相賊，以成此名也，烏有所謂施恩德，與夫知信義者哉？不然，太宗施德於天下，於茲六年矣，不能使小人不爲極惡大罪；而一日之恩，能使視死如歸，而存信義；此又不通之論也。」

「然則，何爲而可？」曰：「縱而來歸，殺之無赦；而又縱之，而又來，則可知爲恩德之致爾。」然此必無之事也。若夫縱而來歸而赦之，可偶一爲之爾。若屢爲之，則殺人者皆不死，是可爲天下之常法乎？不可爲常者，其聖人之法乎？是以堯舜三王之治，必本於人情；不立異以爲高，不逆情以干譽。

結構分析表

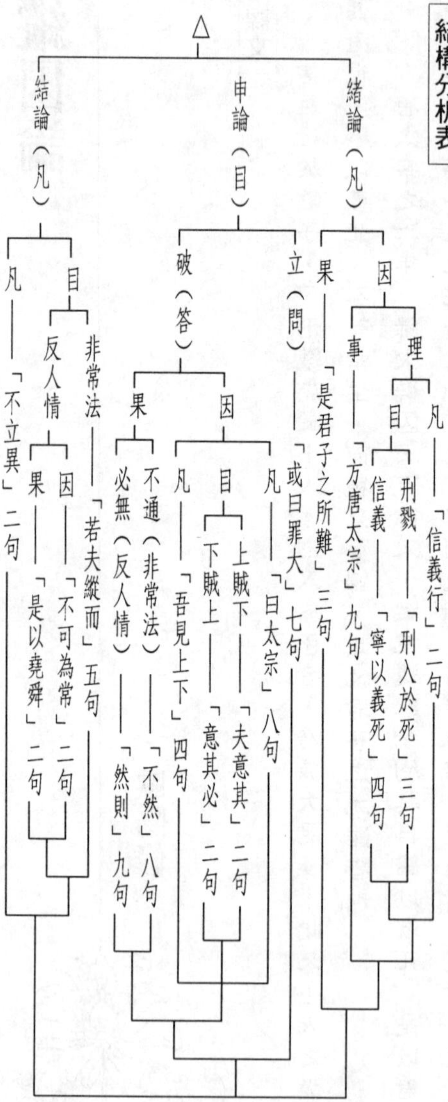

說明

本篇屬於翻案性的文章。世人對於唐太宗縱囚之事，一直都加以讚美，而作者卻以為它非常法而反人情，可說獨具隻眼，很有說服力。

它採「凡（緒論）、目（申論）、凡（結論）」的結構寫成：其中頭一個「凡」，為一、二兩段，在這裡，作者先以「信義行於君子」九句，就「理」，指明「視死如歸」是連君子都「難能」的；再由「方唐太宗之六年」至「無後者」止，就「事」，指出「大辟囚」卻能「視死如歸」，更是「難能」；然後由因而果地以「是君子之所難」三句，斷定此為不近人情之事，以作為進一步申論的依據。而「目」的部分，則先以「或曰」八句，針對唐太宗縱囚之事先立一個「恩德入人」的案，再由「曰太宗之為此」至「與夫知信義者哉」止，採「凡、目、凡」的形式，說明這是「上下交相賊」的結果，而非「恩德入人之深」；然後依次以「不然」八句，指出此為「不通之論」，以「然則」九句，指出此為「必無之事」，將大辟囚視死如歸乃「恩德入人」的說法駁得體無完膚。至於後一個「凡」，則由「夫縱而來歸而赦之」起至篇末，總括以上「凡」和「目」的意思，用「先目後凡」的形式，括出縱囚這件事是非「常法」而反「人情」的結論，結得完足而有力，令人歎服。

于凡說：「在中國歷史上，宋代文人的涉政觀念是最強的，所以這個時代的翻案文章也特別多。〈縱囚論〉就是早期宋文中較為出色的一篇，作者通過翻舊案而設立新論，直接為時政服務。這篇文章立論不凡，抨擊的靶子竟是歷史上享有『貞觀聖主』尊號的大唐天子李世民，所舉之事又是四百餘年來一直被稱為『施恩德』、『知信義』的那次死囚大赦，這種立意彷彿是一個懸念，緊緊抓住讀者，引人急切地想知道作者的觀點，文章在這種極強的論辯氣息中逐層展開，聲勢咄咄，僅四百餘字便結住全文，謀篇嚴縝，令人心折。綜觀全文，突出特點是邏輯清晰縝密，環環相生，入情入理，在徐而不迫的遞進鋪展中，從正反不同角度闡明自己的見解。短短四百餘字，起伏錯落，斷續連綿，於從容優遊之中見雄辯，是一篇具有散文之美的議論文章。」（《唐宋八大家鑑賞辭典》）這種讚美一點也不過分。

詞選一：清平樂

李煜

課文

別來春半，觸目愁腸斷。砌下落梅如雪亂，拂了一身還滿。　雁來音信無憑，路遙歸夢難成。離恨恰如春草，更行更遠還生。

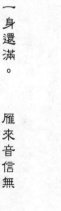

結構分析表

△
- 凡
  - 因——「別來春半」
  - 果——「觸目愁腸斷」
- 目
  - 目一（落梅）——「砌下落梅如雪亂」二句
  - 目二
    - （雁來）——「雁來音信無憑」
    - （路遙）——「路遙歸夢難成」
  - 目三（春草）——「離恨恰如春草」二句

說明

這闋詞旨在寫「離恨」，是用「先凡後目」的結構寫成的。

作者首先以起句「別來春半」，點明別離的時間。其次以次句「觸目愁腸斷」，用「觸目」作一泛寫，以領出後面實寫「觸目」所見之各種景物；用「愁腸斷」，為主旨「離恨」，初就本身作形象之表出；這是「凡」的部分。繼而以「砌下落梅如雪亂」兩句，承次句之「觸目」，並下應結尾之「離恨」，寫落花之多與佇立之久，進一步的就外物與本身，表示無限之「離恨」來；這是「目一」的部分。接著以「雁來音信無憑」兩句，用「雁來」與「路遙」，承次句，寫「觸目」所見；用「音信無憑」與「歸夢難成」，大力的再將「離恨」推深一層；這是「目二」的部分。然後以結二句，藉「春草」之「更行更遠還生」，承次句，寫「觸目」所見，並拈出「離恨」以點醒全篇，這是「目三」的部分。如此一路寫來，脈絡極其明晰。

唐圭璋釋此詞云：「此首即景生情，妙在無一字一句之雕琢，純是自然流露，豐神秀絕。起點時間，次寫景物。『砌下』兩句，即承『觸目』二字寫實。落花紛紛，人立其中；境乃靈境，人似仙人。拂了還滿，既見落花之多，又見描摹之生動。愁腸之所以斷者，亦以此故。中主是寫風裡落花，後主是寫花裡愁人，各極其妙。下片，承『別來』

二字深入，別來無信一層，別來無夢一層。著末，又融合情景，說出無限離恨，眼前景，心中恨，打並一起，意味深長。少游詞云：『倚危亭，恨如芳草，萋萋剗盡還生。』周止庵以為神來之筆，實則亦襲此詞也。」（《唐宋詞簡釋》）將此詞之重心與特色掌握得很好。

詞選一：蘇幕遮

周邦彥

課文

燎沉香，消溽暑。鳥雀呼晴，侵曉窺檐語。葉上初陽乾宿雨，水面清圓，一一風荷舉。　故鄉遙，何日去？家住吳門，久作長安旅。五月漁郎相憶否？小楫輕舟，夢入芙蓉浦。

結構分析表

- 實（夏日晨景）
  - 賓
    - 室內——「燎沉香」二句
    - 室外——「鳥雀呼晴」二句
  - 主——「葉上初陽乾宿雨」三句
- 虛（故鄉歸夢）
  - 設問一
    - 問——「故鄉遙」二句
    - 答——「家住吳門」二句
  - 設問二
    - 問——「五月漁郎相憶否」
    - 答——「小楫輕舟」二句

說明

此詞旨在寫鄉心之切。

它的上片，採由近及遠的形式來寫雨後的夏日晨景：首先以開端「燎沉香」二句，寫室內的爐香，並提明季節、時間；其次以「鳥雀呼晴」二句，由室內推擴到屋外，寫窺簷的鳥雀，並交代夜雨初晴；再其次以「葉上初陽乾宿雨」三句，又由屋外推遠到荷塘，寫初日照耀下既清又圓的荷葉與因風微顫的荷花。其中寫爐香，寫鳥雀，是賓；而寫風荷才是主。因為經由此地（汴京）的風荷，作者就能和故鄉（錢塘）的芙蓉（荷花別名）浦相連在一起，預為下片寫小楫輕舟的歸夢鋪好路子。

到了下片，主要用以抒情。作者先以「故鄉遙」二句，寫鄉思，拈明一篇之作意，來統一全詞；次以「家在吳門」二句，指出自己旅居日久的所在地與故鄉，用以推深鄉思，並寓身世之感；末以「五月漁郎相憶否」三句，回應上片的「風荷」，藉小楫輕舟入芙蓉浦，來寫故鄉歸夢，將鄉思又推深一層，產生巨大的感染力。

這樣用「先實（景）後虛（情）」的形式來寫，寫得十分動人。曹明綱說此詞「下片以『故鄉遙，何日去』直入思鄉的主題，乍看似覺突兀，實際不然：詞人家在錢塘（今浙江杭州），而錢塘早以『十里荷花』著稱於世，他面對如此風姿綽約的池荷，又怎能不因此觸發強烈的思鄉之情？正因為有此一層內在的聯繫，這就不僅使上文對池荷的描繪有了畫面之外的深意，而且下文的五月漁郎、小楫輕舟、夢入芙蓉浦，也一併有了依托。其鋪墊之巧妙、轉折之自然、推進之順理、挽合之天成，均堪稱精絕。從燃香消暑到夢回故鄉，這是一個完整的過程，而用『風荷』穿插其間、呼應首尾，尤見詞人獨運之匠心和淡泊之胸襟。」（《詞林觀止》上）體會得很深入。

詞選二：念奴嬌 赤壁懷古

蘇軾

課文

大江東去，浪淘盡，千古風流人物。故壘西邊，人道是三國周郎赤壁。亂石崩雲，驚濤裂岸，捲起千堆雪。江山如畫，一時多少豪傑。遙想公瑾當年，小喬初嫁了，雄姿英發。羽扇綸巾，談笑間，檣櫓灰飛煙滅。故國神遊，多情應笑我，早生華髮。人生如夢，一尊還酹江月。

結構分析表

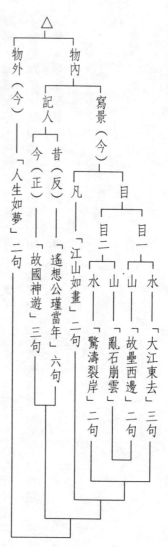

△
- 物內
  - 寫景（今）
    - 目
      - 目一
        - 水——「大江東去」三句
        - 山——「故壘西邊」二句
      - 目二
        - 山——「亂石崩雲」
        - 水——「驚濤裂岸」二句
    - 凡——「江山如畫」二句
  - 記人
    - 昔（反）——「遙想公瑾當年」六句
    - 今（正）——「故國神遊」三句
- 物外（今）——「人生如夢」二句

說明

此為懷古感遇之作，乃作者謫居黃州時所寫。

它由物內寫到物外，而就「物內」來寫的，自篇首至「早生華髮」止，共分三個部分：頭一部分，自篇首至「一時多少豪傑」止，寫赤壁如畫的江山勝景，並由景而及於三國當年破曹的英雄豪傑，作歷史的追溯，以暗含古今興亡的感慨，預為篇末的主旨——「多情」鋪路。第二部分自「遙想公瑾當年」至「檣櫓灰飛煙滅」止，承上個部分的「豪傑」，用「遙想」領入，寫「三國周郎」當年的少年英氣、功業事蹟和不可一世的雄風，隱約地表出自己無比的仰慕之情，以逼出下個部分的「多情」來。第三部分為「故國神遊」三句，首先以「故國神遊」一句，將上兩個部分的敘寫作一收束，然後以「多情應笑我」二句，由古代的周郎拍向自己身上，藉自身年老、一事無成的衰頹形象，有意與周郎的「雄姿」作成尖銳的對比，以表出時不我與、英雄無用武之地的深切感慨——「多情」來。至於寫「物外」的，則僅「人生如夢」兩句，透過「夢」使自己由物內超脫到物外，達於物我合一的境界。

顧易生說此詞「寫景寫人都抓住特徵，加以集中提高而達到形神兼備的境界，並體現出作者強烈的主觀意識。詞最後落實到自己。這時作者已四十七歲了，憂患餘生，流放江濱，蹉跎歲月，報國無期，不禁徒然懷古傷神，太豐富的感情，致使頭上白髮新添，被人哂笑。神往於周瑜的年輕有為，對照自身的老大無成，即是『以周郎自況』（元好問《題閑閑書赤壁賦後》），憤然向壯志長才被壓抑的環境發出抗議。燦爛慷慨之極歸於瀟灑曠達的結束語，其間該有多層意蘊，而這是決不能簡單地以消極視之的。」（《詞林觀止》上）這樣的解讀是最合乎實情的。

詞選二：賀新郎 別茂嘉十二弟

辛棄疾

課文

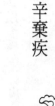

綠樹聽鵜鴃。更那堪、鷓鴣聲住，杜鵑聲切！啼到春歸無尋處，苦恨芳菲都歇。算未抵人間離別。馬上琵琶關塞黑，更長門翠輦辭金闕。看燕燕，送歸妾。將軍百戰身名裂，向河梁回頭萬里，故人長絕。易水蕭蕭西風冷，滿座衣冠似雪。正壯士悲歌未徹。啼鳥還知如許恨，料不啼清淚長啼血。誰共我，醉明月。

結構分析表

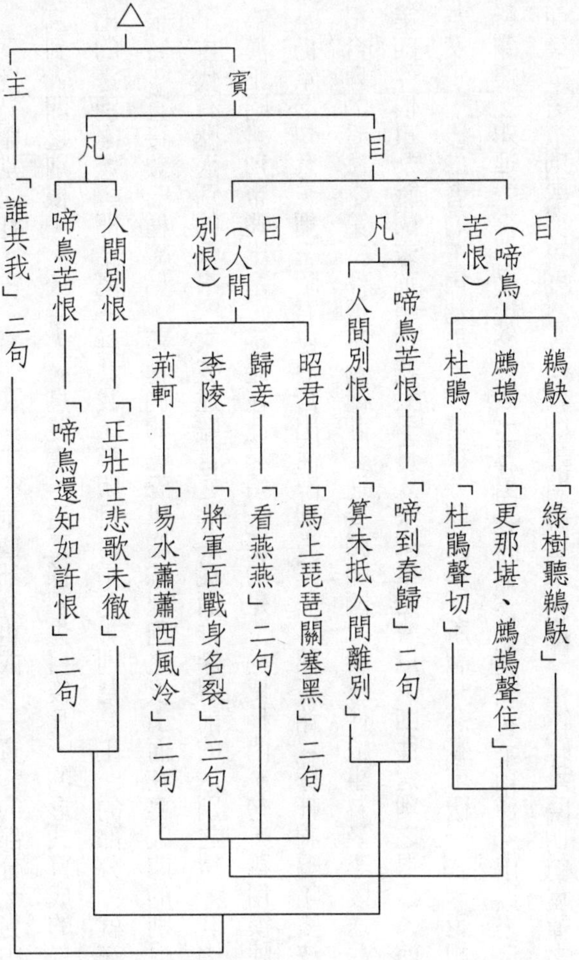

△
主
賓
凡
目
目（啼鳥苦恨）
鵜鴂——「綠樹聽鵜鴂」
鷓鴣——「更那堪、鷓鴣聲住」
杜鵑——「杜鵑聲切」
凡
啼鳥苦恨——「啼到春歸」二句
人間別恨——「算未抵人間離別」
目（人間別恨）
昭君——「馬上琵琶關塞黑」二句
歸妾——「看燕燕」二句
李陵——「將軍百戰身名裂」三句
荊軻——「易水蕭蕭西風冷」二句
人間別恨——「正壯士悲歌未徹」
啼鳥苦恨——「啼鳥還知如許恨」二句
「誰共我」二句

說明

此為贈別之作，由「賓」和「主」兩個部分組成。「賓」的部分，先由啼鳥之苦恨寫到人間之別恨，然後合人、鳥雙寫，這是採「先目後凡」的形式寫成的；而由此所帶出的送別之意，即結尾「誰共我，醉明月」兩句，則為「主」的部分。就在寫啼鳥之苦恨時，直接敘三種啼鳥，藉牠們的鳴聲以增添送別之恨；而在寫人間的別恨時，則臚列了古代有關送別的恨事，來表達難言之痛，從而推深眼前的送別之情。其中頭一件恨事為漢王昭君別帝闕出塞，不過在此必須一提的是：「更長門」一句，雖用漢陳皇后事，但「仍承上句意，謂王昭君自冷宮出而辭別漢闕」（鄧廣銘《稼軒詞編年箋注》），這是很合理的看法；第二件恨事為衛莊姜送妾歸陳國；第三件恨事為漢李陵送蘇武回中原；第四件恨事為戰國末荊軻別燕太子丹入秦刺秦王。以上四件送別之恨事，前二者的主角為女子，後二者的主角為男子。這樣分開列舉，所謂「悲歌未徹」，一定和當日時事有所關連。如進一步加以推敲，前二者當與當時和番聯敵的政策相涉，用以表示諷喻之意；而後二者，則與滯留或喪生於淪陷區的愛國志士相關，用以抒發關切與哀悼之情。不然，送「茂嘉十二弟」，怎麼會恨到「不啼清淚長啼血」呢？這麼說，第一、三、四等件恨事，都不成問題，必須作一番說明的是第二件恨事。大家都知道，衛莊公夫人莊姜無子，以陳女戴媯所生子完為己子，莊公死後，完繼立為君，卻被公子州吁所殺，於是莊姜送陳女戴媯歸陳，並由石腊居間謀計，終於執州吁於濮而殺了他。這件事，從某個角度來看，跟當時聯敵的政策是不是有關連呢？答案是相當肯定的。由此說來，作者用這四件事材來寫，除了用以襯托送別茂嘉十二弟之情外，是別有一番「言外之意」的。以上由開端至「滿座衣冠似雪」止，是「目」的部分。至於緊接而來的「正壯士悲歌未徹」三句，合人與鳥來寫，則為「凡」的部分：它的上句，用側注以回繳整體的技巧，上收人間的別恨；而下二句，則用以上收啼鳥的苦恨；並表示這種苦恨與別恨的悲劇依然繼續上演，並未結束，以抒發作者滿腔悲憤。寫「賓」寫到這裡，才過到了「主」，正式點出惜別之意作結。所謂「有恨無人省」（蘇軾〈卜算子〉詞），作者之恨，在茂嘉十二弟離開後，將要變得更綿綿不盡了。

劉揚忠以為「這首詞題為詠別，實為詠恨。所詠之恨，又非一般親人之間的離情別恨，而是深沉悲憤的家國大恨。親如手足的弟弟遠謫桂林，送別時自然引發作者愁怨之情，由親人離別之恨聯想及千古以來人間許多傷慘的離別，並及於當時國家南北分裂造成的最痛苦的別恨，於是稼軒仿前人作〈恨賦〉、〈擬恨賦〉的手段，集古代許多恨事，串聯成此詞，來曲折地表達自己的憂國怨世之深情。理解全詞內容的關鍵，是那些古代英雄、美人離別之恨的典故。這些古代的動人傳說都不是講私人傷離恨別，而是記述人生頭等大恨的辭家去國的故事。作者精心選取這些故事聯綴入詞，寫得恨意滿紙，怨氣盈幅，這就顯然不是單純地發思古之幽情，必是意有所觸，情有所激，如骨鯁在喉，不能不吐，遂脫口成詠，命筆成章。周濟《宋四家詞選》認為此詞『上片：北都舊恨。下片：南渡新恨』，雖嫌理解過實，但仍有一定道理。」（《詞林觀止》上）證以上文的分析，可知這種看法是很正確的。

正氣歌

文天祥

課文

天地有正氣，雜然賦流形：下則為河嶽，上則為日星，於人曰浩然，沛乎塞蒼冥。皇路當清夷，含和吐明庭；時窮節乃見，一一垂丹青：在齊太史簡，在晉董狐筆，在秦張良椎，在漢蘇武節；為嚴將軍頭，為嵇侍中血，為張睢陽齒，為顏常山舌；或為遼東帽，清操厲冰雪；或為出師表，鬼神泣壯烈；或為渡江楫，慷慨吞胡、羯；或為擊賊笏，逆豎頭破裂。是氣所磅礡，凜烈萬古存。當其貫日月，生死安足論？地維賴以立，天柱賴以尊。三綱實繫命，道義為之根。

嗟予遘陽九，隸也實不力。楚囚纓其冠，傳車送窮北。鼎鑊甘如飴，求之不可得。陰房闃鬼火，春院閟天黑。牛驥同一皁，雞棲鳳凰食。一朝蒙霧露，分作溝中瘠。如此再寒暑，百沴自辟易。哀哉沮洳場，為我安樂國！豈有他繆巧？陰陽不能賊。顧此耿耿在，仰視浮雲白，悠悠我心悲，蒼天曷有極！哲人日已遠，典型在夙昔，風簷展書讀，古道照顏色。

結構分析表

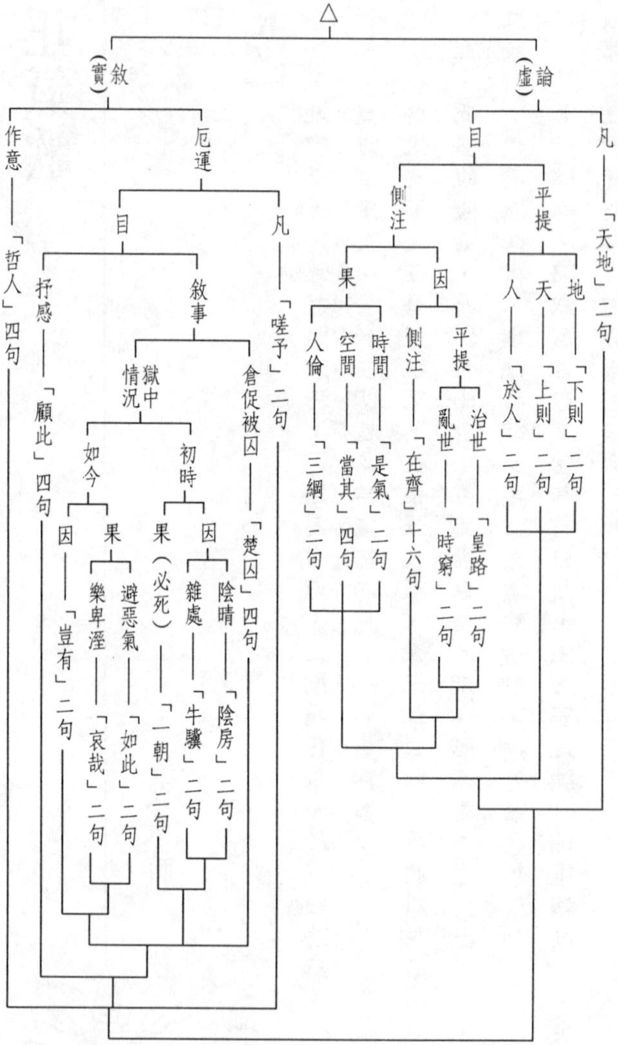

說明

這是一首五言古詩，旨在論正氣在扶持倫常綱紀、延續宇宙生命的莫大價值，從而抒發憂國憂民的情懷。它採「先論（虛）後敘（實）」的結構寫成：

「論」的部分自篇首至「道義為之根」止，作者在此，先以「天地有正氣」二句，作一總括，以引出下面的議論。其次以「下則為河嶽」三句，平提河嶽（地）、日星（天）和人，指明正氣對天、地、人的影響；然後側注於「人」，用「先因後果」的形式來議論，其中「因」的部分自「皇路當清夷」至「逆豎頭破裂」止，在這裡，又先以「皇路」四句平提治世與亂世，再以「在齊」十六句側注於亂世，列舉了歷史上十二位「哲人」的壯烈事蹟，證明浩然正氣在人身上的體現；而「果」的部分則自「是氣所磅礡」至「道義為之根」止，依序就時間（萬古存）、空間（貫日月）和人倫，由上舉歷史哲人所表現的浩然正氣上，道出它的所以然來，那就是它不僅足以立天立地，更是人類一切倫理道德的根源，這可說是一篇主旨之所在，作者所以能在歷經威嚇利誘下，始終堅守節操，力量就出在這裡。

至於「敘」的部分是由「嗟予遘陽九」至篇末，它先採「先凡後目」的形式來敘自己所遭遇的厄運，其中「嗟予」兩句為「凡」，特為下文的敘寫作一總冒；而「目」的部分，則先以「楚囚」四句寫自己倉卒被囚的事情，再以「陰房」十二句，分兩階段，即初時與如今，來寫自己在獄中的狀況，藉自身的經歷，再一次證實了浩然正氣的作用與價值；然後以「顧此」四句抒發了他憂國憂民的情懷，寫得真是丹心、白雲交相輝映啊！這樣敘自身的厄運之後，作者再用「哲人日已遠」四句，既上收「時窮節乃見」的十二位哲人和受盡悲苦遭遇的自己，來歌頌正氣，也交代了自己作這一首詩的用意。林西仲說：「文之悲壯感慨、忠義之氣，千古長存。」（《古文析義》卷六）說得一點也不錯。

綜觀全詩，徐軍以為「筆酣墨暢，情濃意切，其藝術風格豪邁雄放，氣勢磅礴，字字有如金石之言，擲地有聲。文天祥為詩，注重『性情』，所謂『予在患難中，間以詩記所遭』，『至是動乎情性，自不能不詩』。詩如其人，文丞相的為人、作詩，人品、詩品，達到了完美的統一，因而通篇洋溢著堅持正義、寧死不屈的戰鬥豪情。用典豐富、貼切，通過引用一系列英雄形象來闡發情懷，褒揚『正氣』，語言凝練，文辭優美，落筆不俗而又絕無雕琢之嫌，寓英爽於渾樸，寓雄奇於平淡。詩的結構嚴緊，層次清楚，轉承自然，首尾照應。」（《中國歷代詩歌名篇鑑賞辭典》）看法相當正確。

醉翁亭記

歐陽修

課文

環滁皆山也。其西南諸峰，林壑尤美。望之蔚然而深秀者，琅邪也。山行六七里，漸聞水聲潺潺，而瀉出於兩峰之間者，釀泉也。峰回路轉，有亭翼然，臨於泉上者，醉翁亭也。作亭者誰？山之僧智僊也。名之者誰？太守自謂也。太守與客來飲於此，飲少輒醉，而年又最高，故自號曰醉翁也。醉翁之意不在酒，在乎山水之間也。山水之樂，得之心而寓之酒也。

若夫日出而林霏開，雲歸而巖穴暝，晦明變化者，山間之朝暮也。野芳發而幽香，佳木秀而繁陰，風霜高潔，水落而石出者，山間之四時也。朝而往，暮而歸，四時之景不同，而樂亦無窮也。

至於負者歌於塗，行者休於樹，前者呼，後者應，傴僂提攜往來而不絕者，滁人遊也。臨谿而漁，谿深而魚肥；釀泉爲酒，泉香而酒洌；山肴野蔌，雜然而前陳者，太守宴也。宴酣之樂，非絲非竹。射者中，弈者勝，觥籌交錯，起坐而諠譁者，衆賓懽也。蒼顏白髮，頹然乎其間者，太守醉也。已而，夕陽在山，人影散亂，太守歸而賓客從也。樹林陰翳，鳴聲上下，遊人去而禽鳥樂也。然而禽鳥知山林之樂，而不知人之樂；人知從太守遊而樂，而不知太守之樂其樂也。醉能同其樂，醒能述以文者，太守也。太守謂誰？廬陵歐陽修也。

結構分析表

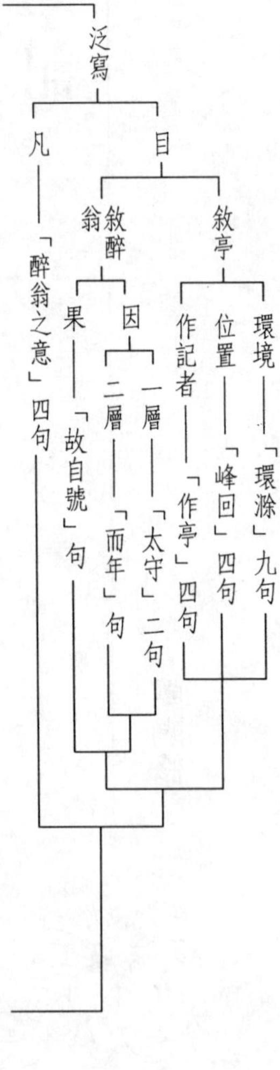

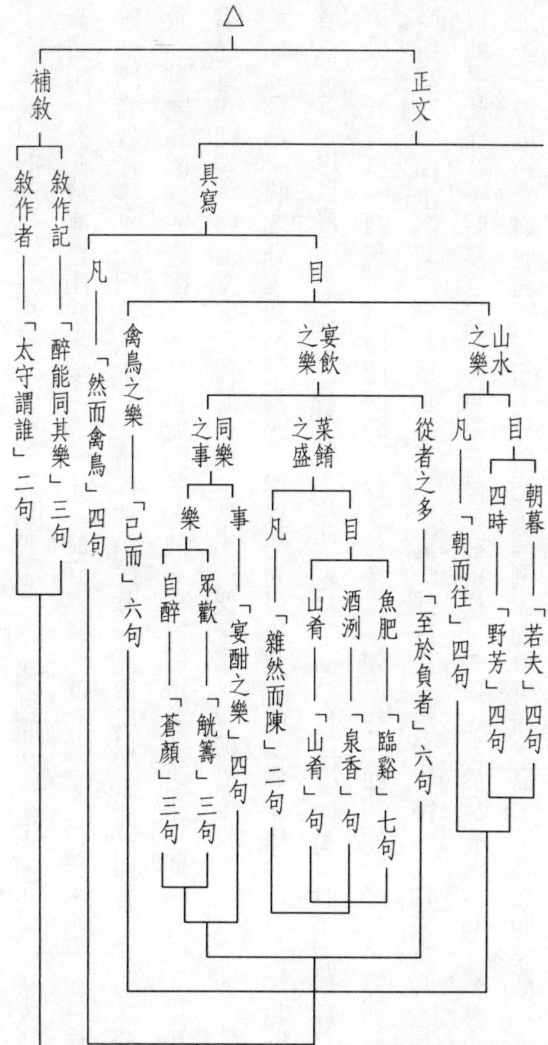

說明

宋仁宗慶曆五年（西元一〇四五年），范仲淹、杜衍等人的「慶曆新政」改革失敗，致范、杜等被誣為朋黨，而歐陽修為之辯護，卻遭到權臣呂夷簡等的排斥，被貶到滁州當太守，第二年便寫了這篇〈醉翁亭記〉。全篇自首至終，一直繞著「樂」字來寫山、寫泉、寫禽鳥、寫遊人、寫醉翁，把他（它）們全部融入一幅優美的畫卷，以表現作者「與民同樂」的情操，真可謂「至情藹然」（林雲銘《古文析義合編》上冊），難怪此文一出，便受到人們的重視與喜愛了。

這篇文章，就其結構而言，含「正文」與「補敘」兩大部分。「正文」按「先泛寫、後具寫」的形式寫成，其中「泛寫」的部分為起段。這段文字以「先目後凡」的結構來組合，其中的「目」可別為二：其一用以敘「亭」，用剝筍法（由大而小），依次以「環滁皆山」九句敘亭之山水環境（大）、「峰回路轉」四句敘亭之位置（小）、「作亭者誰」四句敘作亭、作記之人；其二用以敘「醉翁」，依次以「太守與客」三句，分兩層敘「自號為醉翁」之因、「故自號曰」句敘「自號曰醉翁」之果。而「凡」，則用「醉翁之意」四句，將上文之意作個總括，拈出「樂」字，以統攝全文。

「具寫」的部分，和「泛寫」一樣以「先目後凡」的結構來組合。它的「目」可別為三：其一用以寫山水之樂，為次段。在此，先以「若夫日出」四句，寫山間朝暮之景；再以「野芳發」四句，寫山間四時之景；然後以「朝而往」四句作一總括，寫朝暮、四時所享有的山水之樂；顯然這是呼應「泛寫」部分之「環滁皆山」九句來寫的。其二用以寫「朝而往」時宴飲之樂，為第三段。在這裡，先以「至於負者」六句，寫滁人從遊之多；再以「臨谿而漁」七句，分魚肥、酒洌、山肴野味，寫太守宴客時菜餚之盛；然後以「宴酣之樂」十句，寫宴酣之種種；在此，依序用「宴酣之樂」四句寫太守與民同樂之事，用「觥籌交錯」三句寫眾客之樂，用「蒼顏白髮」三句寫太守自醉之樂；顯然這是呼應「泛寫」部分之「太守與客」四句來寫的。其三用以寫「暮而歸」時禽鳥之樂，為第四段開頭的「已而夕陽在山」六句。在這裡，先以「已而」四句，交代太守與客「暮而歸」之事；再以「樹林陰翳」三句，寫禽鳥之樂；這可以說是由以上兩「目」加以引中來寫的。林雲銘《古文析義合編》上冊說：「此處卻添出禽鳥之樂，借勢一路捲去，落想奇極。」體會得極為深刻。而「凡」，是指「然而禽鳥知山林之樂」四句。作者在此總結「具寫」部分的三「目」之意，並呼應「泛寫」部分的「醉翁之意」四句，點明太守「與民同樂」之樂的一篇旨意，將「正文」作一收束，收束得真是圓滿而醒豁。

至於「補敘」，則指「醉能同其樂」五句。在這裡，先敘作記之事，再敘作記者的姓名，並從中交代「太守」就是作記者，也是醉翁，充分地發揮了補敘的效果。

由上述可知此文布局精細，結構嚴謹，前呼後應，渾然一體。任中強在《唐宋八大家鑑賞辭典》中說：「文章開始，先由大到小，層層縮小的敘述描寫點出『醉翁亭』來，再由解釋『醉翁』的由來引出『山水之樂』，接著具體描寫『山水之樂』，朝暮景色的變化，四時風光的不同。『山水之樂』引來了『遊人之樂』、『宴饗之樂』。全篇用一「樂」字貫穿，不枝不蔓，一氣到底，環環相扣，結構謹嚴。首段有『山水之樂，得之心而寓之酒』，後幾段便分別描寫太守遊山之樂，醉中之樂，與民同樂。首段用太守『飲少輒酒』，先作鋪墊，下文便有太守頹然而醉作呼應。首段有『名之者誰？太守自謂也』一句，末段便有『太守謂誰？廬陵歐陽修也』。有問必有答，有呼必有應。這樣便形成了謹嚴而完整的藝術結構，增強了文章的氣勢。」把這篇文章在結構上的特點與佳妙處說明得十分扼要而清楚。

蓼莪

詩經

課文

蓼蓼者莪，匪莪伊蒿。哀哀父母，生我劬勞！

蓼蓼者莪，匪莪伊蔚。哀哀父母，生我勞瘁！

缾之罄矣，維罍之恥。鮮民之生，不如死之久矣！無父何怙？無母何恃？出則銜恤，入則靡至。

父兮生我，母兮鞠我，拊我畜我，長我育我，顧我復我，出入腹我。欲報之德，昊天罔極！

南山烈烈，飄風發發。民莫不穀，我獨何害！

南山律律，飄風弗弗。民莫不穀，我獨不卒！

結構分析表

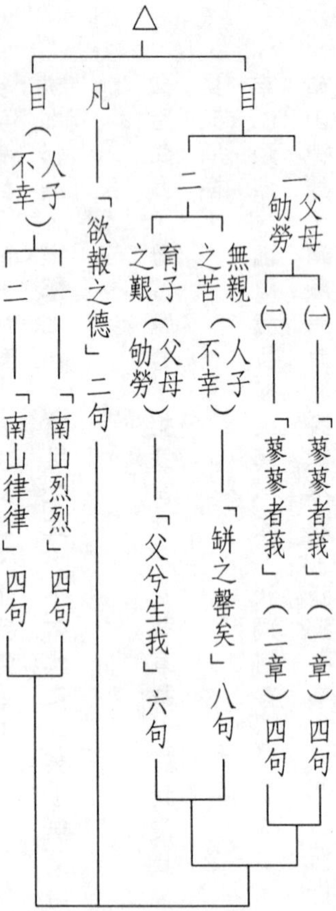

說明

這是「孝子痛不得終養」（《詩經原始》）的作品，詩中說：「欲報之德，昊天罔極」，表達的正是這個意思。它含六章，首尾四章均採重章疊唱形式，拈取眼前景物起興作比來寫：

其中首二章，以蒿、蔚作比，正如竹添光鴻在《毛詩會箋》裡所說的「親無不望子為美才，今匪莪而蒿也」，充分表達了父母劬勞地生下了自己，本「可賴以終其身，而今乃不得其養以死」（朱熹《詩集傳》）的無比哀痛；而尾二章，則以南山、飄風起興，哀痛地抒發了「民莫不得以養父母，我何為遭此害，而不得終養乎」（嚴粲《詩緝》）的深重感歎。

這首尾四章，可以說是以比興取勝的，至於中間二章，則主要用賦法來寫。它的前章，先以瓶、罍為喻，指出「父母不得其所，乃子之責」（朱熹《詩集傳》），再直抒自己雙親俱亡、無怙無恃的危苦；這和尾二章是彼此呼應的。而後章就應首二章，先連下九「我」字，歷敘父母對自己的撫育過程，再拈出「欲報之德」二句來統攝全詩，寫來字字含情，令人千載而下，亦為之動容。

方玉潤《詩經原始》說：「詩首尾二章，前用比，後用興。前說父母劬勞，後說人子不幸，遙遙相對。中間兩章，一寫無親之苦，一寫育子之艱，備極沈痛，幾於一字一淚，可抵一部《孝經》讀。」體味得極深刻。而徐定祥分析此詩的表現手法說：「賦比興是《詩經》常用的三種表現手法，要各各做到妥切自如，靈活多變，頗不容易，而將三者完美地熔於一爐，尤為難能。此篇首尾皆用比興，然其中也有直言敘述，中間在直言其事中，間以獨特的比喻。一、二、五、六四章每章四句，即景寓情，言少意賅；三、四兩章每章八句，放情直言，淋漓盡致。全詩起落跌宕，波瀾迭起，迴旋往復，前後呼應，把孤子的哀思表達得委曲盡情，感人至深，可以說是《詩經》中賦比興結合得最完美的篇章之一。在遣詞造句上，不僅連用九個「我」字，令人驚心動魄，疊字的安排，亦頗具匠心。首二章疊用『哀哀』一語，四個『哀』字，傾注了父母撫養子女的全部心血，包蘊了父母一生的勞苦艱辛，更飽含著人子對雙親的無限敬愛，痛惜和深深的歉疚愧悔之意，同樣浸透了作者的血淚，具有震懾人心的藝術力量。無怪乎『晉王裒以父死非罪，每讀《詩》至「哀哀父母，生我劬勞」，未嘗不三復流涕，受業者為廢此篇。』（朱熹《詩集傳》）再如『烈烈』『發發』、『律律』、『弗弗』四個入聲字連續疊用，皆能聲色傳情，強化了全詩淒惻悲愴的氛圍，很好地烘托了人物的思想感情。」（《詩經鑑賞辭典》）分析得很明白，可供參考。

訓蒙大意

王守仁

課文

古之教者，教以人倫。後世記誦詞章之習起，而先王之教亡。今教童子，惟當以孝弟忠信、禮義廉恥爲專務。其栽培涵養之方，則宜誘之歌詩，以發其志意；導之習禮，以肅其威儀；諷之讀書，以開其知覺。今人往往以歌詩習禮爲不切時務，此皆末俗庸鄙之見，烏足以知古人立教之意哉？

大抵童子之情，喜嬉遊而憚拘檢，如草木之始萌芽，舒暢之則條達；摧撓之則衰痿。今教童子，必使其趨向鼓舞，中心喜悅，則其進自不能已。譬之時雨春風，霑被卉木，莫不萌動發越，自然日長月化；若冰霜剝落，則生意蕭索，日就枯槁矣。故凡誘之歌詩者，非但發其志意而已，亦所以洩其跳號呼嘯於詠歌，宣其幽抑結滯於音節也。導之習禮者，非但肅其威儀而已，亦所以周旋揖讓而動蕩其血脈，拜起屈伸而固束其筋骸也。諷之讀書者，非但開其知覺而已，亦所以沉潛反復而存其心，抑揚諷誦以宣其志也。凡此皆所以順導其志意，調理其性情，潛消其鄙吝，默化其麤頑，日使之漸於禮義而不苦其難，入於中和而不知其故，是蓋先王立教之微意也。

若近世之訓蒙穉者，日惟督以句讀課倣，責其檢束，而不知導之以禮；求其聰明，而不知養之以善；鞭撻繩縛，若待拘囚。彼視學舍如囹獄，而不肯入；視師長如寇仇，而不欲見。窺避掩覆，以遂其嬉遊；設詐飾詭，以肆其頑鄙。偷薄庸劣，日趨下流。是蓋驅之於惡，而求其為善也，何可得乎？

凡吾所以教，其意實在於此。恐時俗不察，視以為迂；且吾亦將去此；故特叮嚀，以告爾諸教讀。其務體吾意，永以為訓。毋輒因時俗之言，改廢其繩墨，庶成蒙以養正之功矣。念之！念之！

結構分析表

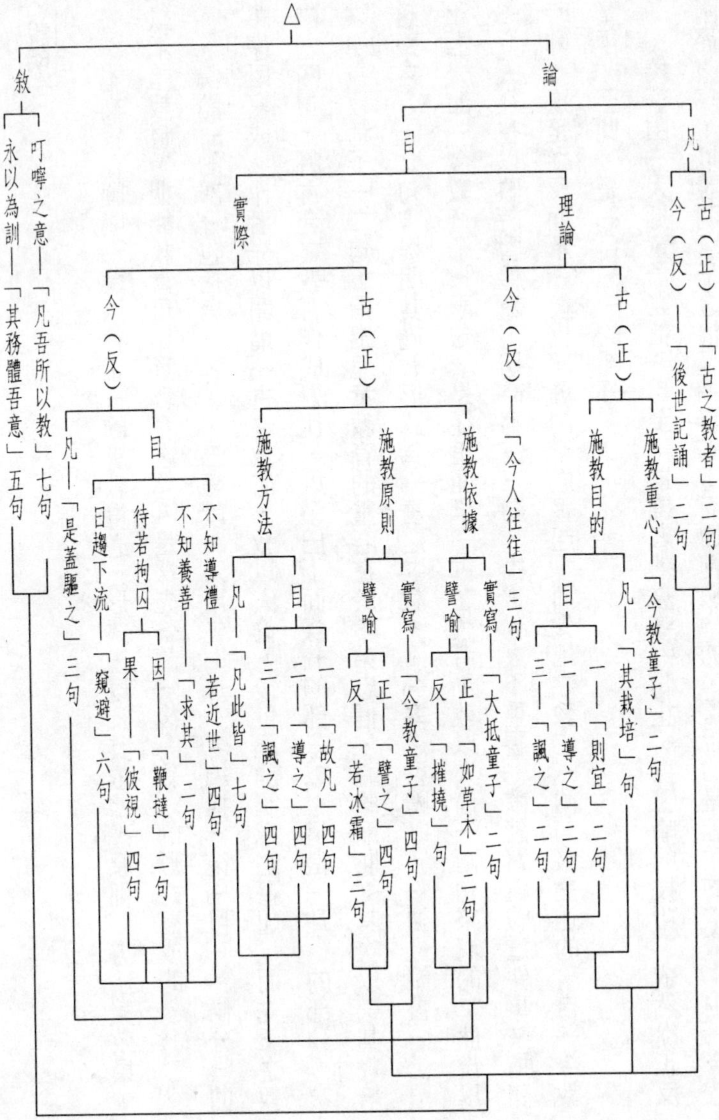
△
論
凡
古（正）—「古之教者」二句
今（反）—「後世記誦」二句
目
理論
古（正）
施教重心—「今教童子」二句
施教目的
凡—「其栽培」句
目
一—「則宜」二句
二—「導之」二句
三—「諷之」二句
今（反）—「今人往往」三句
實際
古（正）
施教依據
實寫—「大抵童子」二句
譬喻
正—「如草木」二句
反—「摧撓」句
施教原則
實寫—「今教童子」四句
譬喻
正—「譬之」四句
反—「若冰霜」三句
施教方法
目
一—「故凡」四句
二—「導之」四句
三—「諷之」四句
凡—「凡此皆」七句
今（反）
目
不知導禮—「若近世」四句
不知養善—「求其」二句
待若拘囚
因—「鞭撻」二句
果—「彼視」四句
日趨下流—「窺避」六句
凡—「是蓋驅之」三句
敘
叮嚀之意—「凡吾所以教」七句
永以為訓—「其務體吾意」五句

說明

本文旨在闡明「蒙以養正」的施教重心、形式，以及其依據、原則、方法與效果，以示諸教督，期能救當日兒童教育之弊。是採先「論」後「敘」的形式寫成的。

「論」的部分包括第一、二、三等段，乃用先「凡」（總括）後「目」（條分）的順序所寫成。作者先以開篇「古之教者，教以人倫。後世記誦詞章之習起，而先王之教亡」四句，將古今之教育作成對比，以領出下面條分的部分來；這是「凡」的部分。次以「今教童子」二句，指出兒童教育的重心在於孝弟忠信、禮義廉恥；其次以「其栽培涵養之方」七句，提明其施教形式為「誘之歌詩」、「導之習禮」、「諷之讀書」，這和上一節「今教童子」兩句，是從正面承「古之教者，教以人倫」兩句來寫的；然後以「今人往往以歌詩習禮為不切時務」三句，由當代人不重視「歌詩習禮」這件事來指陳時弊，這是從反面承「後世記誦詞章之習起，而先王之教亡」兩句來論述的。自「今教童子」至此，是「目一」的部分。

接著由「大抵童子之情」起至「摧撓之則衰痿」句止，採譬喻的技巧，依然從正反兩面來寫，以說明童子之情是「喜嬉遊而憚拘檢」的，這說的是施教的依據；由「今教童子」起至「日就枯槁矣」句止，再用譬喻的手法，也從正反兩面來著筆，以說明兒童的教育是要順著他們的性情，因勢利導的，這說的是施教的原則；由「故凡誘之歌詩者」起至「抑揚諷誦以宣其志也」句止，針對上述「誘之歌詩」、「導之習禮」、「諷之讀書」等三種形式，藉著兒童的「跳號呼嘯」、「拜起屈伸」、「抑揚諷誦」等活動，以作進一步的說明，這說的是施教的方法；由「凡此皆所以順導其志意」起至「是蓋先王立教之微意也」句止，將上述的施教依據、原則和方法作一總括，說明潛移默化就是「先王立教之微意」，這說的是施教的功效。自「大抵童子之情」至此，是從正面承篇首「古之教者，教以人倫」二句加以發揮的。最後以第三段，即由「若近世之訓蒙穉者」起至「何可得乎」句止，痛斥時弊，認為「督責」、「拘檢」乃至「鞭撻繩縛」的強行灌輸方式，有違「先王立教之微意」，並指出這樣做是「驅之於惡，而求其為善」，這是從反面承篇首「後世記誦詞章之習起，而先王之教亡」兩句加以論述的；自「大抵童子之情」至此，為「目二」的部分。

「敘」的部分為末段。作者在此，先以「凡吾所以教」二句，一面承上，一面啟下，充分發揮上下文接榫的功用；次以「時俗不察」五句，敘明作此篇大意的原因；末以「其務體吾意」至篇末，勉勵教師信守所訂章程，以收「蒙以養正」的功效，回抱全文作結。

作者就這樣以先論後敘、由凡而目的形式來組合思想材料，條理顯得格外清晰。而對兒童教育所闡發的基本觀點與方法、兼顧理論與實際，更足以醒人耳目。他開宗明義說：「今教童子，惟當以孝弟忠信、禮義廉恥為專務」，說的正是孔子「弟子入則孝，出則弟，謹而信，汎愛眾而親仁」（《論語・學而》）和孟子「謹庠序之教，申之以孝弟之義」（《孟子・梁惠王上》）、「其弟子從之，則孝弟忠信」（〈盡心上〉）的意思，而所謂「誘之歌詩」、「導之習禮」、「諷之讀書」，則合於孔子「興於詩，立於禮，成於樂」（《論語・泰伯》）與「行有餘力，則以學文」（《論語・學而》）的立教微意。其中「歌詩」的活動，如陽明所言，頗類似今日之唱詩、唱遊，而「習禮」，也與現代的體操、舞蹈相當接近，這樣合紀律陶冶與健康訓練於一爐，已將孔門之興詩、立禮、成樂通俗化、簡易化，使蒙童的死教育一變而為活的教育了。至於所謂的「讀書」，想用反覆諷誦，表存心宣志，以代替盲目死啃強記，這不但適用於當時，也適用於今日。尤其是主張以陶冶性情、激發意趣為主，而反對束縛、拘管、驅策，最是符合兒童心理與教育原理，對現代化的教育而言，無疑是有參考價值的。

散曲選（小令）：㈠大德歌 秋

關漢卿

課文

風飄飄，雨瀟瀟，便做陳摶也睡不著。懊惱傷懷抱，撲簌簌淚點拋。秋蟬兒噪罷寒蛩兒叫，淅零零細雨灑芭蕉。

結構分析表

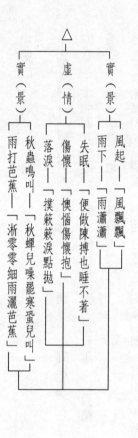

△
- 實（景）
  - 風起—「風飄飄」
  - 雨下—「雨瀟瀟」
- 虛（情）
  - 失眠—「便做陳摶也睡不著」
  - 傷懷—「懊惱傷懷抱」
  - 落淚—「撲簌簌淚點拋」
- 實（景）
  - 秋蟲鳴叫—「秋蟬兒噪罷寒蛩兒叫」
  - 雨打芭蕉—「淅零零細雨灑芭蕉」

說明

關漢卿有一組四首的〈大德歌〉，分別寫一位癡情女子在春夏秋冬四季對遠方情人的思念，本曲即其中之一。就它的結構而言，以景起，以景結，而中間則用插敘的手法來抒情，形成情景交融的特殊效果。

其中開篇的「風飄飄」兩句，藉淒迷的風雨聲，帶出「便做陳摶也睡不著」句，以作為抒情的橋樑。而「懊惱傷懷抱」二句，則承上句的「睡不著」來寫，進一步寫出主人翁的愁苦情狀，為抒情的主體所在。至於末尾兩句，又顯然地以景襯情，藉秋蟬、寒蛩和雨打芭蕉所發出的聲音，呼應起二句，充分地襯托了主人翁悲苦的心境，使抽象的「傷懷抱」之苦得以具象化。作者構思之縝密工巧，令人讚賞不止。

王學奇說：「本曲從秋景寫起，又以秋景作結，首尾照應，結構完整。中間經過由物及人、又由人及物的轉換，情景相生，交織成篇，從而加強了人物形象的真實感，大大提高了藝術感染力。」（《元曲鑑賞辭典》，上海辭書出版社）而譚倫傑也說：「這首小令表現手法上的突出特點，是用渲染自然界的秋聲，來烘托人物的秋思。作者運用了風聲、雨聲、秋蟲鳴叫聲和雨打芭蕉聲，通過這些音響在人物心靈上引起感受，來表現人物的愁思恨縷。曲子寫得聲情合一，情景交融，真切感人，是一件言情的珍品。」

（《元曲鑑賞辭典》，中國婦女出版社）所謂「情景相生」、「情景交融」正是以概括本曲之特色。

散曲選（小令）：㈡沈醉東風 漁父詞

白樸

課文

黃蘆岸白蘋渡口，綠楊堤紅蓼灘頭。雖無刎頸交，卻有忘機友：點秋江白鷺沙鷗。傲殺人間萬戶侯；不識字煙波釣叟。

結構分析表

- △
  - 目
    - 可傲一（管山水）—「黃蘆白蘋渡口」二句
    - 可傲二（友鷗鷺）—「雖無刎頸交」三句
  - 凡—「傲殺人間萬戶侯」二句

說明

這首小令透過對漁父生活的讚美，以寫自己的閒適心境。

它採「先目後凡」的形式寫成，其中的「目」有二：頭一個「目」的部分為起二句，寫漁父平日所享有的江邊風光，這種風光在水岸、渡口和灘頭的底子上，用黃蘆、白蘋、綠楊、紅蓼加以點綴，色彩之鮮明，予人以美的極大享受；此為漁父「傲殺人間萬戶侯」的一種財富；而第二個「目」的部分，為「雖無刎頸交」三句，寫漁父與忘機的水邊鷗鷺為友；這是漁父「傲殺人間萬戶侯」的另一種財富。有此二「目」為「因」，自然就得出它的「果」——「傲殺人間萬戶侯」二句，以總結上文之意作結，由此反映了作者傲然不群，不肯與世俗妥協的堅定態度，讓人「想見其為人」（《史記・孔子世家贊》）。

霍松林說：「元代社會中的漁夫不可能那樣悠閒自在，也未必敢於傲視統治他的『萬戶侯』。不難看出，這隻曲子所寫的『漁夫』是理想化了的。我們知道，白樸幼年經歷了蒙古滅金的變故，家人失散，跟隨他父親的朋友元好問逃出汴京，受到元好問的教養。他對元朝的統治異常反感，終生不仕，卻仍然找不到一片避世的乾淨土。因此，他把他的理想投射到『漁夫』身上，讚賞那樣的『漁夫』，羨慕那樣的『漁夫』。說『漁夫』

『傲殺人間萬戶侯』，正表明他鄙視那些『萬戶侯』。說『漁夫』『不識字』，正是後悔他做了讀書識字的文人。古話說：『人生憂患識字始』。在任何黑暗社會裡，正直的知識份子比『不識字』的漁夫會遭受更多的精神磨難，更何況在『九儒』僅居『十丐』之上的元代！」（《元曲鑑賞辭典》，上海辭書出版社）這在讀本曲時是要了解的。

散曲選（小令）：㈢折桂令 九日

張可久

課文

對青山強整烏紗。歸雁橫秋，倦客思家。翠袖殷勤，金杯錯落，玉手琵琶。人老去西風白髮。蝶愁來明日黃花。回首天涯，一抹斜陽，數點寒鴉。

結構分析表

- △
  - 實一
    - 人事（倦客）—「對青山」句
    - 景物（思家）—「歸雁橫秋」
  - 虛 —「倦客思家」
  - 實二
    - 人事（倦客）
      - 醉酒
        - 凡 —「翠袖殷勤」
        - 目
          - 一 —「金杯」句
          - 二 —「玉手」句
      - 歎老 —「人老去」二句
    - 景物（思家）—「回首天涯」三句

說明

本曲作於重陽節，藉登高宴集時所見景物及所涉人事，抒發思鄉之愁與身世之感。大體說來，是採「實、虛、實」的結構寫成的。

前一個「實」指開篇二句，上句寫人事，藉「強整烏紗」的動作，暗用晉孟嘉落帽典故，引出身世之感，預為下面的「倦客」作鋪墊；下句寫景物，透過橫秋的歸雁，觸發思鄉之情，預為下面的「思家」作鋪墊。而「虛」乃指「倦客思家」一句，為全曲之重心所在，既用以總括上文，又用以統攝下文。

至於後一個「實」，則指「翠袖殷勤」八句，它先以「翠袖」三句，藉美人頻舉杯、彈琵琶的動作，寫宴集時醉酒情形；再以「人老」二句，化用蘇軾〈南鄉子〉「萬事到頭都是夢，休休，明日黃花蝶也愁」的詞句，寫好景不常、時不我與的感慨，以加強身世之感，這是偏就人事來寫的；然後以「回首」三句，襲用秦觀〈滿庭芳〉「斜陽外，寒鴉數點，流水遶孤村」的詞句，寫暮色之蒼茫，以推深思鄉之愁，這是偏就景物來說的。如此虛實互用，作品的感染力自然就增強了。

顧植說：「這首小令，通過〈九日〉感懷，表現了作者厭倦官場生活，想及早歸隱的思想情緒。格調不夠高，思想性也不算強。但是，它的藝術性卻是不能忽視的。本小令最突出的特色是作者能在寫景中抒情，同時又能寓情於景。如作品中『歸雁』、『青山』、『斜陽』、『寒鴉』都是寫景；『強整烏紗』、『倦客思家』、『人老白髮』、『蝶愁黃花』則是抒情。而這些情都是作者觸景後產生的，也正因為作者帶著情去寫景，所以，在他筆下寫出來的景物，也都成了帶有感情的景物。景和情已經融為一體。其次，這首小令語言清麗，字句凝煉，對仗工整，音律和諧，並且在修辭遣字上又特別講究。如『青山』和『烏紗』相對，『白髮』與『黃花』相襯；『翠袖』、『金杯』、『玉手』三者並列，既真實妥貼，又增加了所寫景物的色彩差。又如斜陽用『一抹』來修飾；寒鴉用『數點』來形容，這不僅增加了景物的冷落感，同時也正好和作者當時的惆悵心情相協調，達到了物我融和的境界。」（《元曲鑑賞辭典》，中國婦女出版社）這首曲之所以受人喜愛，不是沒有原因的。

散曲選（套曲）

：題西湖全曲十二支錄六

馬致遠

課文

〔雙調〕新水令

四時湖水鏡無瑕，布江山自然如畫。雄宴賞，聚奢華。人不奢華，山景本無價。

慶東原

暖日宜乘轎，春風堪信馬，恰寒食有二百處秋千架。向人嬌杏花，撲人衣柳花，迎人笑桃花。來往畫船遊，招颭青旗掛。

棗鄉詞

納涼時，波漲沙，滿湖香芰荷蒹葭。瑩玉杯，青玉斝，恁般樓臺正宜夏，都輸他沉李浮瓜。

掛玉鉤

曲岸經霜落葉滑，誰道是秋瀟灑。最好西湖賣酒家，黃菊綻東籬下。自立冬，將殘臘，雪片似江梅。血點般山茶。

阿納忽

山上栽桑麻，湖上尋生涯，枕頭上鼓吹鳴蛙，江上聽琵琶？

尾

漁村偏喜多鵝鴨，柴門一任絕車馬，竹引山泉，鼎試雷芽。但得孤山尋梅處。苫間草廈，有林和靖是鄰家，喝口水，西湖上快活煞。

結構分析表

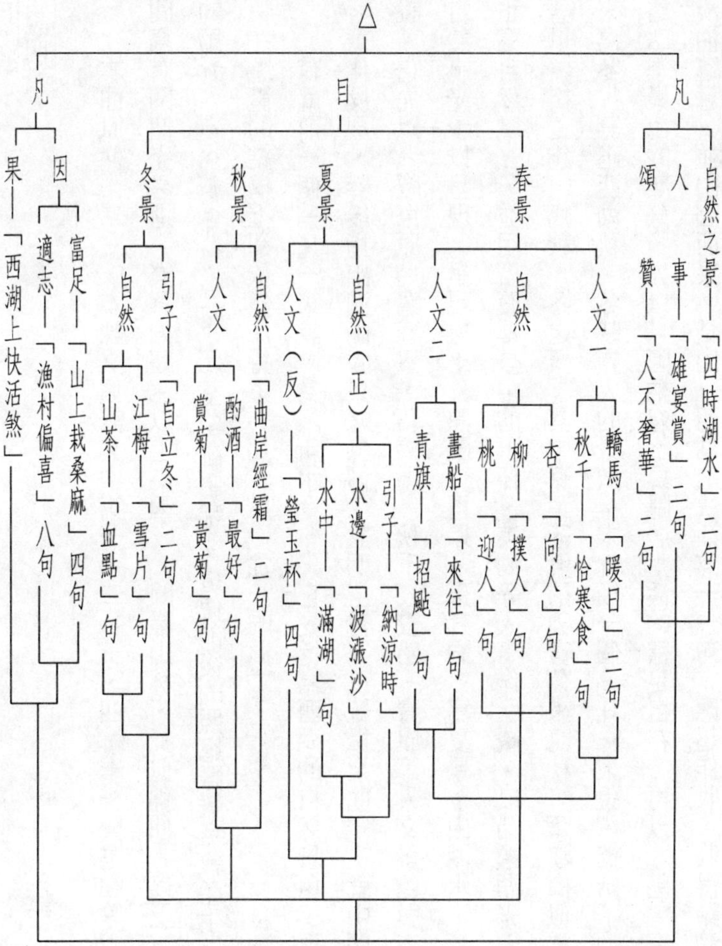
△
凡
自然之景—「四時湖水」二句
人　事—「雄宴賞」二句
頌　贊—「人不奢華」二句
目
春景
人文一
轎馬—「暖日」二句
秋千—「恰寒食」句
自然
杏—「向人」句
柳—「撲人」句
桃—「迎人」句
人文二
畫船—「來往」句
青旗—「招颭」句
夏景
自然（正）
引子—「納涼時」
水邊—「波漲沙」
水中—「滿湖」句
人文（反）—「瑩玉杯」四句
秋景
自然—「曲岸經霜」二句
人文
酌酒—「最好」句
賞菊—「黃菊」句
冬景
引子—「自立冬」二句
自然
江梅—「雪片」句
山茶—「血點」句
凡
因
富足—「山上栽桑麻」四句
適志—「漁村偏喜」八句
果—「西湖上快活煞」

說明

本曲原共十二支，本課文只錄其中第一、二、三、四、十一與尾聲等六支，而將中間寫有關韶光易逝、繁華如夢（以上為因）、歸隱山林、賽似神仙（以上為果）等內容的第五、六、七、八、九、十等六支刪去了。這使前後的照應雖難免會產生一些小缺憾，但在整體的結構上卻依然保持了「凡、目、凡」的形式。

首就前一個「凡」來說，為〈新水令〉，它先泛寫西湖的自然景色，再以人事上的奢華作反襯，然後指出湖山勝景之無價，點明主旨，以統攝全曲。次就中間的「目」來說，它先以〈慶東原〉寫春景，藉轎馬、秋千、畫船、青旗等人文景色與杏、柳、桃等自然風光予以呈現，呈現得十分熱鬧；再以〈棗鄉詞〉寫夏景，由湖水、芰荷、蒹葭來正寫自然風光，並用廣廈樓臺中的玉杯、美酒等人事作反襯，以凸顯湖光山色之美；接著以〈掛玉鉤〉寫秋、冬之景，其中藉葉落與酌酒賞菊來寫秋，藉江梅似雪、山茶似血來寫冬，寫出西湖秋、冬時宜人的景緻。末就後一個「凡」來說，總結了上文各「目」寫四季景色的部分，先以〈阿納忽〉寫隱居生活的富足自在，再以〈尾〉寫隱居生活的淡泊適意，並由因而果，結出「西湖上快活煞」一句，應起作收，收得點滴不漏。

王更生教授說：「全曲有曲子十一支，末加尾聲。《梨園樂府》、《盛世新聲》、

《詞林摘艷》、《雍熙樂府》、《北詞廣正譜》等均引本曲。曲中主旨在寫西湖景色。如〈新水令〉即揭示題意，為全曲總冒。所謂『四時湖水鏡無瑕，布江山自然如畫』者是也。以下〈慶東原〉寫春景，〈棗鄉詞〉寫夏景，〈掛玉鉤〉寫秋冬之景。〈石竹子〉以下，〈山谷榴〉、〈醉娘子〉、〈一錠銀〉、〈駙馬還朝〉、〈胡十八〉、〈阿納忽〉皆觸景生情；或言韶華易逝，或言繁華如夢，或言歸隱林泉。曲末尾聲，以絕意仕進，引泉烹茶，更用孤山尋梅，以及林和靖梅妻鶴子故事，以反襯『題西湖』主旨。」（《高級中學國文教師手冊》第五冊，民國八十三年三版）這樣照應全曲來看所選六支曲，是比較容易了解的。

過秦論

賈誼

課文

秦孝公據殽函之固，擁雍州之地，君臣固守，以窺周室；有席卷天下，包舉宇內，囊括四海之意，并吞八荒之心。當是時也，商君佐之，內立法度，務耕織，修守戰之具，外連衡而鬥諸侯。於是秦人拱手而取西河之外。

孝公既沒，惠文、武、昭襄，蒙故業，因遺策，南取漢中，西舉巴蜀，東割膏腴之地，北收要害之郡。諸侯恐懼，會盟而謀弱秦，不愛珍器重寶肥饒之地，以致天下之士，合從締交，相與爲一。當此之時，齊有孟嘗，趙有平原，楚有春申，魏有信陵；此四君者，皆明智而忠信，寬厚而愛人，尊賢重士，約從離橫，兼韓、魏、燕、趙、齊、楚、宋、衛、中山之眾。於是六國之士，有寧越、徐尚、蘇秦、杜赫之屬爲之謀；齊明、周最、陳軫、召滑、樓緩、翟景、蘇厲、樂毅之徒通其意；吳起、孫臏、帶佗、兒良、王廖、田忌、廉頗、趙奢之倫制其兵。嘗以十倍之地，百萬之眾，叩關而攻秦。秦人開關延敵，九國之師，逡巡遁逃而不敢進。秦無亡矢遺鏃之費，而天下諸侯已困矣。於是從散約解，爭割地而賂秦。秦有餘力而制其敝，追亡逐北，伏尸百萬，流血漂櫓；因利乘便，宰割天下，分裂河山，強國請服，弱國入朝。施及孝文王、莊襄王，享國日淺，國家無事。

及至始皇，奮六世之餘烈，振長策而馭宇內，吞二周而亡諸侯，履至尊而制六合，執捶拊以鞭笞天下，威振四海。南取百越之地，以爲桂林、象郡；百越之君，俛首係頸，委命下吏；乃使蒙恬北築長城而守藩籬，卻匈奴七百餘里；胡人不敢南下而牧馬，士不敢彎弓而報怨。於是廢先王之道，燔百家之言，以愚黔首；隳名城，殺豪俊，收天下之兵，聚之咸陽，銷鋒鍉，鑄以爲金人十二，以弱天下之民。然後踐華爲城，因河爲池，據億丈之城，臨不測之谿以爲固。良將勁弩，守要害之處；信臣精卒，陳利兵而誰何？天下已定，始皇之心，自以爲關中之固，金城千里，子孫帝王萬世之業也。

始皇既沒，餘威震於殊俗。然而陳涉，甕牖繩樞之子，甿隸之人，而遷徙之徒也，才能不及中人，非有仲尼、墨翟之賢，陶朱、猗頓之富，躡足行伍之間，倔起阡陌之中，率罷散之卒，將數百之眾，轉而攻秦；斬木爲兵，揭竿爲旗，天下雲集而響應，贏糧而景從。山東豪俊，遂並起而亡秦族矣。

且夫天下非小弱也，雍州之地，殽函之固，自若也；陳涉之位，非尊於齊、楚、燕、趙、韓、魏、宋、衛、中山之君也；鋤耰棘矜，非銛於鉤戟長鎩也；謫戍之眾，非抗於九國之師也；深謀遠慮，行軍用兵之道，非及曩時之士也；然而成敗異變，功業相反也。試使山東之國，與陳涉度長絜大，比權量力，則不可同年而語矣；然秦以區區之地，致萬乘之權，招八州而朝同列，百有餘年矣；然後以六合爲家，殽函爲宮，一夫作難而七廟隳，身死人手，爲天下笑者，何也？仁義不施，而攻守之勢異也。

結構分析表

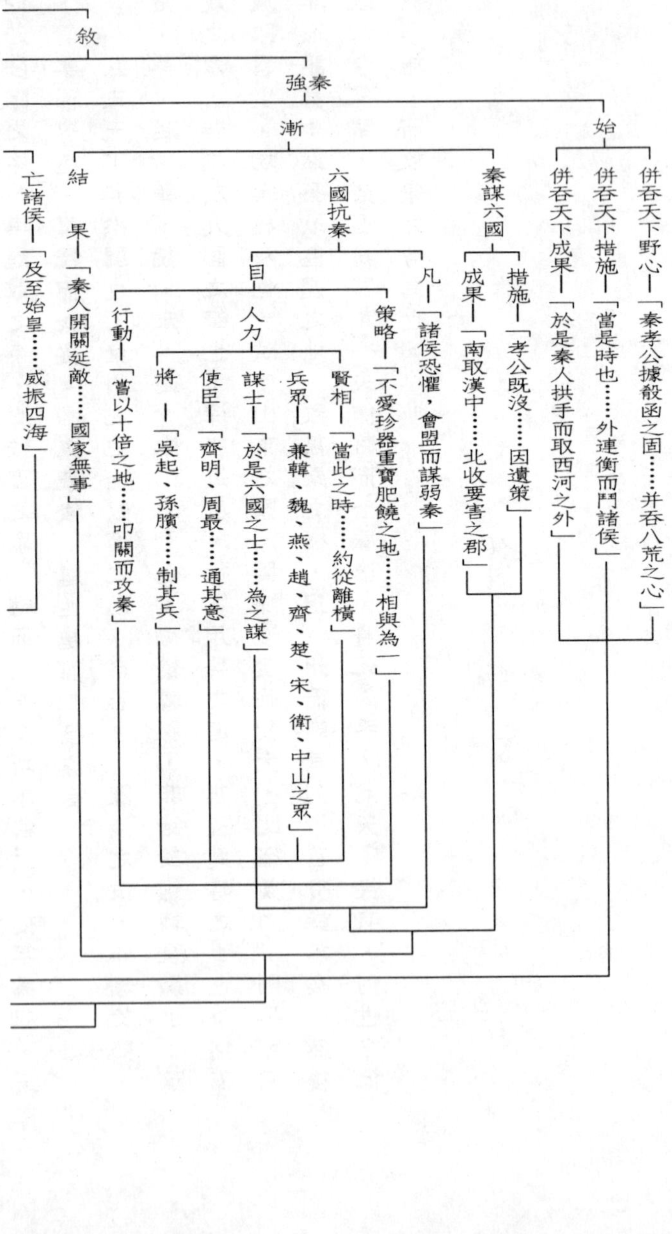
敘
強秦
始
併吞天下野心—「秦孝公據殽函之固……并吞八荒之心」
併吞天下措施—「當是時也……外連衡而鬥諸侯」
併吞天下成果—「於是秦人拱手而取西河之外」
漸
秦謀六國
措施—「孝公既沒……因遺策」
成果—「南取漢中……北收要害之郡」
六國抗秦
凡—「諸侯恐懼，會盟而謀弱秦」
目
策略—「不愛珍器重寶肥饒之地……相與為一」
人力
賢相—「當此之時……約從離橫」
兵眾—「兼韓、魏、燕、趙、齊、楚、宋、衛、中山之眾」
謀士—「於是六國之士……為之謀」
使臣—「齊明、周最……通其意」
將—「吳起、孫臏……制其兵」
行動—「嘗以十倍之地……叩關而攻秦」
結果—「秦人開關延敵……國家無事」
亡諸侯—「及至始皇……威振四海」

- 最
  - 弱天下——「南取百越之地……以弱天下之民」
  - 守要害——「然後踐華為城……子孫帝王萬世之業也」
- 秦亡
  - 陳涉首義——「始皇既沒……贏糧而景從」
  - 豪傑並起——「山東豪俊，遂並起」
  - 秦亡——「而亡秦族矣」

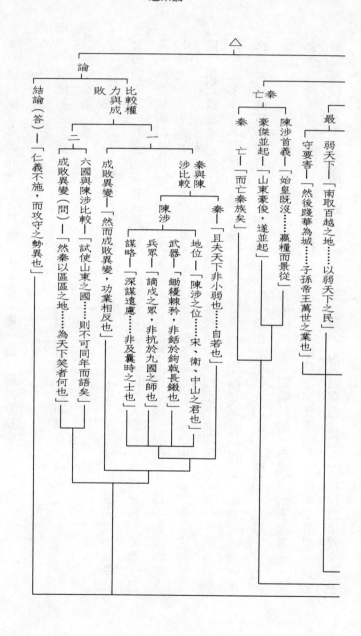

△

- 論
  - 比較權力與成敗
    - 一
      - 秦與陳涉比較
        - 秦——「且夫天下非小弱也……自若也」
        - 陳涉
          - 地位——「陳涉之位……宋、衛、中山之君也」
          - 武器——「鉏櫌棘矜，非銛於鉤戟長鎩也」
          - 兵眾——「謫戍之眾，非抗於九國之師也」
          - 謀略——「深謀遠慮……非及曩時之士也」
      - 成敗異變——「然而成敗異變，功業相反也」
    - 二
      - 六國與陳涉比較——「試使山東之國……則不可同年而語矣」
      - 成敗異變（問）——「然秦以區區之地……為天下笑者何也」
  - 結論（答）——「仁義不施，而攻守之勢異也」

說明

這篇文章，如同分析表所列，由「敘」與「論」兩部分組成：

一、敘：

這個部分包括一、二、三、四等段，用以敘秦強之難與秦亡之速：

㈠秦強之難：

包括一、二、三等段。其中第一段，用以寫秦強之初，在這裡，作者先以「秦孝公據殽函之固」起至「并吞八荒之心」，敘秦并吞天下的巨大野心；再以「當是時也」起至「外連橫而鬥諸侯」，敘秦并吞天下的積極措施；然後以「於是秦人拱手而取西河之外」一句，敘秦并吞天下的具體成果；這是用簡筆從正面來寫秦國之強大的。它的第二段，用以敘秦強之漸，作者在此，先以「孝公既沒」起至「北收要害之郡」，承首段簡敘在惠文、武、昭襄時秦謀六國的措施與成果；再以「諸侯恐懼」起至「叩關而攻秦」，繁敘六國抗秦的策略、人力與行動，其中又特別著重於人力上，分賢相、兵眾、謀士、使臣、將帥等方面，加以詳細的介紹；然後以「秦人開關延敵」起至「國家無事」，綜合上兩節，敘明秦謀六國與六國抗秦的結果，並簡略地交代孝文王、莊襄王時事；這是用繁筆從側面來寫秦國之強大的。它的第三段，用以寫秦強之最，在這段文字裡，作者先以「及至始皇」起至「委命下吏」，寫秦亡諸侯；再以「乃使蒙恬北築長城而守藩籬」起至「以弱天下之民」，寫秦弱天下；然後以「然後踐華為城」起至「子孫帝王萬世之業也」，寫秦守要害；這是用繁筆從正面寫秦國之強大的。

㈡秦亡之速：僅一段，即第四段。作者在此，先以「始皇既沒」起至「嬴糧而景從」，寫陳涉首義；後以「山東豪俊，遂並起而亡秦族矣」二句，寫豪傑亡秦；這是用簡筆從正面來寫秦國之敗亡的。

二、論：

這個部分僅一段，即末段。在這裡，作者以「且夫天下非小弱也」起至「為天下笑者何也」，利用以上各段所提供的材料（其中於一、二、三、四等段直接提供秦的材料外，又分別於二、四等段從旁提供六國與陳涉的材料），將秦、六國與陳涉「比權量力」一番，認為六國該勝秦、秦該勝陳涉，而結果卻正相反，即秦勝六國、陳涉勝秦；於是由此作一提問，逼出一篇的主旨「仁義不施而攻守之勢異也」十一字，以收束全篇。

總結起來看，此文旨在論秦之過在於「仁義不施而攻守之勢異」，為了要論說這個主旨，作者特先以第一、二段及三段前半寫「攻」，第三段後半及四段寫「守」，以見「攻守之勢異」，而又於第三段中述明「仁義不施」的事實，於第四段交代「仁義不施」的結果；再以第五段利用前四段所陳列材料，將六國、秦與陳勝的權力加以比較，以見出「成敗異變、功業相反」的情形，進而逼出一篇的主旨來。透過這種結構分析，各節、段的地位、功能與價值，便能辨得明明白白了。

韓詩外傳選 一

韓嬰

課文

荊伐陳。陳西門壞，因其降民使脩之。孔子過而不式。子貢執轡而問曰：「禮：『過三人則下，二人則式。』今陳之脩門者衆矣，夫子不爲式，何也？」孔子曰：「國亡而弗知，不智也；知而不爭，非忠也；亡而不死，非勇也。脩門者雖衆，不能行一於此，吾故弗式也。」詩曰：「憂心悄悄，慍于群小。」小人成群，何足禮哉！

結構分析表

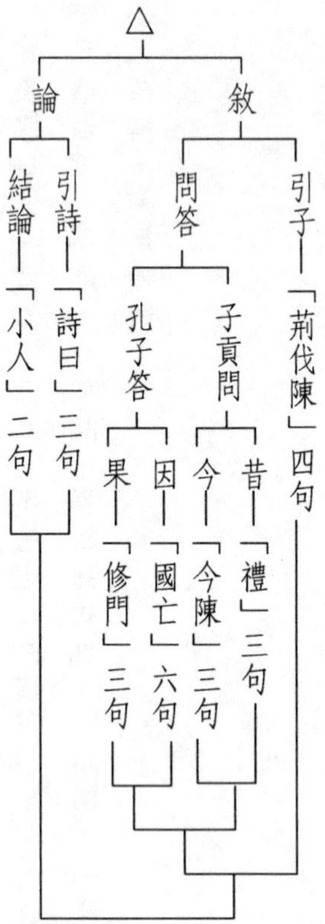

說明

本則首先敘明孔子過陳而不式的事實，以作為下文一問一答的引子；接著由子貢之問領出孔子之答，將過陳而不式的理由交代清楚，然後針對這件事引《詩》為證，以收束全文。就在說明過陳而不式的理由時，孔子特將智、忠、勇三者並舉，看來它們像是平列的關係，但就「國亡而弗知」、「知而不爭」、「亡（《說苑・立節》作忠）而不死」的三句語意來看，可知三者乃屬層進的關係。而這所謂的「忠」，又可說是「仁」的主要內容之一，所以智、忠、勇，如換個慣詞說，就是智、仁、勇。《論語・子罕》記孔子的話說：「知（智）者不惑，仁者不憂，勇者不懼」，朱熹注此三者說：「此學之序也」，正指明了三者層進的關係。既然陳國的降民連「智」都做不到，那「仁」（忠）和「勇」就更不用談了。這樣，孔子見了自然要「憂心悄悄，慍于群小」，就是最起碼的「式」禮也不肯行了。

韓詩外傳選二

韓嬰

課文

孔子行，聞哭聲甚悲。孔子曰：「驅！驅！前有賢者。」至則皋魚也，被褐擁鎌，哭於道傍。孔子辟車與之言曰：「子非有喪，何哭之悲也？」皋魚曰：「吾失之三矣：少而學，遊諸侯，以後吾親，失之一也；高尚吾志，間吾事君，失之二也；與友厚而小絕之，失之三矣！樹欲靜而風不止，子欲養而親不待也。往而不可得見者親也！吾請從此辭矣！」立槁而死。

孔子曰：「弟子誡之，足以識矣！」於是門人辭歸而養親者十有三人。

結構分析表

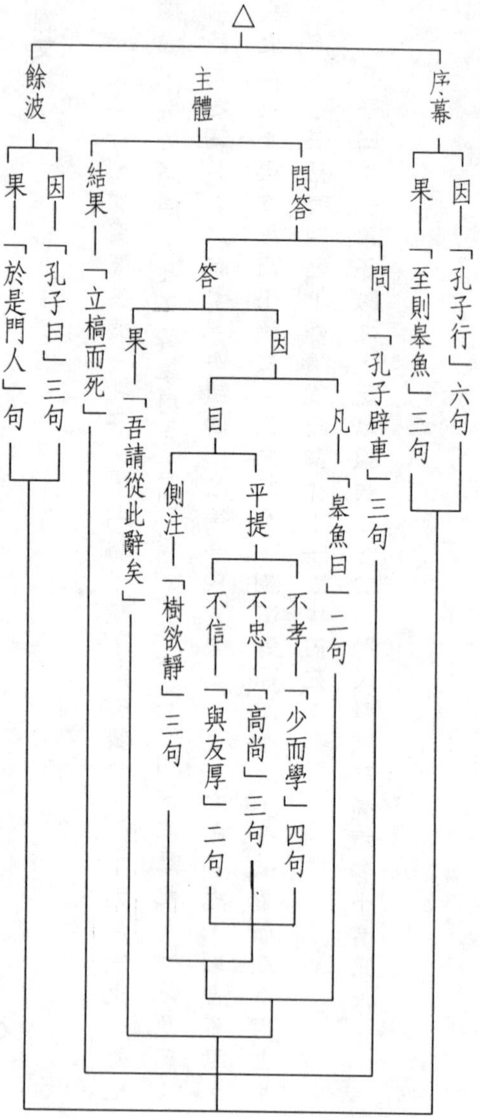

說明

本則首敘有人「哭聲甚悲」，以引起孔子驅車一探究竟的動機；次敘孔子探看的結果是看到了臯魚「哭於道旁」；這是本文的序幕。其次敘孔子之問與臯魚之答，在這裡，作者藉臯魚之口，先以平提的方式，說明自己「哭聲甚悲」的原因在於有三失：開頭是

「後吾親」，即不孝，為失之一；再來是「間吾事君」，即不忠，為失之二；最後是「與友厚而小絕之」，即不信，為失之三。再以側注的方式，單對不孝這一失，發出沈痛的哀號。然後由作者直接交代皋魚哀號的結果是「立槁而死」。以上是本文的主體所在。最後緊承皋魚之死，敘孔門弟子因而「辭歸而養親者十有三人」，以見這件事在孔門影響之大，這是本文的餘波。作者就這樣由序幕而主體而餘波，一環扣一環地將皋魚自憾不孝終致「立槁而死」的故事敘述得有條不紊，使它產生了最大的感染力。尤其是「樹欲靜而風不止，子欲養而親不待」這兩句話，至今更是人人能誦，已成了勸人及時孝親的千古名言，真不知使多少作人子女的噙淚低吟不止！

韓詩外傳選 三

韓嬰

課文

戴晉生弊衣冠而往見梁王。梁王曰：「前日寡人以上大夫之祿要先生，先生不留；今過寡人邪？」

戴晉生欣然而笑，仰而永嘆曰：「嗟乎！由此觀之，君曾不足與遊也！君不見大澤中雉乎？五步一噣，終日乃飽；羽毛悅澤，光照於日月；奮翼爭鳴，聲響於陵澤者，何？彼樂其志也。援置之囷倉中，常噣粱粟，不旦時而飽；然猶羽毛憔悴，志氣益下，低頭不鳴。夫食豈不善哉？彼不得其志也。今臣不遠千里而從君遊者，豈食不足？竊慕君之道耳。臣始以君爲好士，天下無雙，乃今見君不好士明矣！」辭而去，終不復仕。

結構分析表

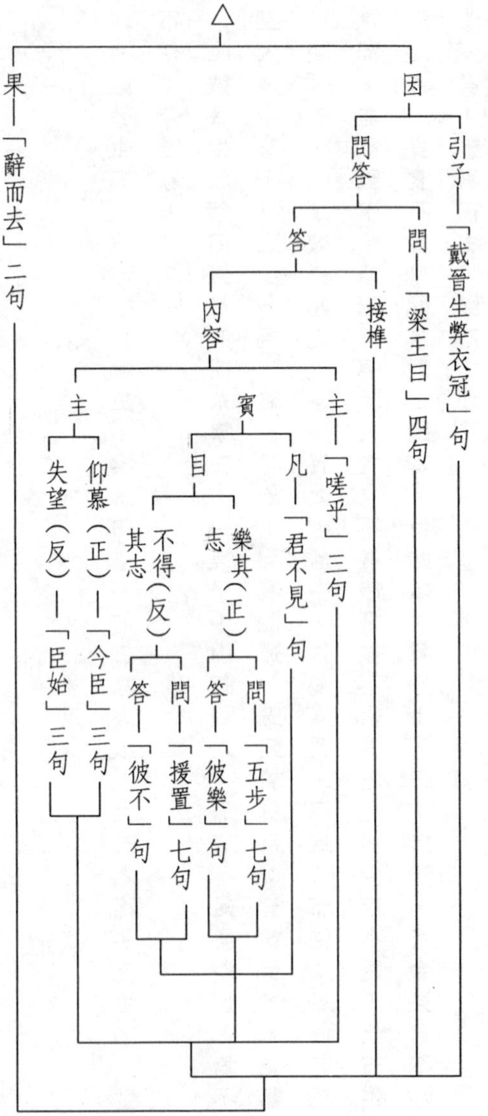

說明

本則的主體部分，在戴晉生「欣然而笑，仰而永嘆」後所說的一段話。為了帶出這段話，作者特在篇首敘戴晉生往見梁王，以引出梁王之問；而梁王所謂「以上大夫之祿要先生，先生不留」的兩句話，正是逼戴晉生非答不可的關鍵所在。至於說了這段話後，結果究竟如何呢？作者又在篇末用「辭而去，終不復仕」兩句作交代。這樣將戴晉生說這段話的前因後果一一敘明，使文章雖著墨不多，卻氣完而神足，這是不得不令人激賞的。而在本文的主體的部分裡，作者乃採「主、賓、主」的形式來寫，其中「由此觀之」二句，是「主」的部分，直接承梁王之問，指明梁王「不足與遊」；由「君不見大澤中雉乎」句起至「彼不得其志也」句止，是「賓」的部分，在此針對梁王所謂的「祿」字，以大澤中之雉為喻，說明「食善」（祿）而「不得其志」的道理；而由「今臣不遠千里而從君遊者」句起至「乃今見君不好士明矣」句止，又是「主」的部分，進一步指出梁王「不好士」，所以「不足與遊」，以回應前面「主」的部分作收。經由這樣的敘寫，將「士」出仕，貴行其志，而不貪重祿的一篇主旨，表達得一清二楚，說服力極強。

韓詩外傳選四

韓嬰

課文

齊景公遊於牛山之上，而北望齊曰：「美哉國乎！鬱鬱泰山，使古而無死者，則寡人將去此而何之？」俯而泣沾襟。國子、高子曰：「然。臣賴君之賜，疏食惡肉，可得而食也，駑馬柴車，可得而乘也。且猶不欲死，況君乎？」俯泣。

晏子曰：「樂哉！今日嬰之遊也，見怯君一，而諛臣二。使古而無死者，則太公至今猶存，吾君方將被蓑笠而立乎畎畝之中。惟事之恤。何暇念死乎？」

景公慚，而舉觴自罰，因罰二臣。

結構分析表

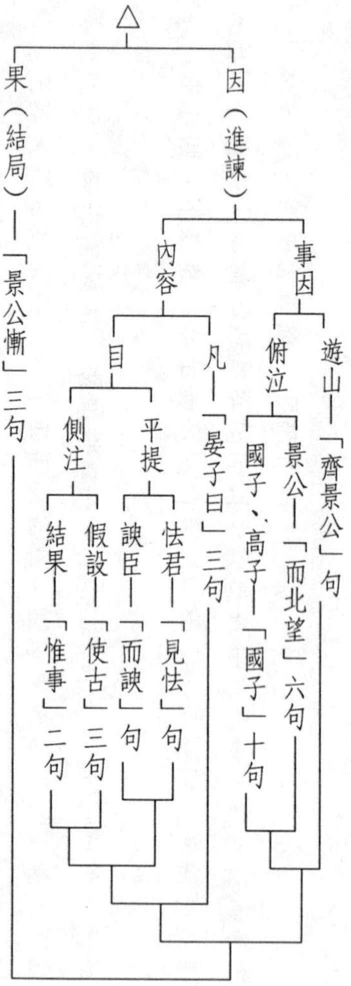

說明

本則主要在記述晏子譏齊景公貪生畏死的故事。它一開始就提明這個故事的主角與故事發生的地點，從而領出「美哉國乎」五句，以寫齊景公面對大好河山的哀傷，他哀傷的不是國事，而是「使古而無死者，則寡人將去此而何之？」這明顯是畏死的表現。《晏子春秋・內篇・諫》上記此事云：「景公遊於牛山，北臨其國城而流涕曰：『若何滂滂去此而死乎！』」而《列子・力命》也說：「景公遊於牛山，北臨其國城而流涕曰：

『美哉國乎！鬱鬱芊芊，若何滴滴去此國而死乎！』」這兩則記載，在語意上表達得更直接明白。當時群臣陪侍在旁，見景公如此，本當勸諫才對，而國子和高子卻逢迎君意，不僅說「臣賴君之賜」等七句話，更隨著景公「俯而泣沾襟」而「俯泣」，這明顯是諂諛的表現。既然君怯臣諛如此，那麼晏子見了，就不得不進諫了。進諫時，晏子首先以「樂哉！今日嬰之遊也」，用委婉的口氣，從反面打開話頭；再叩緊所見君臣之表現，從正面說「見怯君一，而諛臣二」；然後撇開陪襯的國子與高子不談，獨對主角景公「使古而無死者」之嘆，用「使古而無死者」八句，間接地指出「太公至今猶存」的後果是「君又安得此位而立者」《列子・力命》、「君亦安得此國而哀之」（《晏子春秋・外篇》），以感悟景公。晏子這番話果然見效，收到了使「景公慚，而舉觴自罰，因罰二臣」的圓滿結句。晏子這種當機婉言進諫的例子很多，此即其一。

琵琶記糟糠自厭

高明

課文

（商調過曲）【山坡羊】（旦上）亂荒荒不豐稔的年歲，遠迢迢不回來的夫婿，急煎煎不耐煩的二親，輭怯怯不濟事的孤身體，芳衣盡典，寸絲不挂體，幾番拚死了奴身己，爭奈沒主公婆教誰看取。（合）思之，虛飄飄命怎期？難捱，實丕丕災共危！

（前腔）滴溜溜難窮盡的珠淚，亂紛紛難寬解的愁緒。骨崖崖難扶持的病身，戰兢兢難捱過的時和歲。這糠我待不吃你啊！教奴怎忍飢？我待吃你啊！教奴怎生吃？思量起來，不如奴先死，圖得不知他親死時。（合前）

（白）奴家早上安排些飯與公婆吃。豈不欲買些鮭菜，爭奈無錢可買。不想婆婆抵死埋怨，只道奴家背地自吃了什麼東西，不知奴家吃的是米膜糠粃！又不敢教他知道，只得迴避。便使他埋怨殺我；我也不敢

分說。苦！這糠粃怎的吃得下？（吃吐介）

（雙調過曲）【孝順歌】（旦）嘔得我肝腸痛，珠淚垂，喉嚨尚兀自牢嗄住。糠那！你遭礱被舂杵，篩你簸颺你，吃盡控持；好似奴家身狼狽，千辛萬苦皆經歷。苦人吃著苦味，兩苦相逢，可知道欲吞不去。（外、淨潛上探覷介）

（前腔）（旦）糠和米本是相依倚，被簸颺作兩處飛；一賤與一貴。好似奴家與夫婿，終無見期！丈夫，你便是米啊！米在他方沒處尋，奴家，恰便似糠啊！怎的把糠來救得人飢餒；好似兒夫出去。怎得教奴供膳得公婆甘旨。（外、淨潛下介）

（前腔）（旦）思量我生無益，死又值甚的？不如忍飢死了爲怨鬼。只一件，公婆老年紀，靠奴家相依倚；只得苟活片時。片時苟活雖容易；到底日久也難相聚。謾把糠來相比：這糠啊！尚兀自有人吃！奴家的骨頭，知他埋在何處？（外、淨上）

（淨白）媳婦，你在這裡吃什麼？

（旦白）奴家不曾吃什麼！（淨搜奪介）

（旦白）婆婆，你吃不得！

（外白）咳！這是什麼東西？

（前腔）（旦）這是穀中膜，米上皮。（外白）呀！這便是糠，要他何用？（旦）將來餽饑堪療飢。（淨白）咦！這糠只好將去餵豬狗，如何把來自吃？（旦）嘗聞古賢書，狗彘食人食，也強如草根樹皮。〔外、淨白〕恁的苦澀東西，怕不噎壞了你？〔旦〕嚼雪吞氈，蘇卿猶健；餐松食柏，到做得神仙侶。這糠啊！縱然吃些何慮？〔淨白〕阿公，你休聽他說謊！糠粃如何吃得？〔旦〕爹媽休疑，奴須是你孩兒的糟糠妻室。

〔外、淨看哭介白〕媳婦！我原來錯埋怨了你；兀的不痛殺我也！〔外、淨悶倒，旦叫哭介〕

〔仙呂入雙調〕【雁過沙】〔旦〕苦沉沉向冥途，空教我耳邊呼。公公！婆婆！我不能彀盡心相奉事，反教你為我歸黃土！人道你死緣何故？公公！婆婆！怎生割捨得拋棄了奴？

〔外醒介〕〔旦白〕謝天謝地，公公醒了！公公，你闌閨！

〔前腔〕〔外〕媳婦！你擔飢事姑舅！媳婦！你擔飢怎生度？〔旦白〕公公，且自寬心，不要煩惱！〔外〕媳婦！我錯埋怨了你。你也不推辭，到如今始信有糟糠婦。媳婦！料應我不久歸陰府，也省得為我死的，累你生的受苦！

〔旦扶外起介〕公公，且在床上安息。待我看婆婆如何？〔旦叫不醒介〕呀！婆婆不濟事了！如何是好？

〔前腔〕〔旦〕婆婆氣全無，教奴怎支吾？咳，丈夫啊！我千辛萬苦，為你相看顧；如今到此難回護！我只愁母死難留父；況衣衫盡解，囊篋又無！

〔外白〕媳婦，婆婆還好麼？〔旦白〕婆婆不好了！

〔前腔〕〔外〕天那！我當初不尋思，教孩兒往帝都；把媳婦閃得苦又孤，把婆婆送入黃泉路：算來是我相耽誤！不如我死，免把你再辜負！

〔旦白〕公公休說這話！請自將息！〔外白〕媳婦，婆婆死了，衣衾棺槨，是件皆無，如何是好？〔旦白〕公公寬心，待奴家區處！

〔末上白〕福無雙降猶難信，禍不單行卻是真。老夫爲何道此兩句？爲鄰家蔡伯喈妻房趙氏五娘。他嫁得伯喈方才兩個月，伯喈便出去赴選。自去之後，連遭饑荒，公婆年紀皆在八十之上，家裡更沒個相扶持的。甘旨之奉，虧殺這五娘子。把些衣服首飾之類，盡皆典賣，辦些糧米，供給公婆，卻背地裡把糠粃餬鑼充飢。這般荒年饑歲，少什麼有三五個孩兒的人家供膳不得爹娘；這個小娘子，真個今人中少有，古人中難得！那婆婆不知道，顛倒把他埋怨！適來聽得他公婆知道，卻又痛心，都害了病。如今，不免到他家裡探望則個！呀，五娘子，你爲甚的慌慌張張？

〔旦白〕太公，「天有不測風雲，人有旦夕禍福」。奴家婆婆死了！〔末白〕唉，你婆婆既死了；你公公如今在那裡？〔旦白〕在床上睡著。〔末白〕待我去看一看。〔外白〕太公休怪，我起來不得了！〔末白〕老員外，快不要勞動。〔旦白〕太公，我婆婆衣衾棺槨，是件皆無，如何是好？〔末白〕五娘子，你不要愁煩，我自有區處。

〔仙呂入雙調〕【玉包肚】〔旦〕千般生受！教奴家如何措手？終不然把他骸骨，沒棺材送在荒坵〔合〕！相看到此，不由人不淚珠流！正是不是冤家不聚頭。

〔前腔〕〔末〕五娘子，不必多憂，資送婆婆在我身上有。你但小心承直公公，莫教他又成不救。〔合前〕

〔前腔〕〔外〕張公護救，我媳婦實難啓口，孩兒去後又遇饑荒，把衣衫典賣無留。〔合前〕〔末白〕老員外，你請進裡面去歇息。待我一霎時叫家僮討棺木來，把老安人殯殮了，選個吉日，送在南山安葬去。〔外白〕如此多謝太公周濟！

〔旦〕只爲無錢送老娘　〔末〕須知此事有商量
〔合〕歸家不敢高聲哭　惟恐猿聞也斷腸（下）

結構分析表

△
- 因（序幕）
  - 困窘環境—「亂荒荒……災共危」
  - 孤苦心緒—「滴溜溜……親死時」
- 果
  - 因（主體）
    - 實（吃糠）—「奴家早上……牢嗄住」
    - 虛（設喻）
      - 一層—「糠那……吞不去」
      - 二層—「糠和米……甘旨」
    - 實（感慨）
      - 苟活
        - 反—「思量我……片時」
        - 正—「片時……有人吃」
      - 感傷—「奴家的……在何處」
  - 果（餘波）
    - 公婆見疑
      - 起疑—「媳婦……什麼東西」
      - 解釋—「這是……糟糠妻室」
      - 釋疑—「媳婦……痛殺我也」
    - 婆婆去世
      - 凡—「苦沉沉……拋棄了奴」
      - 目
        - 公公回醒—「謝天……受苦」
        - 婆婆斷氣—「公公……怎支吾」
    - 埋葬婆婆
      - 目
        - 無資—「咳……奴家區處」
        - 護救—「福無雙降……周濟」
      - 凡—「只為無錢……也斷腸」

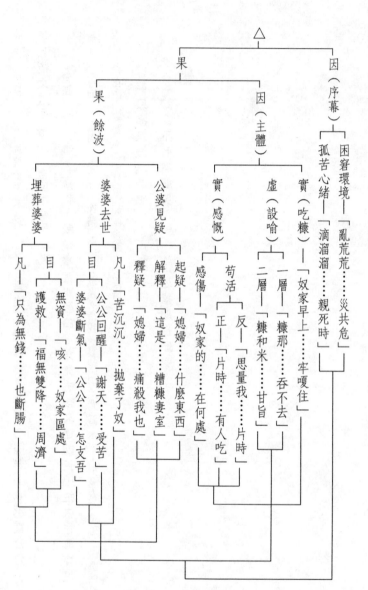

說明

通常，詩歌作品要抒情說理，多半是透過景物來達成的。王國維在《人間詞話》裡說：「一切景語皆情語」，就是這個意思。而此齣〈糟糠自厭〉的戲卻藉敘事來竟功。如果要透徹明白情、理與景、事之間的關係，可用左列文字加以表示：

一切 景 語皆 情 語
　　 事 　　 理

有了這層認識，就不難發現高明有意藉這齣戲中五娘吃糠的故事來發揚傳統的孝道，這和他寫《琵琶記》「只看子孝與妻賢」（見副末開場）的目的，是一致的。

大體說來，這齣〈糟糠自厭〉，就結構而言，可分為序幕、主體和餘波三大部分。先看「序幕」，作者在此，用二支〈山坡羊〉寫五娘盡孝的困窘環境與孤苦心緒，並以一段道白扣到「吃糠」上，交代她背地裡吃糠的原因，預為寫吃糠的主體部分鋪路。

接著看「主體」，首先在第一支〈孝順歌〉裡，用「嘔得我肝腸痛」三句，正面實寫吃糠的艱難；用「糠那」六句，取糠自喻；用「苦人吃著苦味」三句，道出糠之所以難下咽的原因；就這樣把五娘悲慘的遭遇表述出來。其次在第二支〈孝順歌〉裡，取糠和米為喻，表現五娘夫貴妻賤、兩處分離之苦，即事以設喻，巧妙而自然地加重了五娘遭遇的悲慘程度。再其次在第三支〈孝順歌〉裡，用迴環反覆、起伏跌宕的筆法，寫五娘為公婆「苟活片時」的痛苦與身世不如米糠的感歎，使五娘自我犧牲的偉大形象生動地展現在讀者面前。

最後看「餘波」，首先依序用一段道白寫公婆起疑、第四支〈孝順歌〉寫五娘解釋、又一段道白寫公婆釋疑的經過，為下文公婆「悶倒」以致婆婆去世的敘寫作接榫；這是「餘波」的第一部分。其次用動作（科）「外、淨悶倒，旦叫哭介」交代二老的昏迷與五娘的哭叫，以引出下面的曲子。這些曲子依序由第一支〈雁過沙〉寫二老昏迷後五娘的哀痛與內疚，由第二、三、四支〈雁過沙〉寫二老昏迷的結果是公公回醒而婆婆斷氣，並由此引發公公的自責；這是「餘波」的第二部分。又其次透過幾番道白，由五娘和她公公提出「衣衾棺槨」的問題，並藉張廣才之口，一方面贊揚五娘的賢慧，一方面又表示對「衣衾棺槨」自有區處的心意，以此作為過渡，帶出三支〈玉抱肚〉的曲子。其中第一支由五娘唱出無棺下葬的痛苦，第二支由張廣才唱出自己願加資助的善意，第三支由五娘公公唱出張廣才護救之事與自家環境之困窘，並且以道白寫出張廣才之好義樂施和五娘公公對他的謝意，然後以落場詩作一總括；這是「餘波」的第三部分。

如此以五娘的公婆和張廣才作為配角來陪襯五娘這個主人翁，正如張廣才說她的「真個今人中少有，古人中難得」，形象特別顯著，而她所表現的孝道光輝也永垂不朽。張燕瑾說：「她不僅在戲曲史上，甚至在文學史上，都可算得上是一個光彩照人的形象。她之所以能夠經得起時間的考驗，並不是因為她的貌如何美，也不是因為她的才如何高，而是因為在她身上，集中了中國婦女的傳統美德。雖然，她沒有什麼大膽地反抗封建禮教、反抗黑暗社會的行動。相反，她是在默默地承擔著黑暗社會所加給她的巨大壓力，在盡著自己侍奉公婆、維護丈夫的職責。她是一個普普通通的人，是現實生活中一個活生生的平凡的人，她就生活在人們的左右，帶著滿身的人間煙火氣味，帶著風塵僕僕的泥土氣息，似乎人們常常看到她，非常熟悉她。然而卻又很難找到她。體現在她身上的美德有很多方面，但最主要、最根本、也是最感人肺腑的一點，是她的捨己為人。」（《元曲鑑賞辭典》，中國婦女出版社）趙五娘這樣捨己為人，以盡孝道，那真是古今少有，無怪受到世人不斷的歌誦、讚佩。

附　錄

如何進行文章結構分析

一、前言

所謂的「結構」，就文章而言，是指聯句成節、聯節成段、聯段成篇的一種組織型態。對這種組織型態作分析，不但可深入內容的底蘊、尋繹文意的脈絡、判定節段的價值，更可理清聯絡的關鍵、辨明布局的技巧①。因此它在國文教學上，佔有一席重要的地位，是不能稍予忽視的。就一般而言，要進行這種分析，有幾個重點必須加以掌握，茲分述如次：

二、了解結構成分

結構可分為兩種：一是屬內容的，常隨著文章內容的不同而有不同，可說千變萬化，是無法加以規範的；二是屬形式的，可以靠一些方法來組成。而這些方法，通常又稱之為「章法」②。因此「結構」與「章法」兩者，是屬於一實一虛的關係，如通指所有文章，虛就其方法來說，是「章法」，如單指一篇文章，實就其組織型態而言，則為「結構」。所以要分析結構，首先要懂得章法的內容，以掌握各種不同的結構成分。而章法的內容，可以用秩序、變化、銜接（聯貫）、統一等四大原則來概括③：

以秩序原則而言，屬於時間者，有兩種：一是由昔而今或由今至未來，為順敘；二是由今及昔，為逆敘。屬於空間者，可大別為三種：一是由近而遠或由遠而近，這是就「遠近」來分的；二是由大而小或由小而大，這是就「大小」來分的；三是由低而高或由高而低，這是就「高低」來分的。屬於事理者，主要有四種：一是由本而末或由末而本，這是就「本末」來分的；二是由淺而深或由深而淺，這是就「淺深」來分的；三是由貴而賤或由賤而貴，這是就「貴賤」來分的；四是由親而疏或由疏而親，這是就「親疏」來分的。茲舉一段文字為例：

昔繆公求士，西取由余於戎，東得百里奚於宛，迎蹇叔於宋，來丕豹、公孫支於晉。此五子者，不產於秦，繆公用之，并國二十，遂霸西戎。孝公用商鞅之法，移風易俗，民以殷盛，國以富彊，百姓樂用，諸侯親服，獲楚魏之師，舉地千里，至今治彊。惠王用張儀之計，拔三川之地，西并巴蜀，北收上郡，南取漢中，包九夷，制鄢郢，東據成皋之險，割膏腴之壤，遂散六國之從，使之西面事秦，功施到今。昭王得范雎，廢穰侯，逐華陽，彊公室，杜私門，蠶食諸侯，使秦成帝業。此四君者，皆以客之功。由此觀之，客何負於秦哉？向使四君卻客而不內，疏士而不用，是使國無富利之實，而秦無彊大之名也。

這是李斯〈諫逐客書〉的一段文字。作者在此列舉了四位秦國君主用客致強的事蹟，來說明用客之利，首先是繆公，其次是孝公，再其次是惠王，最後是昭王，完全按時間的先後來排列，敘次由昔而今，極為明晰。可見此以今昔為結構成分。

以變化原則而言，屬於時間者，只有一種，即由今而昔而今。屬於空間者，主要有三種：一是由遠而近而遠或由近而遠而近，這是就「遠近」來分的；二是由大而小而大或由小而大而小，這是就「大小」來分的；三是由低而高而低或由高而低而高，這是就「高低」來分的。屬於事理的，主要有四種：一是由本而末而本或由末而本而末，這是就「本末」來分的；二是由淺而深而淺或由深而淺而深，這是就「淺深」來分的；三是由貴而賤而貴或由賤而貴而賤，這是就「貴賤」來分的；四是由親而疏而親或由疏而親而疏，這是就「親疏」來分的。茲舉一則文字為例：

> 天命之謂性，率性之謂道，修道之謂教。道也者，不可須臾離也。可離，非道也。是故君子戒慎乎其所不睹，恐懼乎其所不聞。莫見乎隱，莫顯乎微，故君子慎其獨也。喜怒哀樂之未發，謂之中。發而皆中節，謂之和。中也者，天下之大本也。和也者，天下之達道也。致中和，天地位焉，萬物育焉。

這是《禮記・中庸》的首章（依朱子《章句》）文字，論的是《中庸》的綱領和修道要領、目標。首先是「天命之謂性」三句，指明《中庸》一書的綱領所在，這是依「由本而末」的順序來交代的。接著是「道也者」至「故君子慎其獨也」止，指出修道的要領，這是就「修道之謂教」來說的；然後是「喜怒哀樂之未發」八句，指出修道之內在目標，這是就「率性之謂道」來說的；末了是「致中和」三句，指出修道之終極目標，這是就「天命之謂性」來說的。由此看來，由「道也者」至「萬物育焉」止，乃按「由末而本」的順序來交代，而《中庸》這一章也就形成了「本、末、本」的結構。可見此以本末為結構成分。

以銜接原則而言，可用的方法很多，較常見的有賓主（先賓後主、先主後賓、賓主賓、主賓主）、虛實（先虛後實、先實後虛、虛實虛、實虛實）、正反（先正後反、先反後正、正反正、反正反）、抑揚（先抑後揚、先揚後抑、抑揚抑、揚抑揚）、立破（先立後破、先破後立、立破立、破立破）、平側（先平後側、先側後平、平側平、側平側）、凡目（先凡後目、先目後凡、凡目凡、目凡目）、縱收（先縱後收、先收後縱、縱收縱、收縱收）、因果（先因後果、先果後因、因果因、果因果）和問答等。茲舉兩段文字為例：

《五代史・馮道傳論》曰：「『禮、義、廉、恥，國之四維；四維不張，國乃滅亡。』善乎管生之能言也！禮、義，治人之大法；廉、恥，立人之大節。蓋不廉則無所不取，不恥則無所不為。人而如此，則禍敗亂亡，亦無所不至。況為大臣而無所不取，無所不為，則天下其有不亂，國家其有不亡者乎？」

然而四者之中，恥尤為要，故夫子之論士曰：「行己有恥。」孟子曰：「人不可以無恥。無恥之恥，無恥矣！」又曰：「恥之於人大矣！為機變之巧者，無所用恥焉！」所以然者，人之不廉而至於悖禮犯義，其原皆生於無恥也。故士大夫之無恥，是謂國恥。

這是顧炎武〈廉恥〉一文的兩段文字。作者在首段先平提「禮、義、廉、恥」，再側注到「廉、恥」之上；又在次段進一步側注於「恥」之上。可見此以平側為結構成分。

以統一原則而言，除了要注意主旨的安置有篇內（篇首、篇腹、篇末）與篇外的不同④外，主要的要就所形成綱領的軌數（有一個、二個、三個或三個以上）⑤，將全文加以貫穿，形成統一。茲舉一篇文章為例：

西湖最盛，為春為月。一日之盛，為朝煙，為夕嵐。

今歲春雪甚盛，梅花為寒所勒，與杏桃相次開發，尤為奇觀。石簣數為余言：「傅金吾園中梅，張功甫玉照堂故物也，急往觀之。」余時為桃花所戀，竟不忍去湖上。

由斷橋至蘇隄一帶，綠煙紅霧，彌漫二十餘里。歌吹為風，粉汗為雨，羅紈之盛，多於隄畔之草，艷冶極矣。

然杭人遊湖，止午、未、申三時。其實湖光染翠之工，山嵐設色之妙，皆在朝日始出，夕春未下，始極其濃媚。月景尤不可言，花態柳情，山容水意，別是一種趣味。此樂留與山僧遊客受用，安可為俗士道哉！

這是袁宏道的〈晚遊六橋待月記〉，旨在藉西湖六橋風光之盛來寫待月之樂。作者首先在起段即以開門見山的方式提明西湖六橋最盛的，是春景、是月景，而一日最盛的，是朝煙、夕嵐，這是「凡」的部分；接著以二、三兩段，透過梅、桃、杏之「相次開發」與「歌吹」、「羅紈」之盛來具寫春景，這是「目一」的部分；然後以末段「然杭人遊湖」等七句，取湖光、山色作陪襯，來具寫朝煙和夕嵐，這是「目二」的部分；末了以「月景尤不可言」等六句，拿花柳、山水作點綴，來具寫月景，這是「目三」的部分。這樣以春為一軌、月為二軌、朝煙和夕嵐為三軌，採由凡而目的形式來寫，層次極為分明。可見此以凡目和三軌為結構成分。

以上四大原則所概括的章法內容，諸如今昔、遠近、大小、高低、本末、貴賤、淺深、親疏、賓主、虛實、正反、抑揚、立破、平側、凡目、縱收、因果、問答等，只是與其重要者而已，即此而論，已足以看出其多樣來，這也就說明了結構成分之多樣。

三、辨明結構型態

把握了結構成分後，就可以就一篇文章來進行分析，以辨明它的結構型態。雖然，一篇文章的結構型態，會因切入角度的不同，而得出不同的結果，也就是說它沒有絕對的是非可言，只有相對的好壞而已。但總要多方嘗試，以儘量凸顯其內容與形式之特色。所以在進行分析時，可用不同的結構成分加以疏理，以找出最妥當的一種結構型態。如以賈誼的〈過秦論〉來看：

（略，見301～303頁）

這篇文章自古以來就被認定是用歸納（即先目後凡）法寫成的代表作，它的主旨，也就是結論，出現在篇尾，是說秦之過在於「仁義不施，攻守之勢異」，為「凡」的部分。而這個主旨（結論）形成兩軌，若以這兩軌來疏理全文，則可以發現第三段寫的是「仁義不施」的作法、第四段寫的是「仁義不施」的結果，可見這兩段都針對著「仁義不施」

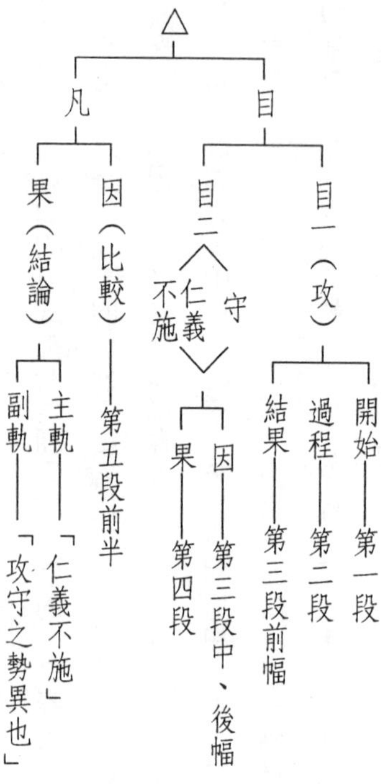

這一主軌來寫。但這兩段也為「攻守之勢」這一副軌的「守」來寫，與第一、二段寫「攻」的形成呼應。如此主副兩軌便在第三、四兩段重疊在一起了。如果以上列簡表來表示，則更為清楚。

這樣對義旨的深究，雖然有提示的作用，亦即告訴讀者秦朝最大的過失在於「守不以仁義」，但在結構的歸屬上，卻無法在「目」的部分分軌理清，所以只好用「先敘（實）後論（虛）」的結構來加以疏理，繪出如下的結構分析表：

（略，見304～305頁）

如此由「先敘（實）後論（虛）」的結構型態來牢籠這篇課文⑥，的確會比「先目後凡」來得好。再以李斯的〈諫逐客書〉來看：

（略，見205～206頁）

此文和上舉〈過秦論〉恰好相反，一直被認為是採「先凡後目」的演繹法所寫的。如用這種結構型態來牢籠這篇文章，前面四段都不成問題，而末段則無從歸屬，因為末段很明顯地，依序由「夫物不產於秦，可寶者多」兩句，上收「今陛下致昆山之玉」一段的意思；由「士不產於秦，而願忠者眾」兩句，上收「昔繆公求士」一段的意思；由「今逐客以資敵國」五句，上收「臣聞地廣者粟多」一段的意思。這與篇首「臣聞吏議逐客，竊以為過矣」兩句話，可說一啟一收，首尾圓合，就結構來說，該屬於「凡」的部分。

雖然這也似乎可視為在「目」的部分，本身又形成了「先目後凡」的結構，如以簡表來表示，即：

△
- 凡——第一段
- 目
  - 目——第二、三、四段
  - 凡——第五段

但總不如視作「凡、目、凡」這種結構來得好，因此就可繪出如下的結構分析表：

（略，見207頁）。

如此以「凡、目、凡」的結構型態來統合這篇文章，應該是比較妥當的。

由上舉兩例可知在分析課文時，必須先深入課本，掌握結構成分，然後多方嘗試、揣摩，以力求凸顯課文在內容與形式上之特色，這樣才能夠妥善地辨明它的結構型態。

四、繪製結構圖表

辨明了一篇課文的結構型態後，就可以著手繪製結構分析表。在繪製時，應注意下列幾點：

㈠要兼顧內容與形式：

從表面上看，所謂「結構分析表」，該偏重於形式才合理。不過，大家都知道，形式是離不開內容，而內容也是離不開形式的。所以分析時，應兼顧內容與形式，才能藉以從事兩方面的深究教學。不然，內容一個表，形式又一個表，彼此分割獨立，只有徒增困擾而已。因此我們畫分析表時，最好就課文的性質，分層加以考慮，看看在某一層該偏於形式還是內容來得好。

㈡要打散段落：

一般人在畫課文結構分析表時，往往受了段落的限制，以致畫出來的分析表，都偏向於內容，以段落大意來統攝全文，這是應該避免的。因為我們實在無法由此看出作者在作法上的特色。

㈢要將聯絡用的語句或節段析出：

通常在分析課文時，如果不將聯絡用的語句、節段⑦辨明抽出，一定會妨害分析，影響分析的結果。譬如在主要用以寫景的節段，出現敘事或議論的語句，又如在主要用以敘事或議論的節段，出現寫景的語句，構成插敘的作用，都必須一一抽出，以利分析。

㈣要逐層標目，以統攝所屬文句：

課文結構分析表，可視課文的特點與實際的需要，由上而下的分為若干層，用以統攝各所屬文句。而每層都必須標目，以收一目了然之效。

㈤要以虛線表示前後照應的關係：

在課文結構分析表裡所分各綱各目，它們的關係如何，是必須加以辨明的。要做到這點，最便捷的莫過於打上虛線。有了這些表明前後呼應關係的虛線，我們便可藉以探討各綱目對主旨以及各綱目與各綱目之間的地位、價值與功用，使得學生對作者的安排、聯絡手段，能好好的吸收、應用，以增強他們的讀寫本領。

以上五點⑧，只是根據個人繪製課文結構分析表的經驗所提供的幾個看法與意見而已，疏漏和缺失，雖然是難免的，但也可藉以畫出差強人意的結構分析表來輔助教學。為使理論與實際配合，特舉兩篇課文為例，以見一斑。其一是文天祥的〈正氣歌〉：

（略，見265～266頁）

這是一首五言古詩，旨在論正氣在扶持倫常綱紀、延續宇宙生命的莫大價值，從而抒發憂國憂民的情懷。它採「先論（虛）後敘（實）」的結構寫成：「論」的部分自篇首至「道義為之根」止，作者在此，先以「天地有正氣」二句，作一總抬，以引出下面的議論。其次以「下則為河嶽」三句，平提河嶽（地）、日星（天）和人，指明正氣對天、地、人的影響；然後側注於「人」，用「先因後果」的形式來議論，其中「因」的部分自「皇路當清夷」至「逆豎頭破裂」止，在這裡，又先以「皇路」四句平提治世與亂世，再以「在齊」十六句側注於亂世，列舉了歷史上十二位「哲人」的壯烈事跡，證明浩然正氣在人身上的體現；而「果」的部分則自「是氣所磅礴」至「道義為之根」止，依序就時間（萬古存）、空間（貫日月）和人倫，由上舉歷史哲人所表現的浩然正氣上，道出它的所以然來，那就是它不僅足以立天立地，更是人類一切倫理道德的根源，這可說是一篇主旨之所在，作者所以能在歷經威嚇利誘下，始終堅守節操，力量就出在這裡。至於「敘」的部分是由「嗟予遘陽九」至篇末，它先採「先凡後目」的形式來敘自己所遭遇的厄運，其中「嗟予」兩句為「凡」，特為下文的敘寫作一總冒；而「目」的部分，則先以「楚囚」四句寫自己倉卒被囚的事情，再以「陰房」十二句，分兩階段，即初時與如今，來寫自己在獄中的狀況，藉自身的經歷，再一次證實了浩然正氣的作用與價值；然後以「顧此」四句抒發了他憂國憂民的情懷，寫得真是丹心、白雲交相輝映啊！這樣敘自身的厄運之後，作者再用「哲人日已遠」四句，既上收「時窮節乃見」的十二位哲人和受盡悲苦遭遇的自己，來歌頌正氣，也交代了自己作這一首詩的用意。林西仲說：「文之悲壯感慨、忠義之氣，千古長存。」（《古文析義》卷六）說得一點也不錯。

根據以上的分析可繪成如下結構分析表：

（略，見266頁）

其二為歐陽修的〈醉翁亭記〉：

（略，見269～270頁）

這篇文章，就其結構而言，含「正文」與「補敘」兩大部分。「正文」採「先泛寫（虛）、後具寫（實）」的形式寫成，其中「泛寫」（虛）的部分為起段。這段文字以「先目後凡」的結構來組合，其中的「目」可別為二：其一用以敘「亭」，用剝筍法（由大而小），依次以「環滁皆山」九句敘亭之山水環境（大）、「峰回路轉」四句敘亭之位置（小）、「作亭者誰」四句敘作亭、作記之人；其二用以敘「醉翁」，依次以「太守與客」三句，分兩層敘「自號為醉翁」之因、「故自號曰」句敘「自號曰醉翁」之果。而「凡」，則用「醉翁之意」四句，將上文之意作個總括，拈出「樂」字，以統攝全文。「具寫」（實）的部分，和「泛寫」一樣以「先目後凡」的結構來組合。它的「目」可別為三：其一用以寫山水之樂，為次段。在此，先以「若夫日出」四句，寫山間朝暮之樂；再以「野芳發」四句，寫山間四時之景；然後以「朝而往」四句作一總括，寫朝暮、四時所享有的山水之樂；顯然這是呼應「泛寫」部分之「環滁皆山」九句來寫的。其二用以寫「朝而往」時宴飲之樂，為第三段。在這裡，先以「至於負者」六句，寫滁人從遊之多；續以「臨谿而漁」七句，分魚肥、酒洌、山肴野味，寫太守宴客時菜餚之盛；然後以「宴酣之樂」十句，寫宴酣之種種；在此，依序用「宴酣之樂」四句寫太守與民同樂之事，用「觥籌交錯」三句寫眾客之樂，用「蒼顏白髮」三句寫太守自醉之樂；顯然這是呼應「泛寫」部分之「太守與客」四句來寫的。其三用以寫「暮而歸」時禽鳥之樂，為第四段開頭的「已而夕陽在山」六句。在這裡，先以「已而」四句，交代太守與客「暮而歸」之事；再以「樹林陰翳」三句，寫禽鳥之樂；這可以說是由以上兩「目」加以引伸來寫的。林雲銘《古文析義合編》上冊說：「此處卻添出禽鳥之樂，借勢一路捲去，落想奇極。」體會得極為深刻。而「凡」，是指「然而禽鳥和山林之樂」四句。作者在此總結「具寫」部分的三「目」之意，並呼應「泛寫」部分的「醉翁之意」四句，點明太守「與民同樂」之樂的一篇旨意，將「正文」作一收束，收束得真是圓滿而醒豁！至於「補敘」，則指「醉能同其樂」五句。在這裡，先敘作記之事，再敘作記者的姓名，並從中交代「太守」就是作記者，也是醉翁，充分地發揮了補敘的效果。

根據以上的分析可繪成如下結構分析表：

（略，見270～271頁）

由上舉兩例可看出以上五點繪製課文結構分析表的注意事項，只有第三項無法明顯從圖表或說明中獲知訊息，這是因為會在篇幅上增添許多困擾，所以未加以一一標舉、凸顯；不過在分析時已完全把它考慮在內了。

五、確認一篇主旨

一篇課文的主旨，通常在分析課文形式結構之前，要先作好初步的探究工作；等到分析課文形式結構之後，再作進一步的確認。這所謂的「主旨」，換個詞說，就是內容結構的核心成分，要確認它，馬上涉及的是它安置的部位；而安置的部位又與形式結構的各個成分息息相關。如就安置的部位來看，不外是篇內（篇首、篇腹、篇末）與篇外而已。其中屬篇外的，很容易分辨出來，若是一篇文章從頭到尾都用以敘事、寫景的，其主旨必定在篇外，這只要略作內容結構的分析即可得出結果，是不必經由形式結構來加以確認的。以王維的〈輞川閒居寄裴秀才迪〉詩來說，自首至尾，不是寫自然景物就是人物形象。它在首、頸兩聯，特地描繪了「輞川」附近的水陸秋景與暮色，勾勒出一幅有色彩、音響和動靜結合的和諧畫面。而在頷、末兩聯，則於一派悠閑的自然圖案中嵌入了作者自己倚杖聽蟬和裴迪狂歌而至的人事景象，兩兩相映成趣，形成物我一體的藝術境界，將「輞川閒居」之樂作了具體的表達。而這種「閒居」之樂，正是一篇主旨之所在，作者卻未在篇內直接以「情語」作表達。

因此主旨安置在篇外的，比較好處理，而安置於篇內的，則必須經由內容與形式結構分析來加以判定。以內容結構成分而言，一定出現在說理或抒情的部分；而就形式結構成分來說，則大體出現在「本」、「深」、「主」、「正」、「果」、「實」（就空間、時間言）、「側」（側注）、「凡」、「答」、「擒」等部分，而其他則很難說。如韓愈的〈師說〉：

（略，見161～162頁）

本文的主旨在強調從師受業的重要，從而說明「師者，所以傳道、受業、解惑也」的道理。這個主旨以「先果後因」的結構出現在「論」中「凡」的部分，作者這樣安排，所謂「開門見山」，很容易使人一目了然。

主旨出現在「凡」、「主」、「正」、「果」……等的部分，可說是正例，但也偶而會出現變例，如李煜的〈清平樂〉詞，是用「先凡後目」的結構寫成的。

作者首先以起句「別來春半」，點明別離的時間。其次以次句「觸目愁腸斷」，用「觸目」作一泛寫，以領出後面實寫「觸目」所見之各種景物；用「愁腸斷」，為主旨「離恨」，初就本身作形象之表出；這是「凡」的部分。繼而以「砌下落梅如雪亂」兩句，承次句之「觸目」，並下應結尾之「離恨」，寫落花之多與佇立之久，進一步的就外物與本身，表示無限之「離恨」來；這是「目一」的部分。接著以「雁來音信無憑」兩句，用「雁來」與「路遙」，承次句，寫「觸目」所見；用「音信無憑」與「歸夢難成」，大力的再將「離恨」推深一層；這是「目二」的部分。然後以結二句，藉「春草」之「更行更遠還生」，承次句，寫「觸目」所見，並拈出「離恨」以點醒全篇；這是「目三」的部分。如此一路寫來，脈絡極其明晰。

可見這首詞，旨在寫「離恨」，而「離恨」這個情語卻出現在「目三」的部分，而不是在開篇「凡」的部位，這和杜審言的〈和晉陵陸丞早春遊望〉詩的情形⑨，正好相同。當然，把「離恨恰如春草」兩句看作是另一個「凡」，也不是不可以；但那「更行更遠還生」的「春草」，也是緊接著在「落梅」、「雁來」、「路遙」之後，作者「觸目」所見更遠的另一種景物，雖然它以譬喻的方式帶出來，卻依然是眼前所見實景。因此，與其說是由「離恨」牽出「春草」，不如說是由「春草」觸生「離恨」⑩來得好。這樣來看待「離恨」二句，該是比較合理的。

由上舉數例可知一篇主旨，是要經過一番審慎的辨析過程來確認的。而藉全盤的結構分析，以理清結構成分，無疑地在確認過程中，扮演著極重要的角色。

六、結語

進行課文讀講之際，作結構分析，在內容上可詳可略，在時間上可長可短，完全視情況需要而定。遇到結構特殊的，不妨詳、長；而結構較常見的，則只要掌握第一、二層，或多至三層即可，是不必篇篇徹底交代清楚的。如能這樣做，就容易靈活運用有限時間，使課文教學與作文指導，甚至與課外讀寫，搭起一座堅固的橋樑。如此一來，要發揮教學的最大效果，是可預期的事。

附注

①參見拙作〈談課文結構分析的重要〉，民國八十四年六月《兩岸及港新中小學國語文教學國際研討會論文集》，頁十三～四一。今收入《國文教學論叢續編》，由萬卷樓於八十七年三月出版。

②章師微穎說：「章法就是文章構成的型態，也就是句成段、段成篇，如何組織起來的方式。」見《中學國文教學法》頁二四。

③詳見拙作〈談詞章章法的主要內容〉（上）、（下），民國八十六年十二月、八十七年一月《國文天地》十三卷七、八期，頁八四～九三、一〇五～一一七。今收入《國文教學論叢續編》。又可參考仇小屏《文章章法論》，民國八十七年十一月由萬卷樓出版。

④參見拙作〈談安排詞章主旨的幾種基本形式〉，民國七十四年六月《國文學報》十四期，頁二〇一～二二四。今收入《國文教學論叢》，民國八十年七月由萬卷樓出版。

⑤同注③。

⑥說明見拙作〈談課文結構分析的重要〉，餘同注①。

⑦參見拙作〈談詞章聯絡照應的幾種技巧〉，民國七十七年十二月《中等教育》三九卷六期，頁一四～二五。今收入《國文教學論叢》。

⑧詳見拙作《如何畫好國文課文結構分析表》，民國七十九年六月《國文教學津梁》，頁六四～八四。今收入《國文教學論叢》。

⑨見拙作〈談詞章主旨在凡目結構中的安排〉，民國八十六年八月《國文天地》十三卷三期，頁八四～九二。今收入《國文教學論叢續編》。

⑩這些「觸目」所見景物都與「離恨」有關，說詳拙作〈怎樣教詞選——李煜清平樂與蘇軾念奴嬌詞〉，民國七十八年六月《國文天地》五卷一期，頁五一～五五。今收入《國文教學論叢》。

國家圖書館出版品預行編目資料

文章結構分析／陳滿銘著. -- 初版. -- 臺北市：
萬卷樓, 民 88
面； 公分
ISBN 957 - 739 - 214 - 8 (平裝)
1.國文 - 研究與教學 2.中等教育 - 教學法

524.31 88006027

文章結構分析

著 者：陳滿銘
發 行 人：許素真
出 版 者：萬卷樓圖書股份有限公司
臺北市羅斯福路二段 41 號 6 樓之 3
電話(02)23216565．23952992
傳真(02)23944113
劃撥帳號 15624015
出版登記證：新聞局局版臺業字第 5655 號
網 址：http://www.wanjuan.com.tw
E－mail ：wanjuan@tpts5.seed.net.tw
承印廠商 ：晟齊實業有限公司
定 價：320 元
出版日期 ：1999 年 5 月初版
2006 年 9 月初版二刷

ISBN 957 - 739 - 214 - 8